蜃氣樓
天馬行空 破格創新
天行者出版
SKYWALKER PRESS

蜃氣樓

無限年之鏡

歐陽龍太郎　著

目錄

推薦序

香港作家 喬靖夫

幻想小說的傳統歷史很悠久，題材成千上萬，但是歸結起來，優秀作品總離不開一個共通點：不管想像如何天馬行空，或者設定在多麼遙遠的世界，它仍然離不開對人性的深刻描畫。奇思妙想的情節固然教人驚艷，但真正令讀者再三回味的，永遠是故事裡透現的人類處境和感情。

紅眼這個《蜃氣樓》系列，構想奇詭，既有近未來科幻設定，又兼具魔幻異能戰鬥的情節，故事以一個個惡夢為謎題，折射人心善惡，佐以風格細緻而且極具影像感的文筆，予人豐富的閱讀體驗。

老實說，紅眼寫這部書，走的是一條不容易的險道，他將文學的敘事筆觸，與通俗類型相結合，在這個人們連看影片都要加速的年代，這種堅持難能可貴。而我相信，只要是願意多花一點耐心欣賞文字藝術的讀者，看這部小說定有收穫。

不多說了，請揭開下一頁，投入《蜃氣樓》的世界吧。

推薦語

「現實如惡夢極惡，紅眼以對人性善惡的獨特觀察，引領讀者踏進《蜃氣樓》的奇詭異想世界，令人反思如何在殘酷暴力世態中，保持清醒與溫柔。」

——香港電影導演　麥曦茵

「幻想與現實交錯，文學與通俗互撞，有一種久違的看小說快感！」

——香港作家　月巴氏

作者的話

紅眼

自從有了成為小說家這個人生目標，我都會在枕頭下面放一本筆記簿和原子筆。

轉眼間這個習慣已經維持了廿年。雖然我經常失眠，而且因為腰痛問題睡姿惡劣，但每次遇到驚險奇幻的夢境，醒來之後都會趁著記憶消失前第一時間將夢的內容記錄下來。這些夢境後來為我贏到一些獎項，還陸續發表在不同報刊與文藝雜誌。可怕的是，我完全沒任何心虛愧疚的感覺，反而開始養成更壞的習慣，但凡想不出好作品的時候就會趕緊睡覺，將自己放空，睡到截稿之前便有頭緒。藏身在我腦海不動聲色的傢伙，好像從來不會讓人失望。

距離今日大概已有兩年的某下雨天，初次見面的年輕編輯似乎為著出版社的下一部長篇小說系列而苦惱，對方遞上名片，便急不及待跟我打聽有關他的事情。

「那個很會說故事的人，到底叫什麼名字？」

「啊，他叫歐陽龍太郎。」

我呷著燙嘴的黑咖啡，胡謅了個很酷很蠢的名字。

吠陀閃光

dream sequence

01

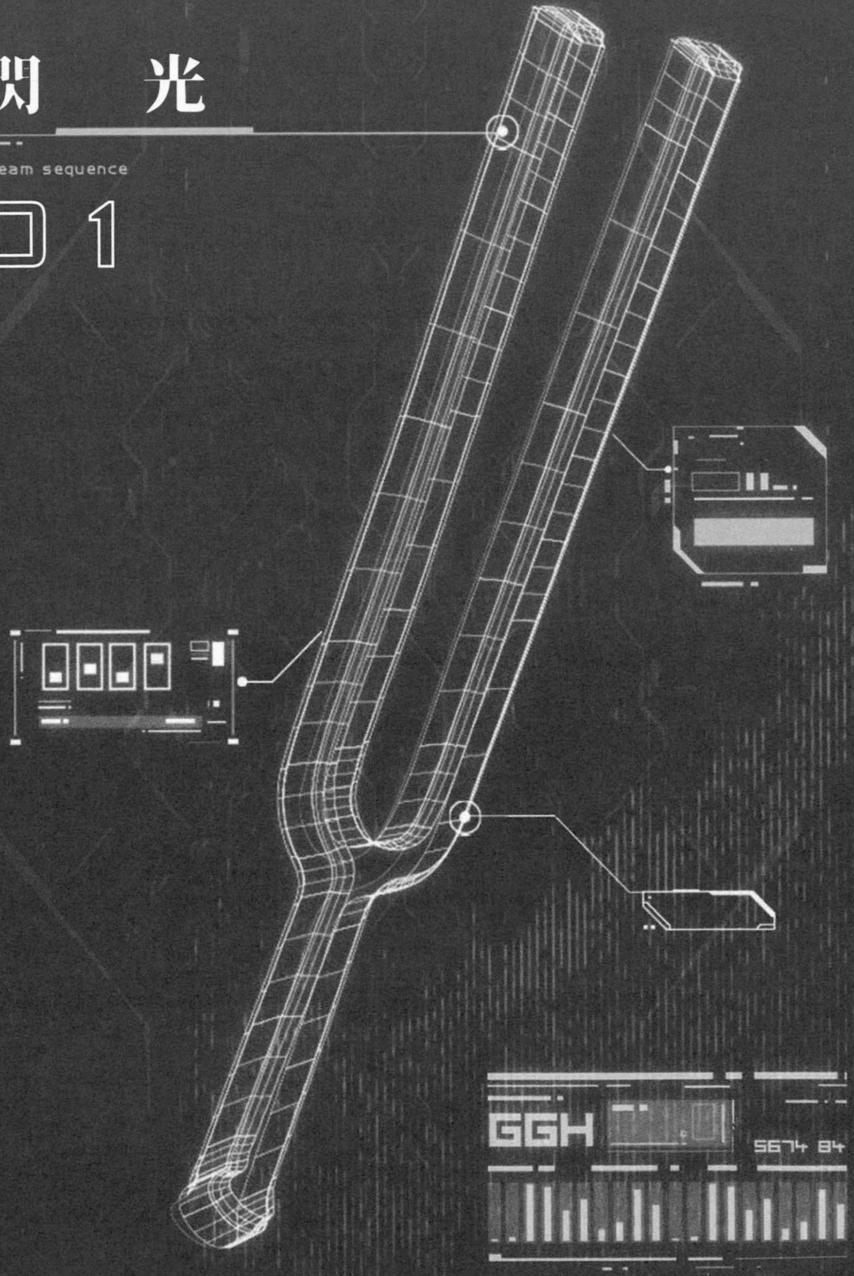

吠陀閃光

蕩漾在朦朧意識之間不知過了多久，最初甦醒過來的感官身體，就是嗅覺。大海的氣味撲面而來，猶如一個微弱訊號。因此，就在打開眼睛之前的一剎間，雲雀好像已經猜到眼前將會出現的景象，臉上的表情相當懊惱。世人所謂的既視感，便是這麼一回事。

果然，穿過瞳孔的第一個畫面，就是手錶上的計時器正在倒數。

還有三十秒，二十九秒。

而且不多不少，都是從最後三十秒開始。當計時器的剩餘秒數在雲雀眼前不斷減少，她一如既往的皺起眉頭，然後以盡可能緩慢的速度用力深呼吸一下。不要被倒數影響心情。雲雀再次提醒著自己。在這裡，時間像一條無限循環的迴路，沒多久又回來這裡了，同一個夜晚。囚籠般的一艘豪華郵輪，如果靠近船艙窗戶，抬頭朝著某個方向往上望，除了不見邊際的漆黑海洋，還可以發現北極星的位置。

「二十五……」

「二十四……」

雲雀在心裡默默數著僅餘的時間，要善用每一秒鐘。接下來的事情，在過去許多個晚上，雲雀已經重複經歷了無數遍。

此刻，船艙上的乘客大都驚惶失措，不論男女，發狂一樣四散逃命，只剩下雲雀獨自待在船艙一樓的餐廳裡面，以及遍地食物、醬汁、碎裂的杯碟餐具。雲雀顯得異常冷靜，因為她心裡有數，像輪迴一樣已是既定事實，他們哪裡都逃不了，而眾人的反應，就跟昨晚、前晚，以至數不清的每一個夜晚都是一樣的，她反而覺得這些人實在大驚小怪，居然可以不斷重複表現出如此逼真的慌張神情而從不覺得疲憊。她實在覺得累了，對於這個場景，雲雀已經完全麻木，勉強要說的話，她的內心只剩下深切厭惡。

關鍵可能是這個該死的計時裝置。她嘗試過停止、重設手錶的倒數設定，用過不同方法將手錶脫下來，甚至想過把它撞爛，結果都不成功。雖然它看起來只是一隻平平無奇的廉價電子錶，卻彷彿受到某些無以名狀的異界力量保護，無法被一切物理形式破壞。

從散落一地的食物裡，雲雀撿起一瓶還剩了約莫半瓶分量的紅酒，她仰頭先喝了一大口，再將餘下的紅酒都全部往手錶傾倒下去。但是，這款看似廉價的電子錶，居然都有一些類似納米保護層的特殊設計，紅酒於接觸到錶身的那一瞬間便會自行阻隔，看來就算她整個人破窗跳進海裡，都不會令電子錶失靈。

實驗再度失敗，該死的手錶仍然正常運作。計時器倒數至零的那一刻——即是現在，郵輪便會迎面撞上冰山。海難事件幾乎每晚都會重演一遍，船艙隨即一陣劇烈震盪，然後船身傾斜，將所有人一併拋進深不見底的寒冷大海裡。

在離心力的扯割中被壓住胸口，直至完全失去意識，對於這一切都不再覺得恐懼，雲雀已經有過無數遍的瀕死體驗。死亡不可怕，更可怕的是，當死亡像惡夢輪迴，纏繞不休。

像屍骸浮上水面一樣赫然醒來，雲雀再次深呼吸一下，證明自己還是活著。

打開眼睛，她只覺得天旋地轉，就好比從洗衣機裡逃了出來。已經不記得是第幾次在夢境中重複出現這場死亡倒數。

雲雀馬上撲到洗手間，混著胃酸的嘔吐物彷彿還帶有一些海水的味道。嘔吐過後，身體有如虛脫，但雲雀用探熱計往額頭一照，卻似乎毫無異常，純粹只是心理作用。

家裡只剩下她獨自一人，男友安迪已經上班。雲雀驚魂未定，讓疲倦的身軀重新躺在床上，看著天花板一直發呆，但她害怕再次不小心睡著，便會再一次回到那艘可怕的豪華郵輪。應該說，是每一次只要她回到夢境，都會撞船沉沒的死亡郵輪才對。輾轉反側了好一會兒，儘管未到上班時間，她還是決定起床洗澡，換了一件連身裙，像往常一樣做家務、打掃，準備午飯，讓自己好好平靜下來。然後她翻開那本皺巴巴的筆記簿，在密密麻麻的段落最末，補了新一行小字。

「就算在手錶上倒紅酒也無法解除倒數裝置。」

來到差不多中午，雲雀翻熱了速食便當，隨便吃了一些，胃口還是不怎麼好，便出門上班。

自從航空公司採用全自動化登機系統之後，大批地勤人員失業，當中包括了雲雀及安迪。安迪是跟她相識多年的同居男友，他們本來有結婚的打算，然而兩人雙雙被裁員之後，便有著某種默契，再沒有討論過這件事情。他們從市中心搬到需要轉乘兩次地下鐵，但房租較便宜的舊城區，起初安迪滿懷自信找過幾份工作，結果都做得不長。

畢竟是一個長得好看但個性慵懶的傢伙，雲雀對此心裡有數。她知道安迪最近一直假裝上班，其實終日躲在保齡球館或是彈珠店打發時間。

雲雀在洗衣服的時候，偶然從他的褲袋找到一張彈珠店的收據，而且收據上面列明了時間，但她始終沒有揭穿安迪的秘密。她再三嘗試以「再等一段時間吧，遲早都會振作起來的」這種口吻於內心安撫自己，而且亦不得不稱讚自己的男朋友是挺能適應舊城區廉價的生活氣息。

舊式單軌列車徐徐離開了他們居住的社區，半個小時之後，終於來到近郊另一小鎮。由於這裡附近連像樣一點的觀光景點都沒有，白天幾乎人跡罕至，商店街大部分店舖都已空置多年。晚上相對熱鬧一些，鄰近車站有些餐廳和酒吧會開門營業，雲雀偶然在下班之後會吃一點東西才回家。

「不好意思，請問一下。」忽然有個陌生男子迎面搭訕：「你知道○○超市在哪裡嗎？抱歉，我手機的導航定位有點故障。」

似乎是個第一次來這裡探路的上班族。看他一臉焦急神情狼狽，應該沒什麼不軌惡意。確實有時是會遇到一些遊手好閒的地產經紀，他們穿起廉價西裝和磨蝕多年的皮鞋，遠道而來打算碰碰運氣。

雲雀悄悄打量著對方，然後微笑答道：「這裡附近雜訊很多，基本上都用不了導航系統。過了前面的斑馬線，沿著商店街再走大概五十米吧。○○超市門外掛著淺黃色的招牌，是有一點不起眼，要花點時間才會找到。」說不定還會讓對方產生一種住在鄉下小鎮的居民都特別熱情的錯覺。

說罷，雲雀便在前面的斑馬線之前拐彎向左，逕自前往上班地點。

轉眼間已被裁員大半年，雲雀始終找不到一份待在市中心的工作，唯有在近郊一間偏僻的長者護理中心做兼職，收入算是穩定下來。護理中心改建自基於使用率太低而遭廢置的社區診所，故此本身就有一些基本醫療設備，但兼職護理大部分都沒接受過正規醫護訓練，包括雲雀在內，他們只負責每天定時照顧長者服藥，替他們清理身體、更換衣物，見證他們老死前沒有親人想記住的最後一段時光。

雲雀沒想到的是，自己很快就適應了這些厭惡性的工作內容。護理中心的工作異常枯燥，但很容易忘記時間，因為時間對患病與高齡長者來說好像都不是一件太重要的事情。

「晚安啊，雲雀小姐。」

「唷呵，晚安。」雲雀輕輕抬起手肘，算是跟對方打了個手勢。這裡基本上只有一個人會保持精力旺盛，臉上完全沒有怠倦和煩厭，還會每天上班見面都主動跟所有同事寒暄問候。

那個人就是當值夜班的弗德列，一個身型圓滾滾，說話有點笨拙的男醫護。雲雀覺得弗德列是這裡眾多兼職醫護之中最值得信賴的人，他在長者護理中心已經待了許多年，比起一些長期病患老人待得還要久。雖然弗德列比較不擅辭令，但跟住在這裡的老人還是相處得不錯，這裡的病人都幾乎把弗德列當是兒子。

只要待上幾個月，誰都能發現一個殘酷無情的真相。這裡的病人或者長者，很少有親人會來探訪，他們總是由親人送進來，卻多數是由兼職醫護將他們送走。送到醫院，然後離世。

但別以為他們晚年悲涼，會是多麼的失落孤單，他們都在這裡過得很快樂。事實上，護理中心早年得到政府有關部門的贊助，引進了幾台虛擬實境裝置，都是從市區一眾娛樂場所回收再用的上一代舊型號。現實之中，雖然只是改建自一間日久失修的診所，但置換到虛擬世界，這裡卻連接到與世無爭的渡假樂園。住在護理中心的老人們可以足不出戶，有些甚至一直都坐在輪椅上，意識卻同步到遙遠的虛擬空間。

在那裡，他們可以重新創造替代自己的虛擬肉體，重獲年輕、靈活、精力充沛的第二人生。有人返老還童，找尋自己的興趣，亦有人透過虛擬實景周遊列國，渾然忘記現實中飽受抗癌藥物副作品的折磨。

雲雀剛來上班時，便聽聞那個叫佩吉的老太太，她的意識已經好幾年不曾回到現實，就像童話中的沉睡公主一樣，甚至從不察覺雲雀於過去大半年幾乎每一天都會替自己擦身，更換尿片，繼而注射標靶藥和營養劑。據聞佩吉太太在虛擬世界飼養了兩隻貓，她終日與貓為伴，一直不捨得離開牠們。雖然只是用模擬器創造出來的電子寵物，但比起現實世界乏善可陳的一切事物還要值得依戀。

虛擬世界是一場夢，但她得以年輕貌美，而她心愛的貓同樣永生不死。

像佩吉太太這樣的例子，在護理中心裡其實為數不少。正確來說，像護理中心這樣的地方其實為數不少，它們遍佈人煙稀少的城外近郊，甚至被一些再無餘裕照料家中長者的親人視為某種性價比不俗，而且合乎當代人性道德的善終服務。

「他們是活在虛擬境界的植物人，直到去世之前都不會醒來的夢遊者。」雲雀記得，有時說起話來像個詩人的弗德列，最初是這樣形容他們。

不過，倒不是每個住客都選擇將自我放逐到虛擬。娜菲莉絲是護理中心裡少數完全沒有使用過虛擬實境裝置的例外。這位舉止優雅的老婦人，每天都在護理中心外面的空地種花，黃昏時她偶然會待在窗邊想著什麼事情想得出神。

雲雀向弗德列打聽過娜菲莉絲的事情，原來娜菲莉絲患有嚴重眼疾，雖然表面看不出來，實際上視力僅餘一成，根本無法自理日常生活，而且她拒絕進行義眼手術，最後就在醫生建議下入住護理中心。畢竟她沒有結婚亦無任何子女，估計幾十年來都是獨自生活。

儘管多年來受到視力殘障困擾，但娜菲莉絲從入住這裡開始，都一直堅持自行梳洗和更換衣物，不需要護理員從旁協助。

雲雀不時也會猜想，年輕時的娜菲莉絲應該是個儀態出眾，上流貴族出身的千金小姐。或者只有這樣的教養，才會讓她無法忍受自己在完全失去意識的時候被人羞辱身軀，摘取體內任何一個器官。

她又再想起夢中出現過無數次的那艘豪華郵輪。雖然只是每晚限時三十秒鐘的錯身而過，但郵輪上的乘客，從衣著打扮和神態，都顯然看得出家世富裕。然而，翻船沉沒的前一刻，他們不斷慌張呼喊的模樣卻顯得那麼庸俗和滑稽。如果娜菲莉絲在她的夢裡，深信不可能做出如此丟臉的失儀舉止。

「哎，不行不行。」雲雀馬上打消了這個念頭。她不能繼續幻想類似「如果娜菲莉絲就在豪華郵輪」這樣的畫面，因為日有所思，夜裡必有所夢，她打從心底不希望這樣一個優雅的老婦人會從此墮入她的惡夢裡經歷死亡輪迴。

為了讓自己不再胡思亂想，雲雀叫住了剛回來接班的弗德列，跟他再次提起自己那場關於郵輪的惡夢。

「雖然這樣說有點冒犯——」弗德列正色道：「但我的建議是，你差不多要去看心理醫生。」

「你覺得我這情況算是情緒出了問題，有精神病嗎？」雲雀疑惑問道。

「倒不是這個意思，於我看來，你跟正常人是一樣沒分別的。」弗德列想著，覺得自己好像愈描愈黑，隨即解釋道：「當然不是說你被惡夢困擾是有多麼不正常，遇到惡夢應該也屬於正常的事情，但我不是這一方面的專家。而且，這個好像永無止盡的惡夢已經出現了好一段時間，次數愈來愈頻密　我猜背後一定有些原因。」

弗德列約莫從兩、三個月之前，已經聽雲雀說過郵輪上的惡夢，誰都沒想到，相隔了這麼久仍未消散。

「但在這裡做兼職醫護，是沒有醫療保險的。」雲雀擱在心裡的這句話，始終沒辦法說出來。她不好意思對弗德列承認自己的最大顧慮，是她根本不夠錢。

扣除了房租和日常生活的開支，用每個月剩下來的僅有存款看心理醫生，未免太過奢侈。何況她還要默默照料無業男友揮霍在彈珠店和酒吧的娛樂費。跟弗德列談了片刻，對方便開始要認真當值了，先替住院長者逐一點名，然後派發晚餐和藥物。雲雀匆匆換了衣服，想著要到〇〇超市買點食材回家煮食。然而，剛準備要離開護理中心的時候，有一把輕柔的聲音突然從雲雀的背後溜進耳邊。

「晚上好。」

「赫？」雲雀一怔。

「如果不介意的話，能借一步讓我分享些許見聞，作為你的參考。」

在長者護理中心，除了薪水微薄的兼職醫護員，保持清醒的人其實不多。雲雀別過臉，跟此刻正朝著自己揮手示意的娜菲莉絲報以點頭一笑。

「我剛才在外面散步的時候，一時不慎聽到你提及被惡夢纏繞的問題。」娜菲莉絲徐徐說道：「可能讓你覺得我這個老太婆實在多管閒事。」

「你太客氣了，娜菲莉絲小姐。」雲雀說。由於對方仍然未婚，雲雀還是習慣稱呼她為娜菲莉絲小姐。

「大夢如蜃，積惡成魔。」娜菲莉絲接著說：「以下要提到的事情，是關於一個名叫『蜃氣樓』的地方。你應該從來沒聽過？」

雲雀搖頭說：「『蜃氣樓』……難道是指一幢建築物，像是摩天樓的？」

娜菲莉絲說：「不是，實際上剛好相反。據聞『蜃氣樓』是中央車站附近某一條舊地下街的小店舖，地點相當隱蔽。」稍頓，她接著說：「如果傳聞屬實，店裡住著一位專門替人驅除惡夢的解夢專家。」

雲雀半信半疑的問道：「好像電影情節的那些驅魔人？娜菲莉絲小姐以前有去過嗎？」

娜菲莉絲說：「很久以前，我從一個朋友身上聽來的。」說著，她緩緩憶述：「出於一點好奇心，後來我確實到訪過地下街，而且找了許多遍，但始終無法找到『蜃氣樓』。說不定是因為我本身就沒有遇上惡夢，那個朋友說一般只有被惡夢纏擾的有緣人才會找到『蜃氣樓』。」她面露一下微笑：「抱歉，好像跟你說著一件連自己都無法十分確定的事情。」

雲雀忽然答道：「說起來，娜菲莉絲小姐還是第一次跟我提起自己的朋友。無論如何，都感謝你這個建議。」她轉念一想，好奇問道：「不曉得娜菲莉絲小姐以前有沒有坐過郵輪？我的惡夢就是發生在一艘郵輪上，但其實我從來都沒坐過郵輪，想來倒也奇怪。」

娜菲莉絲沉吟答道：「曾經有一段時間，郵輪旅遊確實是挺受中產人士歡迎的。我是偶然坐過幾遍短途旅程，談不上特別熟悉，不過很久以前，是有些富豪會花上兩、三個月，乘坐郵輪環遊世界。」

「後來隨著航空業的發展，所以逐漸沒落了吧。」雲雀接著說。

娜菲莉絲一愣：「好像不是這樣子。」她靜下來想了半晌，答道：「但具體是什麼原因，真的記得不清楚了，畢竟我對年輕時發生的事情已經印象模糊。不過『蜃氣樓』的傳聞倒是一直牢牢記住。」

雲雀不禁揚起嘴角：「那個跟你提起『蜃氣樓』的朋友，想必對你來說是十分重要的人吧？」

「喔，被你一下子猜對了。」娜菲莉絲笑著，然後眼神閃動：「請你務必考慮我的建議。惡夢有時是人心的倒影，然而倒影有時亦會反噬人心。如果有時間的話，不妨到舊地下街找一找那個地方。」

對於娜菲莉絲所說的「蜃氣樓」和解夢專家，雲雀起初著實沒太過放在心上，畢竟護理中心以及她和安迪租住的公寓，同樣在市中心以外，距離中央車站實在遙遠，車費不便宜。不過，就在雲雀來到〇〇超市挑選促銷時段的減價食材時，安迪剛好發來短訊，說今晚需要加班。他居然沒發覺自己的謊話早已露底，明明沒有上班，恐怕都是約了朋友喝酒。

雲雀心忖，反正回到家裡也是一個人看電視，不如就找那個解夢專家診治一下。於是，她把購物車裡的特價鮮肉和日用品逐一放回原位，然後兩手空空離開了超市，往中央車站的地下街看個究竟。大夢如蛋，積惡成魘，是否真有高人指點，能夠劈開夢魘一般的冰山。

自從搬到目前的住處之後，雲雀再沒有來過從早到晚都那麼熱鬧的中央車站。一如既往，車站各個出入口都有不同人群聚集，有穿著校服，準備跟朋友一起逛街的高中生，有街頭賣藝的結他手，還有無數一臉疲憊的中年上班族，他們像飢餓的昆蟲般伸長了脖子，眼窩深陷，猙獰而齷齪。

果然沒有那麼容易，雲雀找了許久都找不到那條地下街，她嘗試過好幾遍打開手機的定位搜尋，然而，連定位地圖都沒有紀錄到地下街的位置。

娜菲莉絲所憶述的傳聞，應該已是很多年前的事情，或許隨著中央車站不斷改建，舊地下街早就清拆，再沒有什麼「蜃氣樓」。

然而，雲雀正要放棄之際，她忽然瞇起眼睛，轉身往後倒退了兩步。好像誤打誤撞，踩到什麼機關裝置一樣，她意外在某個隱蔽的角落找到了地下街的入口。儘管她心裡認為，這個想法是有點奇怪，實在不確定這能否算是一個入口，因為它的尺寸太過不合常理。從高度來看，這個入口起碼有三至四米，然而，卻比起一道門的正常寬度還要再窄得多。

與其說是一個入口，它無疑更像一道門縫。

應該說，是在一群挺拔雄偉的摩天建築物交錯之間，被錯誤遺留下來的空間裂縫。

或是一個自動販賣機的投幣口。

「意思是把自己當成硬幣，放進去就可以了吧？」雲雀暗自竊笑。

沿著樓梯走過狹長而破舊的通道，雲雀終於來到「傳聞」中的舊地下街。這條昏暗、潮濕、燈光偶然晃動的地底長廊，感覺像是某個被遺忘的戰亂時期曾經用來逃避炮火的防空洞，後來才被改建成地下街，但鑑於年代久遠，已無從稽考。

雲雀隨即發現，舊地下街裡完全接收不到網絡訊號，而且這裡的佈局蜿蜒曲折，似乎是個精心佈下的風水迷宮。

地下街最繁盛的日子相信早已過去，如今商店疏落，超過一半都是被棄置的空鋪，路過的人不多，甚至令雲雀懷疑那些零散的人影是否真正存在，他們就好像只是為了讓人覺得這裡並非那麼陰森可怕而製造出來的幻象一樣。

還記得娜菲莉絲說過自己遍尋不獲，然而，雲雀兜了一圈，還沒有走到舊地下街的盡處，只是憑直覺拐了幾個彎，轉眼之間便已找到。面前的店舖應該就是「蜃氣樓」了吧，她大膽猜想。連門牌都沒有，但雲雀很快說服了自己，如果這條地下街真有一間名叫「蜃氣樓」的店舖，大概就是長得這副模樣。

牆身發黑，玻璃窗蛀滿了塵，沒有奪目的裝飾，讓人大多數時間都提不起興趣，是即使經過了也不會特別察覺，外觀低調而老舊的一間雜貨店。

雲雀推門而進，同時試著問道：「請問，這裡是……蜃氣樓？」

店內瀰漫著一股古樸的清香，卻是漆黑一片。驀然燈光轉亮，一個男人從店裡探出頭來。只見他穿著一身紫色長袍，雙眼纏著白布，感覺像是故意將頭巾戴錯位置，剛好遮蓋住眼睛。雲雀打量著對方，然後把視線微微往下傾斜，這才發現對方跟護理中心的那些長期病患者一樣，都坐在輪椅之上。

但面前這人雖然一副中年憔悴的樣子，臉上卻絲毫不見病容。他的聲音沉穩，始終帶著一抹殷厚的笑意。

「初次見面，我是歐陽龍太郎。」他笑著，先行自我介紹。

他，就是「蜃氣樓」的主人。

就是往後將這些關於惡夢的故事都逐一紀錄下來的敘事者。

畢竟是取名「蜃氣樓」的店鋪，雲雀起初以為會是那種像占卜師小屋，品味獨特的咖啡店，或起碼像是邪教團體分部之類的地方。但第一印象無疑是比較失望，這裡只是一間不怎麼吸引的雜貨店，應該說，說是雜貨店的話實際上都需要精挑細選，擺放出別具魅力的貨品逢迎顧客喜好。這裡比較像一間電影道具專賣店，堆滿了各式各樣讓人掃興的破舊物件。

到底誰會對這些亂七八糟的東西有興趣，這是雲雀走進「蜃氣樓」之後腦海裡登時冒出的第一個疑問。

「蜃氣樓」的店面比她想像中還要細小一些，可能是因為隨處堆積的雜物太多，但她發現，歐陽龍太郎雖然似是雙目失明，對於店裡每一件貨品的擺放位置都記得一清二楚，而且身手敏捷，他自行推送輪椅，都完全不會觸碰到任何東西。反而雲雀的一舉一動都盡量小心翼翼，她情願站在原地不動，怕不慎撞跌其中一兩件古董，會被面前形跡可疑的店主敲詐天價賠償。

龍太郎好像猜到她的顧慮，忽然笑著說：「閣下不用擔心，你在這裡看到的所有物件，於俗世物理空間都是不值錢的，即使有任何程度的損毀也沒所謂。」

雲雀輕輕把頭一點，隨即道明來意：「聽說你是解夢專家。」

「沒錯。」龍太郎笑道，轉念卻說：「但嚴格來說，世上並沒有解夢專家這種特殊職業，從來只有繫鈴人能夠解鈴，解夢亦是同一道理。不過，就工作內容而言，說是解夢專家倒是貼切的。」說著，龍太郎正色道：「實不相瞞，『蜃氣樓』是專門做打鐵買賣。所以我算是個鑄鐵匠。」

雲雀問道：「打鐵跟解夢又有什麼關係？」

龍太郎忽然乾咳了兩下，朗聲答道：「首先，是『蜃氣樓』跟一般的兵器店性質不同，以一般方法鍛冶的兵器，作為物的層次相對較低，無論是鈍器、利器還是暗器，都只是用來殺戮。但『蜃氣樓』所打造的兵器本質上剛好相反，精氣先行，形為其次，它是為了救贖而存在，為協助委託人擺脫夢魘而鑄造，而且它可以穿越物的境界。」

雲雀聽不明白，即時收起了笑容：「所以，這裡其實是一間兵器店？」

龍太郎點點頭：「難道你以為真是一間專賣破銅爛鐵的雜貨店？當然，這是相對世俗的說法，無論是鋒利的刀刃還是頑鐵鈍刀，實際上都有它們作為物自身的特質，但無優劣之別。還是不要說得太複雜。簡單而言，根據夢境的不同狀況，我們會為委託人度身打造兵器，讓委託人帶著我們的兵器入夢。」說著，龍太郎顯得略為生硬的吐出了兩句：「斬魔降魔，驅除惡夢，是我們『蜃氣樓』的服務宗旨。」

雲雀仍舊聽到一頭霧水，但覺得龍太郎滔滔不絕說得亂七八糟，倒是挺有趣的。「至於收費方面。」龍太郎隨即將一個小木匣放在雲雀面前：「貨真價實，反過來就是貨不真價不實，所以我們店舖奉行自行定價機制，費用完全取決於委託人意願。不過另有一個條件，收到製成品之後，需要授權讓我進入委託人的惡夢。」

雲雀覺得自己好像來錯地方，遇到一個不太可靠的怪人。卻見龍太郎毫不似是開玩笑，他轉個身回到房間，片刻後端著兩杯熱茶出來，將其中一杯放在雲雀身旁的木櫃上，然後調整一下坐姿。雖然雙目殘廢，龍太郎總是能夠迅速辨認方位，以正臉朝著雲雀：「接受委託之前，還有最為重要的事情。要勞煩你將惡夢經過告訴我。閣下可以慢慢說，無論殘留了多少記憶，任何一個細節，都請不要遺漏。」

說著，龍太郎淺喝了口茶：「潛意識總是躲藏在難以被夢境主人察覺的縫隙之中。要記住一句話——能夠轉移到夢境的一切內容，沒有任何一個細節是多餘的。」

聽到龍太郎如此一說，雲雀猶豫了片刻，忽然就從手提包掏出一本皺巴巴的筆記簿。

「如果你不嫌無聊，而且不覺得瑣碎的話，那就最好不過了。我確實是有很多資料的，每次從惡夢醒來，我都會將所有新增內容逐一紀錄下來。」她馬上想到，龍太郎根本就看不到她的資料，於是自行翻開筆記簿，先作扼要的自我簡介，然後將寫在筆記簿的內容詳細說明：「每次回到惡夢，都有剛好三十秒的倒數時間，習以為常之後，每一次惡夢輪迴，我都會用這三十秒驗證不同事情。譬如說，郵輪上的職員制服，跟我以前待過的航空公司地勤人員制服是一模一樣的。」

「夢境中，我總是穿著平常外出會穿的那幾件連身裙，間中會有不同，但款式都是相若。髮型跟平常一樣，然而每次都有化妝。感覺已經是很久以前的事情了，畢竟我最近換了工作，上班的日子都打扮得十分隨便，完全沒有化妝的需要。」

「還有總是穿著一雙自己很少穿的名牌高跟鞋。我本身就很不喜歡穿高跟鞋，就算是上班制服的一部分，我都會偷偷自備另一雙平底鞋，放在當值櫃檯下面隨時更換。地勤主任每次看到都會罵我不守規矩。」

龍太郎捧起茶杯，繼續聽著。

雲雀再翻到下一頁，接著說：「還有還有，這一點應該是關鍵。每次回到夢境，我都會出現在船艙一樓的自助餐廳，而且是一個靠右邊窗戶的位置。後來我用了幾晚時間去量度郵輪的實際尺寸，從船艙最右邊走到最左邊，需要二十秒，以步距計算的話，約是一百五十米。」

「船艙共有八層，不過三十秒的倒數時間實在不夠，我做過很多遍測試，最多只能容許走上四樓。另外，二、三樓是客房和觀景層，四樓則有一個上鎖的貴賓室。賭場應該是在甲板下面那一層，但我從沒去過，船尾部分亦無法查證，因為餐廳位於船首那一端，要在三十秒內跑到郵輪最尾端是不可能的。」

「還有一點，惡夢中的三十秒，跟現實中的三十秒是完全不同的時間概念。為了求證，醒來之後我在寓所做過許多實際測試，原來現實中單是跑一層樓梯的時間，就已經用了二十秒鐘。即是說，夢境中的時間流逝速度會比較慢，而且比照現實的差距大約是三倍。」

發表了長篇大論的觀察報告之後，雲雀忽然抬起頭，說出結論：「倒數時間為什麼要設定為三十秒，而不是四十秒，不是二十五秒呢？這個問題一直讓我很困擾。是因為三十秒之後，郵輪將會撞上冰山。如果有好好練習幾遍，稍為掌握船艙佈局和左右擺幅，是可以用三十秒從一樓船艙往下跑一層，再從甲板走到船首，親眼目睹那座冰山。」

「但惡夢不會就此而完結，因為下一秒鐘會被拋進海裡，然後醒來。然後再下一次，還是會回到船艙一樓的餐廳。抱歉了，好像都是些無關痛癢的資料。」

龍太郎搖頭答道：「不會，場景尺寸都是打造兵器的一大關鍵，你很細心。」

難得有人用心聆聽自己的惡夢紀錄，雲雀說得一時興起，便再翻到筆記簿的另一頁，繼續說下去：「姑且叫它作死亡郵輪。它總是往偏西北的方向行駛，但我在夢裡沒有準確的測量儀器，而是透過觀察北極星的座標進行推算的。當然，只能假設夢境和現實的北極星都被鎖定在同一位置。」

龍太郎愕然問道：「你居然還懂得觀星？」

雲雀答道：「是最近才網上自學的。要知道死亡郵輪的航行方向，只能倚賴一些傳統的航海知識了，不是嗎？我用過許多晚反覆驗證，死亡郵輪的航線基本不變，連冰山位置都是固定的。」她聳聳肩，淡然說起另一件事情：「雖然夢境從一開始便將我自動帶到一艘豪華郵輪的自助餐廳，但坦白說，餐廳提供的食物檔次實屬一般，不外乎都是即食咖喱、煎餃子、燉菜、漢堡肉和牛扒。牛扒其實都只是合成肉，跟超級市場買到的那些急凍食材沒分別。」

「但這是可以理解的，我也從未真正坐過豪華郵輪，根本無從想像郵輪上的豪華大餐能有多麼奢侈。我猜這些事情應該跟惡夢的源頭毫無關連，但相同的三十秒，我是真的重複了太多遍，於是就忍不住花了其中十幾晚，將餐廳裡所有菜式都逐一試過，包括丟落在地板上的，不過這部分的細節，我看還是略過不談好了。」

龍太郎露出一副萬分佩服的表情，答道：「你啊，真是一個不簡單的委託人。過去很少人能夠像你這樣鉅細無遺，熟悉自己的夢境。」

「那應該是你以前的客人都太過遲鈍了吧。」雲雀眼珠一轉，認真問道：「你剛才說過，收費真的完全隨意？不妨實說，我最在意都是委託費用。」

龍太郎點頭微笑。雲雀心忖，作為招搖撞騙的江湖術士，正職是一個鑄鐵匠的解夢專家，而且自行定價，營業手法未免太蹩腳。事實上，雲雀本身只是將一張面額很小的鈔票放進木匣。但她馬上又覺得過意不去，畢竟看到龍太郎雙目失明，還需要以輪椅代步，估計對方就算只是招搖撞騙，要維持生計亦殊不容易。
將心比己，待人應該寬厚一些，於是雲雀又將另外一張面額更大的鈔票放進木匣。
「感謝你的委託，請在三天之後回來取兵器。」龍太郎笑著回答。
待雲雀離開「蜃氣樓」後，龍太郎便收好了那個小木匣。他眨了眨眼睛，倒帶再把剛才雲雀解說夢境的片段重播一遍，喃喃自語：「挺有天份，而且是個心腸不錯的神奇女子。」

這件事情，倒不是每一個委託人都知道，應該說是絕大部分委託人都不知道。
但為了讓初次閱讀《蜃氣樓》的讀者們有更深入的理解，姑且破例說明一遍。只見龍太郎徐徐解開眼上纏著的白布，瞳孔之中，是兩顆以高頻率閃爍的紅點。
誠如各位抬頭所見，「蜃氣樓」店內不同位置都安裝了微型閉路監視器，事實上它們並不是防盜裝置。開業至今，「蜃氣樓」從來都沒什麼值得被賊人偷走的昂貴物件。按照龍太郎本人的親自解釋，他的眼睛已盲，但作為替補，他的大腦晶片移植了全方位視像系統，借助店內的閉路電視，能夠讓他以另一形式獲得比人類眼球更優秀的視力，所有東西都「看」得見。不過，要讓大腦適應監視器的第三身俯瞰視點，掌握距離感，過程殊不輕易。
而且，有效範圍只在「蜃氣樓」店裡。從某種概念而言，其實「蜃氣樓」本身就是龍太郎身體的一部分。

他就是「蜃氣樓」，而「蜃氣樓」就是龍太郎。

關於歐陽龍太郎的身世解說，暫時到此為止。新委託人雲雀走了不久，便再有客人到訪「蜃氣樓」。聽到那獨樹一幟的腳步聲，倒不用借助閉路監視器的影像，龍太郎都馬上知道對方不是來解夢的，而是來解悶。他的鄰居之一，同樣在舊地下街開店營業的古著屋老闆，是一位戴著金絲眼鏡，瘦弱得看起來像被一雙無形巨手使勁捏過的中年紳士。

「最近生意還好嗎？」對方問道。

戴金絲眼鏡的男人其實不是真的關心「蜃氣樓」有沒有生意。這一句話，只是對方一如既往的開場白，龍太郎在腦海裡甚至統計過他們一直以來的交談紀錄，他發現戴金絲眼鏡的男人從頭到尾都只會用三句開場白，比起一些舊式人工智能裝置還要像個人工智能。

沒錯，「最近生意還好嗎」是使用率最高的開場白。

順便一提，另外兩句是「有件事情要跟你商量一下」和「好久不見」。戴金絲眼鏡的男人絕對沒出現過另闢蹊徑的第四句開場白。

龍太郎稍為提及了關於雲雀的惡夢，不過為尊重委託人的隱私，便沒說到太多具體細節。戴金絲眼鏡的男人忽然說：「以前有一部電影，就是關於一艘豪華郵輪撞到冰山。」

「那部電影的結局是怎樣的？」龍太郎好奇問道。

「男主角葬身大海，女主角則繼續活下來。天啊，聽你剛才的口吻，難道你居然沒看過這部世紀經典之作？」戴金絲眼鏡的男人聳肩苦笑。

「要說豪華郵輪和經典電影的話，我反而想起另外一部作品。電影的男主角是個孤兒，親生父母將他丟棄到一艘豪華郵輪上，感覺把他當作一件故意忘記帶走的行李。」龍太郎接著說：「從此他一直在郵輪上生活，沒有國籍，沒有身份。後來他有過一次下船的機會，但他最終都沒有這樣做。」

「他為什麼不下船？」戴金絲眼鏡的男人問。

「因為外面的世界實在太可怕，他發現自己沒有勇氣離開郵輪，面對那個更大、更險惡的陌生世界。所以他情願永遠留下來。」龍太郎若有所思的解釋起來。

「但是啊。」戴金絲眼鏡的男人忽然盯著龍太郎，呢喃說：「這聽起來不就好像是你自己的故事嗎？」

「對，我是不會離開『蜃氣樓』的。」龍太郎笑著點頭，沒有否認這一點。

「你害怕外面的世界。」戴金絲眼鏡的男人猜道。

「我害怕外面其實並不是一個世界。而是所謂的『外面』並不存在，實際上什麼都沒有。」

「但我剛剛就是從『外面』走進來。」戴金絲眼鏡的男人不明白他的話中意思。

「你可以用眼睛證實空間與物的存在，我不行。我看到的一切畫面，都是訊號。」龍太郎接著說：「事實上，你可能都只是從出現於店門的那一刻剛剛被生產出來的訊號。我得承認，這是個非常無禮的虛無主義者才會宣之於口的想法。」

戴金絲眼鏡的男人想了一下，決定放棄爭論，不再跟龍太郎糾纏於這個關於存在與虛無的問題。

「言歸正傳，這一次你要為對方鑄造什麼樣的兵器？」於是他轉了個話題。

龍太郎想了片刻，腦海裡突然靈光一閃。

「應該會是能夠像燈塔一樣照亮航道的東西。」

依照約定，三天之後，雲雀又再來到「蜃氣樓」。

剛過去的兩個晚上，如果要說有發生過什麼事情的話，便是雲雀忽發奇想，於睡覺前自行洗腦，在網上看了整個小時的美食視頻，將一些高級餐廳的招牌菜式牢牢記熟。她想著將勤補拙博聞強記一點，起碼回到夢境中，死亡郵輪的自助餐廳都會提供像樣一點的精緻食物。

但結果這兩天在船艙倒瀉一地的仍然是那些乏善可陳的燉菜、罐頭香腸和漢堡扒。

下班之後，抵達中央車站的時候已經入黑，雲雀整天都沒吃過東西，便先到附近一間標榜免費增量的連鎖快餐店好好吃完一碟辣牛肉咖喱飯。以前她是從來不會獨自到連鎖快餐店吃飯的，但現在她已習慣，不知不覺便不再介意別人的目光。

無論現實還是夢境之中，她發現自己最近好像都是一個人吃飯，而且好像只有這些平民實惠的菜式才會如實出現在她的夢境。

畢竟她好久沒吃過一頓像樣的晚餐，可能已經不敢奢想，人窮志短到連虛有其表的夢境之中，也仍然吃不起。

還真是價廉物美的惡夢。

想著，雲雀離開快餐店之前還順便打包了兩份煎餃子，一份是豬肉另外一份是素的。她拿著外賣到「蜃氣樓」找歐陽龍太郎。

「你應該還沒吃晚餐吧。」只不過是第二次來到店裡，她已經像個熟客一樣自行找位置坐下，還把熱騰騰的餃子端了出來。

推著輪椅的龍太郎緩緩探出頭來，忍不住說：「你還真是個自來熟。」

雲雀啐道：「什麼自來熟？趁熱吃，不然冷掉就要變酸了。」

龍太郎笑著點了點頭。店裡沒有別的餐具，他就徒手抓起一顆餃子塞到嘴裡。雲雀見他居然吃得豪邁，便同樣徒手抓了顆餃子來吃。

「餃子居然還是燙的？」龍太郎好奇問道。

「不然呢？當然是剛買的。」雲雀怪笑道。

「我的意思是，閣下從『外面』只需要一下子便來到『蜃氣樓』了嗎？」龍太郎追問。

「確實很多人都誇讚我的方向感不錯，你不是第一個。」雲雀嘻嘻答道。

跟前幾天一樣，龍太郎轉身回到店裡那個隔著布簾的房間，片刻後端出兩杯熱茶。待雲雀吃完餃子，緩緩呷了口茶，他才遞上一個帶有龍紋雕刻的長方形鐵盒。捧在手上，雲雀覺得著實挺有氣派。「因為你叫歐陽龍太郎，所以鐵盒上面有龍嗎？」她本來是打算這樣說的，然而，打開鐵盒發現裡面只是放著一根長條形狀的金屬握柄。她忍不住笑了，那個用作裝飾的鐵盒分明就比裡面的奇怪東西精緻得多。

金屬握柄的其中一端，說是鉗子倒又不是，像一根鐵叉卻未免太鈍。雲雀試著將握柄放在掌心，用力握緊，沒有任何彈簧機關，倒不曉得有何用途。

「這是一把『音叉』，正確來說應該叫定音器。」龍太郎徐徐解釋：「你不知道是正常的，畢竟如今已是完全數據化的年代，一般都不需要用到這種測量工具。」

雲雀依照龍太郎的解說，舉起音叉輕輕揮動，朝著木櫃敲了一下。音叉登時以極微小的擺幅抖震，發出連綿不斷的低沉聲音。雖然音叉產生的聲音不算響亮，但持續約莫半分鐘，已經遠遠超乎雲雀想像。

龍太郎叫她嘗試比剛才再用力的敲一遍。只聽聲音絲毫沒變，卻維持了差不多兩分鐘。

雲雀訝然叫道：「這東西不錯，玩起來有點意思。」

龍太郎說：「震動所產生的音頻是固定的，而且從不間斷。相傳『音叉』是最古老的宗教法器之一，曾經被用來洗滌人心，驅除邪靈，相信它可以幫助你解除惡夢。」說著，他莞爾一笑：「我順便為它取了個名字，叫『吠陀閃光』。」

雲雀狐疑問道：「但到底要怎樣用這東西解除惡夢？」

說著，她便順手拿著「吠陀閃光」端起了最後一顆餃子，笑眯眯的放進嘴巴。

「夢裡自有分曉。」龍太郎接著說：「不用擔心，反正你已經授權讓我入夢，每當需要我提供協助的時候，我就會出現在你的夢境裡，算是某種售後服務吧。」

雲雀依言將「吠陀閃光」收回鐵盒，那天離開「蜃氣樓」的時候，她大概還未察覺龍太郎已經在她的腦海裡留下某些印記。

回到家裡，男友安迪已經倒頭熟睡。她知道，安迪有個壞習慣，他總是喜歡將用完即棄的雜物塞進褲袋，然後連自己也不記得。她就在安迪的褲袋裡找到一張電影票尾，日期正是今晚。是最近剛上映的懷舊科幻片。

明明之前說過沒有興趣看的。雲雀眼珠一轉，假裝若無其事，便匆匆將票尾放回褲袋。

然後她一個人待在客廳看電視，餓了便從冰箱拿出前兩晚的剩菜，翻熱過後獨自吃了，當是宵夜。她一邊看著深夜重播的綜藝節目，一邊隨意晃動龍太郎交給自己的「吠陀閃光」，還試著敲了幾下。

渾圓飽滿的聲音確實讓人感到無比安穩，放空一切情緒。

沒多久，雲雀便在客廳的沙發上沉沉睡著，而「吠陀閃光」發出的聲音，卻仍然穿過她的耳蝸。像是一根幾乎無法被看見的線，纏住了它的主人。

腥鹹的大海氣味湧上心頭，打開眼睛，果然又見到電子錶上的死亡倒數。雲雀深呼吸一下，環視四周，仍然是她最近不斷夢見的那一艘豪華郵輪。船艙上衣著雍容的乘客們爭相躲避，慘叫聲不絕，場面一片混亂。當然，她顯得處變不驚，畢竟情況跟之前無數個夜晚都沒有分別。

電子錶繼續倒數，意味著郵輪將會在廿多秒鐘之後撞向冰山。雲雀擺動身體，讓自己靠著右邊牆壁，她記得幾秒之後郵輪便會往左邊急轉。

「你看起來相當鎮定啊。」

這時候，突然出現在雲雀面前的人，居然是歐陽龍太郎。

他是第一個從「外面」闖入惡夢輪迴的破局者。

雲雀一怔，只見龍太郎不再是個盲了眼睛、需要坐在輪椅的男人，他還是穿著剪裁寬闊的紫色長袍，雙目卻沒有纏著白色頭巾，異常明亮的黑眸子更顯得神采飛揚，而且比起「蜃氣樓」所看到的樣子還要年輕一些。

他斜著身子佇在船艙的另外一端，眨動著一雙笑彎了的眼睛，手裡難得捧著一杯沒有打翻的紅酒。

「晚安。」龍太郎柔聲道。

讓雲雀最意外的是，龍太郎居然在劇烈搖晃的夢境空間裡如履平地，站得很穩。她自己倒是花了很多晚才勉強適應。船艙上只有她和龍太郎依然淡定自若，而龍太郎好像對久疏鍛煉的雙腳協調能力頗為滿意，放下酒杯，還自得其樂的在船艙裡彈跳了幾下，露出一臉舒爽的表情。

雲雀忽然大叫起來：「啊——我猜到了。因為我整晚都一直想著你說過會出現在我的夢裡，所以我便真的夢見你了。」

龍太郎苦笑道：「實際操作起來比你想像中複雜得多，不過你是可以這樣理解的。」

雲雀忽然指著龍太郎背後的窗。最後的三十秒差不多用完了，窗外可以清楚看到郵輪即將撞上的冰山。

臨場所見，那座冰山似乎比龍太郎原先預計的體積還要巨大。

龍太郎點點頭，然後雙手合十：「直到你張開眼睛為止，讓我們一起改變世界吧。」

雲雀學著他雙手合十，粗著嗓子嗔道：「但我現在還是兩手空空，哪裡有什麼解夢兵器呢？」

只見龍太郎忽然捧著一盤煎餃子，他盯住了雲雀，略帶笑意：「你才是夢的主人，既然是不斷在腦海裡想著的事情，又怎會在夢裡消失呢？」

雲雀皺眉道：「但我就是找不到你交給我的『音叉』啊。明明睡覺之前還是好好握著它的。」

龍太郎答道：「在夢境裡，『吠陀閃光』會恢復成它的本來面目。」說罷，他隨手抄起散跌地上的一把鐵叉，夾起餃子放到嘴巴。然後將鐵叉拋到雲雀手裡。只見鐵叉在半空發出閃光，變成一把跟雲雀身高相若的長劍，而且劍身很重，雲雀沒有心理準備，幾乎拿不穩。

「這就是『吠陀閃光』在夢境裡展示的形態。」說著，龍太郎在雲雀肩上用力一推，便將雲雀像紙鳶一樣拋到空中。

雲雀把「吠陀閃光」托在肩上，劍雖然很重，卻發現自己突然變得輕飄飄的，再看面前那座冰山，比起之前幾晚好像又再巨大一些。

龍太郎佇在甲板上，抬頭叫道：「時間無多了，看準時機把它劈開吧。」

雲雀點點頭，嘗試舉起「吠陀閃光」砍開冰山，但冰山根本絲毫無損。她反而被冰山震得雙臂發麻，像一隻被迎面強風吹倒的蒼蠅，撲通一聲掉進海裡。

聞到大海的氣味之前，居然是一把熟悉的聲音。

「昨晚失敗了呢。」

雲雀記得，是那個來自「蜃氣樓」的男人——歐陽龍太郎。打開眼睛，第一個畫面不再是限時三十秒的死亡倒數，而是龍太郎那一張慣常喜歡揚起嘴角，但實在談不上很好看的臉。

第二晚，雲雀再次夢見了龍太郎，她自行拾起地上的刀叉，互相敲了一下，將那沉重得超乎想像的「吠陀閃光」握在手裡。雲雀的領悟力不錯，有了昨晚的經驗，她已經略為掌握到揮動這把重劍的竅門，連龍太郎也不禁佩服起來。

「再來一次？」龍太郎問道。他雙手合十，把時間流動的速度盡可能減到最慢，然後張臂挽起一圈，準備往雲雀肩上用力一推，雲雀卻在最後關頭叫住了他。

「慢著，我真的能夠劈開那座冰山嗎？」雲雀一臉茫然。

「現實世界的邏輯，絕大部分都不適用於夢境。放下對物理理性的慣性依賴，一切都會相對容易操作。」

「但確實不可能有足夠力氣吧……」她並不抱有太大自信。

「那麼，你覺得要多大的力氣才能夠劈開冰山？」龍太郎忽然問道。

「我怎麼知道？」雲雀反問。

「關鍵是不要思考自己有多大的力氣，而是想像出一種『我有足夠力氣劈開眼前的存在之物』的強大信念。在夢境之中，但凡信念都可以實現成邏輯。」龍太郎笑著喊道：「無論如何，請嘗試把它想像出來。」

「你說得很簡單，但『力氣』這種概念未免太抽象了吧？」

「唔——」龍太郎提議道：「有什麼較為具體的事情會讓你覺得充滿力量？」

「像是，職業拳擊手？」雲雀隨即仿效了社交網絡上偶然看到的拳擊手比賽片段，將臉孔緊繃，用盡全身精力吼叫一聲。

果然「吠陀閃光」發出一下亮光，但然後再沒有什麼改變。

「好的開始，是成功的一半。」龍太郎拍手鼓勵，為尷尬場面打了個圓場。

「再給點意見吧，教練。」雲雀啐道。

「最好是一些更為發自內心的概念。」龍太郎修正了剛才的說法。

「發自內心的事情嘛——」雲雀若有所思，讓龍太郎更感到意外的是，雲雀很有這一方面的天賦，似乎一下子就想通了運用「吠陀閃光」的竅門。只見「吠陀閃光」驀然開始變亮，並且一瞬間增大了幾倍。

龍太郎順勢將雲雀推上半空，她緊握著劍柄，將雙臂高舉過肩，借用劍身的重量從上而下，便一氣呵成將偌大的冰山劈開，裂成左右兩邊。

龍太郎忍不住嘖嘖稱奇：「閣下剛才想像的到底是什麼事情？」

雲雀遲疑著，好像不想特別多談，支吾應道：「好像也沒有想起別的事情，只是剛好將自己想像成非常生氣的樣子。不是說一個人生氣的時候就會撇除邏輯不談嗎？真有點難為情。」

龍太郎打斷了她的說話：「要注意了，你的手錶又再亮起來。」

雲雀看看手錶，計時器居然自行啟動，而且這一次的倒數時間比之前更短，還有十秒。

九秒。八。七。

「這又是什麼回事？」雲雀急道。

「或者代表你的惡夢還未完結。大概，像拳擊比賽一樣，還有第二回合。」龍太郎忽然指著面前那座已經一分為二的冰山，問道：「你有聽過冰山理論吧？」

倒數完畢，手錶上的計時器倏然響起，像是警報。

「問得有點蠢，你當然是聽過的，否則都不會夢見這個場景。」龍太郎自言自答。

但見冰山碎開之後，海面之下倏然鑽出一頭全身覆蓋著黑黝黝硬殼的巨大海獸。海獸的體型比起剛才的冰山還要再大幾倍，眼睛和嘴巴都在腹部，怪異之餘更顯得面目猙獰。海獸的長脖子連著一顆巨大的金黃色骷髏頭，不知道是牠真正的頭顱，還是用來吸引獵物的裝飾餌。

「剛才只是冰山一角，看來牠才是冰山的本體。」龍太郎呢喃道。

隨著海獸仰天嘶叫，海面上波濤翻滾，郵輪晃得更為激烈。

雲雀皺眉道：「牠就是第二回合？」

龍太郎苦笑：「你啊，睡覺之前實在不應該看太多恐怖電影吧。」

「你指這頭怪物？」雲雀認真看著破冰而出的龐然巨獸，答得一臉不屑：「不是我看的，我這輩子才沒看過這種爛片。告訴你好了，是我男朋友和小三偷偷一起看的。」

剛才「吠陀閃光」驀然刺眼發亮，就是因為她心裡默默想著這件事情。雲雀突然明白，是她的怨念誕下這頭巨大怪獸，讓牠破冰而出。

雲雀拍拍手掌，連忙轉身盯著龍太郎：「能不能再來一遍？還是你有別的厲害招式？」

龍太郎愣在原地，猶豫道：「這個嘛……請恕在下一時失策。」

體內蘊藏著巨大輻射能量的巨大海獸，猛然張開腹部的嘴巴，迎面射出一道異常令人暈眩的光線。

從沙發醒來，雲雀隨即撲到洗手間，嘩啦兩聲吐了整肚臭水。她發現男友安迪還在房間裡抱頭大睡，鼾聲呼嚕呼嚕的跟往常一樣響亮，她懷疑這個人應該從來都沒發過惡夢。再惡的夢，其實都無法折磨一個能夠心安理得地傷害別人的禽獸。雲雀一直以為自己只是不肯定男朋友有沒有瞞著自己，愛上了別的女孩。她沒有絕對的把握，她還覺得自己可以假裝不知情，直到她發現夢裡面的自己比較誠實。

其實她已經接受了這個真相。那座要命的冰山，無論你怎樣迴避，迴避多少遍，都不會就此消失，都會撞上。

可能受到惡夢裡「吠陀閃光」的力量影響，雲雀內心變得躁狂，壓抑不住的憤怒和憎恨，不斷變大，變得愈來愈沉重。睡醒以後，她再無法維持一直以來裝作冷靜的模樣。她很想將藏在懷裡的「吠陀閃光」拿出來，然後在安迪身上狠狠戳幾個洞。

但這樣的念頭只是在腦海裡一閃而過。她的「吠陀閃光」既不尖銳，甚至也不鋒利。

她明白龍太郎為什麼送她一把毫無殺傷力的鈍器。即使敲得再用力，用盡她內心的一切憤恨，「吠陀閃光」都只會以相同的震幅，發出相同而且漫長的聲音。那渾厚低沉的震動，彷彿像是她的寫照，對人藏著深深的惡意，但總是顯得那麼溫馴和遲鈍，沒法子對任何人狠起心腸進行報復。

翌日，回到護理中心，雲雀發現弗德列還沒離開。弗德列一般在清晨就會下班，唯一的例外情況只有晚上遇到突發事件，需要他留下繼續跟進。見他好像相當疲倦，雲雀猜到多半是有病人出了事。

弗德列跟她說，凌晨時分娜菲莉絲按了直接通報急救站的緊急呼叫鐘，她隨即被安排送到市中心的公立醫院。弗德列壓下聲音說：「聽聞是心臟衰竭惡化，情況並不樂觀。」

雲雀問娜菲莉絲被送到哪一間醫院。

「我想去看看她，至少要見她最後一面。」

實際上，娜菲莉絲早已沒有任何親人在世，除了她和弗德列，根本沒有人會到醫院跟她道別。雲雀馬上電召一輛計程車，趕到接手診治娜菲莉絲的醫院。當值護士問起她和娜菲莉絲的關係。

她衝口而出，冒認是娜菲莉絲的女兒，然後覺得不妥，醫院應該已經取得了娜菲莉絲的個人資料，便連忙補充道：「不是親生，我是她的養女。」

進了病房，只見娜菲莉絲正躺在床上，身上插滿了呼吸器。她隱約看見雲雀，便用盡全身力氣，將眼睛勉強眨了一下。

雲雀知道她要問什麼，點頭答道：「那個名叫『蜃氣樓』的地方原來是真的。雖然實在花了點時間，但總算找到了。」她頓了一頓，便繼續說：「店主是個名字非常古怪的男人，但好像也挺可靠。」

說著，雲雀掏出那個有龍紋雕刻的長方形鐵盒，把鐵盒打開，然後將「吠陀閃光」放在娜菲莉絲手裡：「他說，這東西可以替我解除惡夢。起初我也不相信，但似乎不是騙人的。」

娜菲莉絲微笑。雲雀想起，娜菲莉絲說自己年輕時曾經找過「蜃氣樓」但始終緣慳一面，她心念一動，握緊娜菲莉絲的手：「你拿著它吧，相信會為你帶來好運氣。說不定你今晚可以在夢裡跟那個男人碰上一面。他的名字叫歐陽龍太郎。」

離開醫院，雲雀記得還有一件今天之內必須要做的事情。她跑到距離醫院最近的電影院，自己一個看了那部怪獸片，而且選了最前排靠右邊的位置，確保不會被其他情侶的竊竊低語騷擾。整部電影從頭到尾都讓她覺得異常沉悶，她完全沒有一點興趣，甚至不明白男友安迪為什麼會跟小三一起去看這樣粗製濫造的科幻片。但她強迫自己要將整部電影看完。

她有必須看完這部電影的原因。

那天晚上，龍太郎發現雲雀整個人的氣場都變得跟之前判若兩人。她連一眼都沒看過手錶上的時間，而且，就在張開眼睛的時候，她手裡已經握著「吠陀閃光」，但形狀和尺寸跟昨晚明顯有所不同。

雲雀再次回到那個周而復始的惡夢。然後，她轉身望向彷彿早已在船上恭候多時的龍太郎。

「你果然都來了。」她說。

「當你需要我的時候，我就會出現在你的夢境裡。」龍太郎把頭一點。

剛準備要雙手合十，雲雀忽然伸出一掌，把他推開。

「不用，這一次沒你的事情，退下吧。」她神色自若的答道：「時間充裕，而且我已經知道那隻怪獸的弱點了。」

說罷，雲雀當機立斷，先將一雙高跟鞋脫下來，赤著腳從一樓船艙破窗而出，握著長劍毫不猶豫的飛撲到萬丈深海。要阻止郵輪撞上冰山，其實不一定要劈開冰山。

雲雀有一個更瘋狂的想法。她在空中舉起「吠陀閃光」，朝著船身用力拍了一下，劍身隨即像音叉一樣劇烈晃動，發出有如野獸低鳴的叫聲。就在「吠陀閃光」碰到海面的一瞬間，震頻傳開，整片大海突然被冷卻下來，瞬間變成了一望無際的冰面。

郵輪擱淺在冰面之上，完全靜止，眼前亦再沒有冰山，因為冰山都不過是大海的一部分。而大海如今已經成為了冰，與冰山融為一體。藏身在冰山裡的巨大怪獸，此刻看來像是一具保存在實驗室裡的生物標本。

雲雀踏冰而行，然後輕輕揮動手上的「吠陀閃光」，將怪獸的頭顱削成兩截。

「這種事情就算只是發生在惡夢之中，也未免太過匪夷所思。」雲雀跟龍太郎揶揄道：「但是啊，那部電影的劇情確實是這樣的，結局居然是一群科學家引發連鎖中子反應，急速降低海洋溫度，讓怪獸接近完全喪失去活動能力，這簡直比夢境還要不講邏輯。」

「所以你把電影情節都抄下來了。」龍太郎怔住。

「不能算是創作剽竊吧？」雲雀笑道。

「這主意是不錯的，不過……第三回合來了。」龍太郎指著雲雀的手錶。

然而，這一次她的手錶沒有重新計時，沒有倒數，而是直接發出一聲長響。冰面突然晃動，巨大海獸脖子上的金黃色骷髏頭從屍骸剝落，像氫氣球一樣爆開，裡面居然藏著一個全身赤裸的男子。只見他面容蒼白，嘴巴張開，鼻孔斷斷續續發出震耳欲聾的呼嚕聲。雲雀對眼前的蒼白巨人並不陌生，他就是每天晚上跟自己睡在同一張床上的男友安迪。

巨人安迪不斷敲打冰面，像是某種古代雄性生物展示力量的習性，隨著身體動作，在他兩腿之間的生殖器亦變得愈來愈挺拔粗大。

龍太郎露出一副嘆為觀止的表情，笑道：「原來他才是讓你極度煩厭的惡夢源頭。」

「真讓人害羞又難堪。」雲雀啐道。

她猛一咬牙，便將手上的「吠陀閃光」像標槍一樣筆直擲向巨人安迪。然而「吠陀閃光」對巨人安迪來說不過像根不痛不癢的鐵叉，他伸手一抓，便彈開了「吠陀閃光」，劍身應聲粉碎。雲雀牢牢盯著巨人安迪下半身那根蠢蠢欲動的生殖器。

「比大的話，其實也太渺小了。」雲雀瞇起眼睛，對龍太郎問道：「我們應該有比這東西更大的兵器，對吧？」

龍太郎點點頭：「尺寸方面，確實完全不需要擔心。」

雲雀隨即奮身撲向巨人安迪，好讓自己的身體被對方一手撥開，然後順勢往後滑行，直到結結實實撞向那艘郵輪才停下來。雲雀掙扎站起，掌心朝著郵輪的船身敲了一下，然後用力握緊。整艘郵輪驀然發光，變成雲雀手裡的一道光。

這才是「吠陀閃光」的真面目，超越物理界限，一把究極尺寸的斬艦級巨劍。

龍太郎看著委託人舉起自己的心血傑作，喃喃笑道：「果然，你的領悟力真的不錯。」

「你這傢伙——」雲雀別過臉，盯著春風滿面的龍太郎朗聲問道：「你怎能想像到將一整艘郵輪都用來鑄劍？」

現在她正握著一艘重逾千噸的巨型郵輪。

「因為我是個很了不起的鑄鐵匠。」龍太郎愉快的笑了起來：「來吧，讓世間一切夢魘邪靈好好見識『蜃氣樓』的實力。」

雲雀用力跳起，將「吠陀閃光」往前一推，不偏不倚便將巨大安迪那根粗壯的生殖器一刀兩斷。巨人安迪臉上痛苦不已，登時鮮血噴濺，像雨霧一樣灑落大海。

她接著沉腰站穩，提起「吠陀閃光」轉身再度一揮，順勢將巨人安迪攔腰斬成兩半。冰面逐漸溶解，彷彿將巨人安迪的屍體往下扯進深不見底的大海。

雲雀目送巨人安迪徹底消失，像龍太郎一樣擺出雙手合十的姿勢，抬頭嘆道：「沒想到我是打從心底就很期待這一幕。」

然後，她放鬆身體，讓自己漂浮在海上。張開眼睛的時候，剛好看見了天邊的北極星。有一把熟悉的聲音自遠方傳來，雲雀翻動身體，這才發現叫聲來自一艘橡皮艇。

橡皮艇上是一些讓她感到親切的面孔。護理中心的那些老人都安然無恙，全部獲救了。佩吉太太抱著她最愛的兩隻貓，娜菲莉絲正朝著自己揮手。娜菲莉絲最終還是來到自己的夢裡。當然還有負責夜班的弗德列。雲雀沒想過弗德列居然也會出現。只見弗德列正站在橡皮艇的前端，拼命吹響著哨子，叫她儘快過去他們那一邊。

這是差不多要醒來的暗示了吧。雲雀想著，然後不自覺低頭看了一下電子錶。她愣住了，計時器居然還在倒數。

「還沒有結束嗎？」

雲雀心裡一沉，看著那個數值超過千萬的倒數計時。但這個時候，歐陽龍太郎已經不知所終。

醒來之後，還是一陣天旋地轉，雲雀頓時嘔吐大作。但是，她隱約明白，惡夢已在剛過去的一夜離她而去。那天中午，雲雀自行到醫院做了一次身體檢查，兩個多月以來的暈眩和心緒不寧，終於有了確切答案。

醫生形容沒什麼不正常，因為這些都是自然懷孕的常見症狀，而且不算十分嚴重。意思就是，雲雀已經懷孕兩個多月。

「目前看來是一個很難得的健康胎兒，雲雀小姐。」

腹中孩子的健康，來自幾個月以來的寢睡不安。

雖然身體無大礙，但安全起見，護士仍舊安排雲雀到婦產科再做一個詳細檢查。

走進升降機，雲雀恍然大悟。她剛剛離開了位於一樓的急症室，婦產科原來是在四樓。她摸著仍顯得扁平的小腹，猛然想起夢裡那個上鎖的貴賓室。龍太郎的提醒其實沒有錯，夢境的最終面目，總是藏在難以被察覺的細節之中。

「你怕媽媽察覺不了你的存在嗎？」她扁起嘴巴，終於想通了手錶上擺脫不了的倒數到底代表什麼一回事。醫生告訴她，預產期是在半年之後。

做完婦科檢查，雲雀發了個短訊給安迪，提議今晚一起到外面吃飯。她想讓安迪第一時間知道自己懷孕的消息，而且他們已經很久沒一起吃過晚飯了。

她在附近商場逛了一下，很快便找到那隻自己在夢裡一直戴著的電子錶，決定買下來給自己留作紀念。

接近黃昏的時候，安迪仍一直沒有回覆，估計跟新相識的女孩子正在親熱。她反而收到弗德列打來的電話。印象中，這是弗德列第一次打電話給自己。雲雀記得，弗德列也在她的夢裡出現過，或者是自己留給現實中另一個自己的啟示。她早就想過，夢境開始之前，她應該不是一個人貿貿然出現在船艙的餐廳。如果只有自己一個人的話，她不會出現在船艙的餐廳，亦不會出現在郵輪上。她是跟另外一個人一起登上郵輪的，是一個讓她覺得可靠的人。

當一艘郵輪沉沒的時候，那個人會開著另一艘船來接應。雖然只不過是一艘橡皮艇。

弗德列在電話另一邊的聲音很小，因為他接下來要告訴雲雀一個壞消息。雲雀其實猜到是什麼壞消息，在夢裡面，她們最後擦身而過。

「相信你就是那個傳聞中的解夢專家了。」

我點頭微笑：「對，我就是歐陽龍太郎。」

我一邊說著，一邊扶著娜菲莉絲以及另外幾個老人，慢慢離開甲板，回到岸上。雖然豪華郵輪遇上離奇擱淺事件，萬幸的是沒有撞到冰山，無人傷亡。乘客獲救之後，紛紛被送返鄰近的港口城市。分別前夕，我趁著最後機會，主動上前跟娜菲莉絲打了個招呼。

奇怪的是，娜菲莉絲好像早就知道我會出現。對於我接下來的提問，她甚至一點都不覺得驚訝。

「畢竟是我介紹這個小姑娘找你幫忙的。」娜菲莉絲緩緩答道。

「難道我們以前有見過面？」我問。

「應該沒有吧，過去這十多年我都一直待在護理中心，你說對嗎？」說著，娜菲莉絲望向身旁的佩吉太太。

「至少有二十年了吧。」佩吉太太抱著兩隻貓，忍不住埋怨道：「我也很多年沒用過這副老人軀殼，真受不了。」

佩吉太太想儘快從雲雀的夢裡解脫，回到多姿多采的虛擬世界。娜菲莉絲倒是不著急，她笑著說：「不是很有趣嗎，這裡明明只是別人的夢，但其實這個樣子才是我們本來的身體。這副身體明明是我們的，但其實我們又只是被這個夢創造出來的幻覺。」

「因為有些時候，夢境比起現實更接近真實。」我接著說。

佩吉太太悶哼一聲，便繼續逗玩她最心愛的貓，不打算再理會我們。接著，我正式跟娜菲莉絲道明來意。

「恕我唐突，其實我要跟你打聽一些事情。」

「但願我這個老太婆的僅餘記憶能夠幫得上忙，請隨意發問。」娜菲莉絲點了點頭。

我取出一個小木匣，放在娜菲莉絲面前：「請你打開。」

娜菲莉絲伸手打開了小木匣，只見木匣裡面放著幾張舊照片。

「照片上的那些人，未知你會否見過？」我問。

娜菲莉絲看著那些舊照片，沉默了好一會兒。

「影像確實有些模糊，但已經是我用盡所有辦法回溯的最後記憶。」我看著她的表情，大概明白她的答案。她並不認得照片上的那些人。

「他們尚在人世嗎？」娜菲莉絲忽然問道。

「恐怕都已經不在。」我搖搖頭。

「但你覺得他們還待在夢境裡？」她問。

「如果他們仍然被尚在現世的人記住，就會繼續活在別人的夢裡。」我輕輕嘆了口氣，微笑道：「至少還沒到放棄的時候。」

「說起來，像我們這樣在別人的夢裡碰面和交談，真是不可思議。」娜菲莉絲來回眨眼，續道：「別看我現在好像視力平常，現實世界裡早已不是這樣子。」

「這一點，我完全可以理解。這裡可以實現許多事情，因為它確實只是一場夢。但我們見過面這件事，即使只是發生在夢境，也是真實的。儘管在某種意義上，它並不存在。」

「能夠跟你見面，算是我們的緣分，只可惜我似乎讓你再一次失望了。」娜菲莉絲淡淡的說：「替別人解夢的人，終究解決不了自己的夢。」

「正是如此。但願我們會在下一個夢境裡再見。」

「應該不會了。我想我無法再出現在別人的夢裡，因為沒有人會記得我這個老太婆。但願你一路平安，能夠從別人的夢裡得到解脫。」

娜菲莉絲彷彿把一切都說得輕描淡寫。

我雙手合十，微微點了點頭：「一路順風，我們後會有期。」

與娜菲莉絲道別之後，我便登上另一艘破舊的貨船，離開夢境，回到屬於我的現實世界。

那天黃昏，娜菲莉絲悄然離開了世界。在一生即將完結的時候，她曾經在別人的夢裡見過歐陽龍太郎，但其實，她從來未見過歐陽龍太郎。

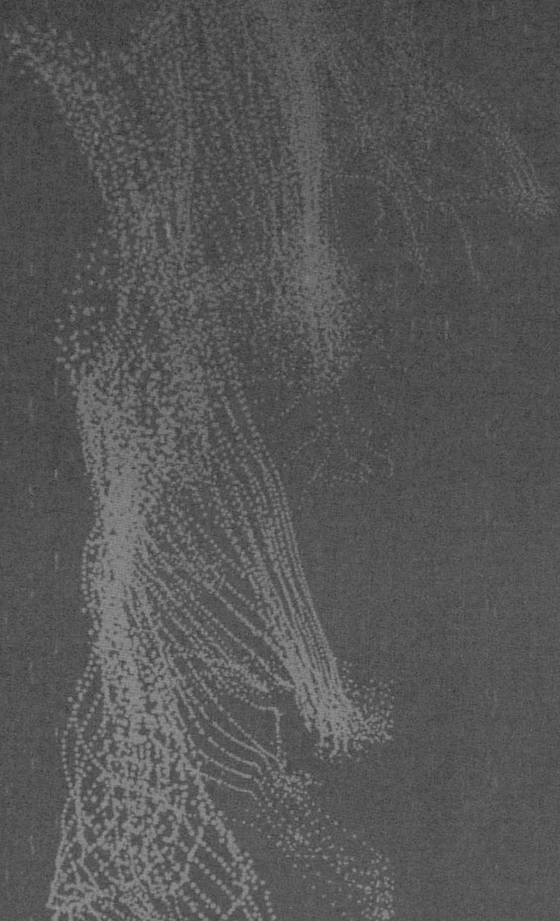

百花塗鴉

dream sequence

02

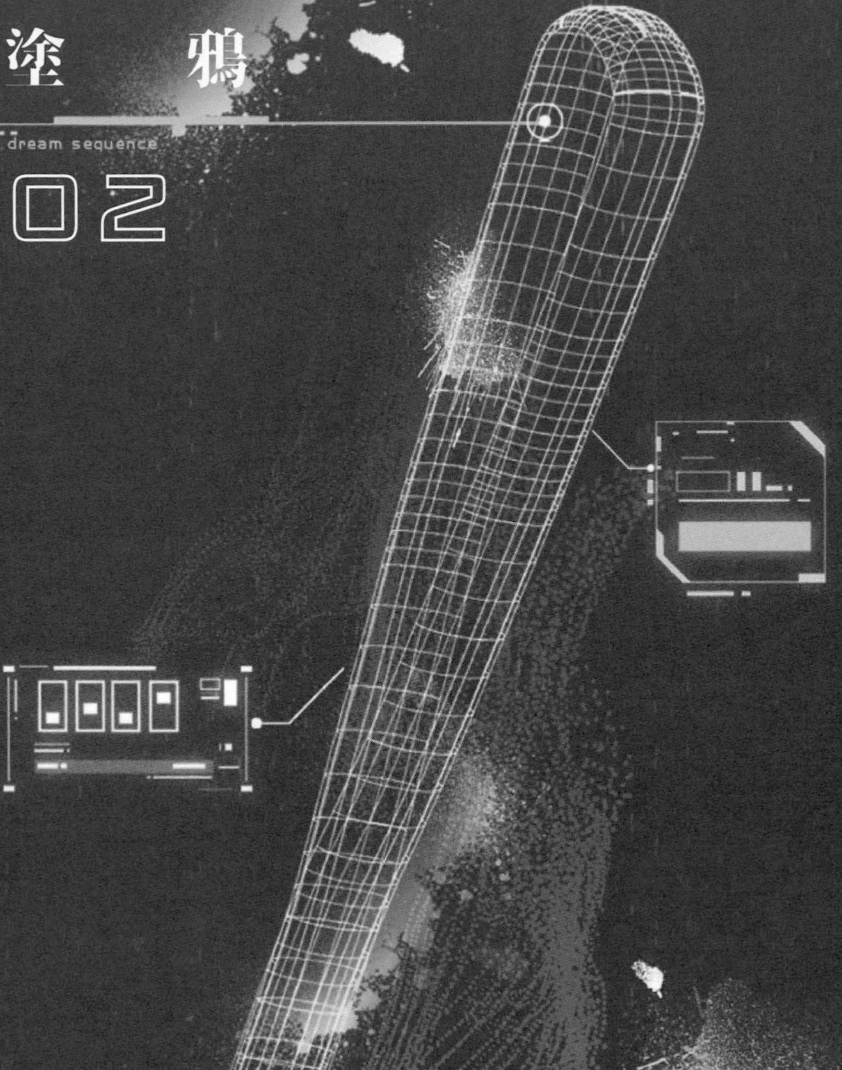

百花塗鴉

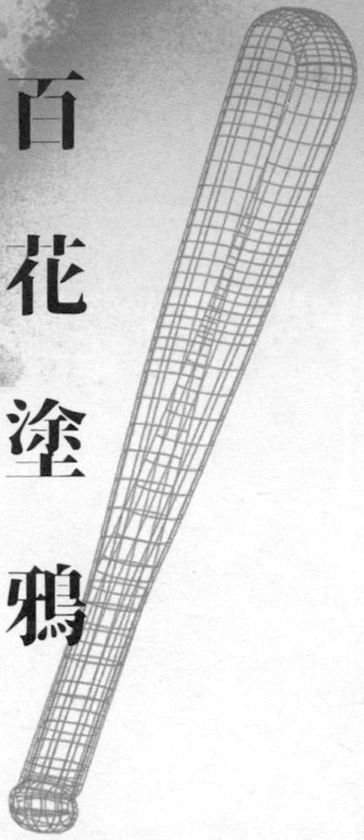

這是一個讓人提不起勁而且份外懊惱的雨天。雨勢很大，我沒有親眼見過這一場雨，但客人進來的時候，已經將「外面」的萎頓和陰鬱如實相告。

雖然她不想為別人造成滋擾，沒有將濕淋淋的傘子帶進店裡，而是擱在外面。但是，初次遇見她的時候，她臉上的妝容已經化開，衣服全是混在一起的汗水和雨水，頭髮和裙子幾乎都是濕的。

「所以，最近使你心情煩躁的那個惡夢，是關於被人跟蹤嗎？」我問。

「對，但不是因為被人跟蹤，所以令我造了惡夢。而是我在惡夢裡面一直被人跟蹤。」那個名字叫葵的女高中生，用一副冷靜的神情回答：「過去這兩、三個禮拜，我已經在夢裡被一個奇怪的人跟蹤了十多遍。那些夢，有時候很漫長，有時很短。但總是覺得有個人躲在角落跟蹤著我。」

「你確定是同一個跟蹤者嗎？」我試著追問。

葵點頭回答：「對，雖然還沒有看到犯人的臉，但相信是同一個人。因為惡夢的場景都是發生在我下課回家會經過的那些地方。」葵說話的速度很快，而且非常簡潔，看得出是個伶牙俐齒而且本身十分活潑的女孩子。

當然，所謂的「看得出」其實只是某種比喻。只聽葵繼續解釋：「比如說，有時候我會夢見學校附近的街道，有時候是連鎖咖啡店、車站月台，或者前往車站前會途經的噴水池公園。時間介乎黃昏到天黑之間，而且我都是穿著同一件校服，即是現在你看到這一件啊，抱歉。」她忽然想到面前的雜貨店店主其實是一個雙目失明，坐著輪椅的殘障人士，似乎覺得自己說錯了話。

我接著又問：「容許我再打聽一些事情。你以前有試過被人跟蹤……啊，或是跟蹤過什麼人嗎？」

葵說：「那倒沒有。跟蹤別人還是被人跟蹤，都真的沒有。」

「那個一直被你夢見的跟蹤者，其實不一定是懷著惡意的。」根據過往的委託經驗，我嘗試糾正她的想法：「至少對方沒有真的傷害過你，視為夢魘的話有點言之過早。畢竟夢境扮演著現實世界的一面鏡，意味著它們有時是互相倒轉的關係。說不定剛好相反，對方是為

百花塗鴉

了守護你而存在，或負責為你帶來一個重要的提示。」

葵斬釘截鐵答道：「但我受夠了每次都重複經歷同一場夢。不斷重複同一場夢這件事情，本身已經是一個非常讓人困擾的惡夢。為何不能離我而去，讓我享受更多浪漫和甜美的夢，然後精神奕奕的醒來呢？」

「似乎你最近真的睡得不好。」我說。

「是的，我已經很久沒有睡飽，再這樣下去，我說不定要瘋掉。其實我只是需要毫無憂慮的好好睡一覺。」葵低著頭說。面前的少女雖然塗了明顯的濃妝，眼影畫得很深。但只要認真一看，還是會發現那張被雨水錯開了的臉龐，實際上已相當憔悴和神經繃緊。

近來接二連三遇到有趣的客人，對於經營狀況一直慘淡的「蜃氣樓」來說，實在值得高興。但當然，有生意找上門的時候，便意味著有人被惡夢纏身，需要尋求解脫之法，把幸運建立在別人的痛苦和不幸之上，真是一門相當殘忍的生意。

「閣下的情況，我大致上已經了解。」我點頭示意，忽然問起另一件事情：「話說過來，介意告訴我，你最初是從哪裡得知有『蜃氣樓』這個地方嗎？」

葵答道：「早前在網上查看了許多解夢的資料，剛好看到有人推薦這裡，說你有很多特別的方法消除惡夢，便來到這條地下街找找看。」

「原來如此。」我以微笑答謝，然後說：「感謝光臨，你的惡夢就讓我來處理吧。接下來是關於收費方面。」

葵掏出錢包：「你們這家店會不會有學生優惠？」

我把櫃上那個古舊的木匣子取下來，像往常一樣放在委託人面前：「我們店裡是自由定價的，收費視乎你認為需要多少代價來解決夢中惡靈。」

葵聞言便打開錢包，毫不猶豫將兩張鈔票投進木匣子裡。以高中生的經濟條件來說，這並非一筆隨便拿得出來的數目。

「想不到你出手很闊綽呢。」我忍不住有點驚訝。

「如果你的法寶有效，我還會推介多些朋友來光顧。」葵答道。

「明天隨時可以取貨。」我提醒道。

透過監視器在葵臉上觀察到的表情，畢竟跟別人肉眼所見並不相同。這位雨天到訪的少女，離開時讓我突然有種預感，將會是一個不似表面看來那麼簡單的惡夢。

為了替葵鑄造兵器，解除那個疑似被人惡意跟蹤的夢，龍太郎整晚都在店裡翻箱倒櫃，但似乎靈感枯澀，待到天亮仍然沒任何頭緒。

翌日清晨，卻見一個身影突然出現在店裡。一般來說，客人為免店舖尚未營業，都不可能這麼早出現。龍太郎自然心裡有數。雖然對方並非客人，但他還是面露微笑，會特意前來探訪，而且能在舊地下街遇見「蜃氣樓」的人其實不多，不是附近開店的鄰居，就是曾經委託過龍太郎的熟客。

對方是已經好一陣子沒見面的前委託人雲雀。

只見雲雀剪短了頭髮，跟早前相比精神飽滿得多。看來她的上一段感情煩惱——那個在惡夢裡勃起的超級陽具，應該已告一段落。雲雀的肚皮如今脹得像個生機勃勃的大皮球，她告訴龍太郎，下個月就是預產期。不過她是專程來跟龍太郎道別。

「為了孩子著想，我決定搬到比較偏遠的地方了，往後應該再沒什麼機會過來中央車站這邊。」她說。

「那真是太過可惜。」龍太郎隨即放下手上那些奇形怪狀的木箱，忽然一臉認真的說：「如果你有興趣的話，能夠留在這裡幫忙就好了。或許你未有察覺，其實你天賦不俗，將會是一個很出色的解夢專家。但想當然，我的意思是指孩子出世之後，況且薪酬方面也是一個問題。」

「畢竟這裡是自行訂價嘛。」雲雀似乎未有想過龍太郎會作出這樣的提議，她笑著回答：

「如果有需要的話，我很樂意回來幫忙。但看來你現在已經有點手忙腳亂了，到底這次是怎樣的委託？」

「是一個女高中生的委託。」龍太郎淡淡笑道。

「愛情煩惱？」雲雀好奇猜問。

「喔，我猜應該不是這一個方向。」龍太郎繼續一邊整理著店內凌亂不堪的貨品，一邊問道：「你還記得從前發生過一宗很轟動的新聞嗎，就在某天下午，有一群穿著校服的女生，為數約莫三十多人，當列車駛進月台之前，她們帶著鬧哄哄的笑聲，突然手牽著手集體跳軌自殺。她們的殘肢遍佈鐵路，而鮮血則濺滿了整個候車月台，後來還有作家為此集體自殺事件出版過專書，曾經亦有電影以此為題材進行改編。」

「你這麼一說，我倒是開始有點印象。案發地點就是中央車站嗎？」雲雀思索著。

「是的。當時許多評論都認為是出於某個邪教的洗腦儀式。但疑似還有其他原因。」龍太郎沉吟片刻，忽然說：「最單純的人際關係，有時是比起宗教狂熱更可怕的事情。」

「嗚呀，聽起來好恐怖。」雲雀悶哼道。

龍太郎隨即打住了這個讓人不寒而慄的話題，笑著說：「還是不要再說下去了，這可能會影響胎兒。」

「那倒不會。」雲雀摸著腹中胎兒，應道：「你都知道這個閃光寶寶是從惡夢之中誕生的。」

雲雀隨即留下了新居的住址和聯絡方法，搬家之前她還有許多雜務需要處理。準備離開「蜃氣樓」的時侯，龍太郎忽然轉過身笑著說：「後會有期，祝你新婚愉快。」

雲雀似笑非笑，臉上登時一陣羞紅。但她心下狐疑，其實這傢伙並不是真的看不見東西。

因為他不可能單憑聽覺發現自己此刻手上正戴著結婚戒指吧。

那天下午，經過昨日一場躁鬱的雨，天空燦爛放晴，還好像顯得有點過度毒熱。好幾個悉心打扮過的高中女生一如既往聚在課室裡閒聊，討論最近有什麼新鮮好玩的事情。她們相約下課之後一起到市中心新開的甜品店，隨即將視線移向正在旁邊百無聊賴看著手機的葵。她們覺得最近這段時間，葵總是不瞅不睬，似乎故意鬧脾氣，跟大家有點疏遠。

葵本來想找個藉口不去，她一心記掛著待會兒要到地下街跟歐陽龍太郎見面。但聽那幾個女生說，美琴好像不太高興，跟男友為著生日禮物的事情已經吵了好幾天。葵隨即笑著點頭。果然，美琴回到課室的時候，神情看來相當不友善。她們本來以為跟美琴一起到甜品店打發時間，對方的心情會稍為好轉，結果，剛開業不久的甜品店實在太受歡迎，看到店外的人龍便知道白走一趟，美琴的臉色就變得更難看。

離開了甜品店，葵馬上提議不如一起到附近的寵物店。其實她們都知道，沒有人比葵更了解美琴的脾性。她們從初中開始便一直是同班同學，這幾年來，葵是她們之中最懂得討好美琴的人。

美琴相當喜歡店裡那隻白貓，還抱著牠拍了許多照片，顯得開朗不少。卻不記得是哪個女生首先說起「美琴的新髮型很好看」，葵臉上的表情瞬間僵直，只好硬著頭皮跟隨眾人一起附和。

但見美琴露出一個奇怪的笑容，她瞇起眼睛，把白貓隨意放在一旁，然後像撫摸寵物一樣撥弄葵的頭髮。葵當下本能的往後縮開，還甩開了美琴的手。看到葵觸電似的反應，美琴只是嫣然一笑，沒有生氣，也什麼都沒有說。

直到差不多天黑時分，美琴等人在中央車站分別，葵才回頭折返，用最快速度找到地下街那個像是自動販賣機投幣口的通道。

來到「蜃氣樓」的時候，葵的樣子比昨天還要狼狽。龍太郎聽她喘著氣，想來是剛才跑得氣急敗壞，以為她在舊地下街找了很久。葵搖搖頭，說只是不巧有事要辦，怕龍太郎要關門了所以一股勁的飛奔過來。

龍太郎倒覺得有點意外，因為一般人都不是那麼容易找到這裡，她卻好像全無難度，說

百花塗鴉

來便來。

「來不及的話，明天再來取貨都沒問題。我們這裡是年中無休的。」龍太郎淡淡笑著。

「不，我就是想今天把東西拿到手，然後好好的睡到天亮。」葵咬牙回答。

龍太郎點了點頭，隨即從身後的木架取出一塊黑布。黑布裡面包著一根尺寸和形狀跟棒球棍相若的黑色鐵棒。龍太郎試著解說，但事實上，除了把它形容為一根黑色鐵棒，便再沒有其他可以描述的細節，說出來好像真的有點失禮：「總而言之，相信它能夠解決你夢中的煩惱，它的名字就叫『百花塗鴉』。」

葵把「百花塗鴉」捧在手裡，隨意揮動了幾下，噗哧笑道：「但是它看起來不但很普通，很平實，而且跟名字毫不相襯。你的意思是我可以拿著這一根棒子在夢裡當防身武器？」

「這個解說雖則有點簡單，但實際而言它也好像真的只有這個用途。」龍太郎也笑得很尷尬，怕被客人識穿自己已經想了整晚都苦無頭緒。

「但我要怎樣將這根大棒子帶進夢裡？抱著它睡覺？還是放在枕頭下面？」葵問。

「不用那麼麻煩，因為它無論如何都會出現在你的夢裡。」龍太郎搖手答道。

「說得好神氣。」葵哈哈笑道：「聽起來挺有意思。」

「對了，昨天忘記一件事情。」

「唔？」

「作為交易條件之一，是我們『蜃氣樓』跟委託人之間的慣常做法。將製成品交給你的同時，你就要提供權限讓我進入你的惡夢。」說罷，龍太郎換了個比較得體的解釋：「你姑且當是某種售後服務吧。」

「我要怎樣授權給你？」葵反問。

「你答應我就可以了。」龍太郎答道。

「好吧。」葵點了點頭，還是不太了解狀況：「但你要怎樣進入我的惡夢？」

「只要你答應了，我無論如何都能夠進入你的惡夢。」龍太郎微微把頭一點。

如是者，葵半信半疑的便收下「百花塗鴉」。但看起來真的只是一根尋常不過的普通鐵棒，很難令人不覺得是遇到黑店被騙。

「所以，我們今晚見？」葵忽然想起對方盲了眼睛，說「今晚見」的話好像不太恰當。

龍太郎卻笑著回答：「是的，今晚見，只要委託人被惡夢纏繞的話，我都會在你身邊。」

聽到這句話，葵覺得即使被騙也沒有所謂，她的內心驀然湧起一絲莫名的溫暖。

可能因為太過期待惡夢，結果有點反高潮，葵居然徹夜輾轉反側一直失眠。她就像往常一樣躺在床上翻看手機，發現美琴和大家都在社交平台上載了許多今天在寵物店拍下的照片。葵非常冷靜，手指不斷敲打屏幕，像機關槍一樣熟練地輸入「超可愛啊啊啊、可愛死了啊啊啊、喜歡這個表情、超喜歡的、超可愛啊怎麼辦、真的超可愛啊啊啊、啊啊啊照片很好看、我也超級喜歡、哎喲超可愛啊啊啊」這些毫無意義的留言。

她一臉輕蔑地假裝非常激動，幾乎每一張照片的留言都會找到她的字跡，直到大家都陸續離線睡著。

然後她終於能夠關掉手機，像一個耗光了電池的發聲娃娃似的，歪斜地躺坐在床上。

她沒有覺得特別難受，她只是疲倦和迫切需要休息。讓自己存在是一件相當花費氣力的事情。雖然龍太郎說不用真的將「百花塗鴉」放在枕頭下面，但葵還是把它擱在床邊。睡不著的時候，便看著它。

黑色的、暗啞不光亮的，什麼都沒有，原來是那麼好看。

還是睡不著，葵居然就這樣待到下一個天亮。

她重新打開手機，換好了校服，塗上濃厚的粉妝。就好像把自己的心思和情緒都轉移到一張磁碟上，然後將磁碟硬生生拔出身體。每天重複一遍，再一次把自己拔除。

約莫是黃昏時分，離開甜品店跟美琴和其他幾個女生分開之後，葵突然有股不祥的預感，隨即環視周遭。這個場景已經重複出現過許多遍，夢境是現實的影子，而影子就潛伏在她背後。

果然是有著什麼東西正在跟蹤自己。

赫然意識到這裡其實是夢的一部分，葵開始提高警惕。慢著，龍太郎送來的那件法寶，她當是抱枕一樣放在床上，沒有帶在身邊。只不過是剛在腦海裡閃過這樣的念頭，名為「百花塗鴉」的黑色鐵棒居然就像回應物主的召喚，突然從異度空間來到夢裡，被她牢牢緊握在手上。

「從外表倒看不出是這麼貼心的設計。」葵嘖嘖稱奇，當下又想到，既然手裡有防身武器，便不用害怕，她突然鼓起勇氣，轉身朝向若隱若現的跟蹤狂反撲過去。但她沒有打中任何人，那個藏在暗角的跟蹤狂像早已預測到她的行動，把身體詭異地屈曲起來，霍霍生風的「百花塗鴉」便打了個空，對方隨即急步逃脫，雖然姿勢奇特，反應卻十分敏捷，看起來完全不像尋常人類的肢體動作。葵心裡想著要不要追過去，可是有點害怕。

猶豫之間，對方已經消失無蹤。而且剛才揮動「百花塗鴉」的時候過度用力，葵只覺虎口刺痛。

這時候，她瞥見行人路的另一邊，居然筆直站著一個身穿紫色長袍的男子，那人不但面善，還正在跟她揮手示意。揉揉眼睛，葵這才確定他就是歐陽龍太郎。

在葵的夢境裡，龍太郎的雙腿和眼睛居然都恢復原狀，他戴著一副樸素的粗框眼鏡，眼神帶著笑意，跟普通人一樣沒有分別。

葵走過去仔細打量著龍太郎，滿臉疑惑問道：「難道現在這個你是我幻想出來的？」

龍太郎瞇起眼睛：「夢的本質，當然是所有東西都出自閣下的幻想。不過我確實本來就是這個模樣，只有進入別人的夢裡，我才能夠像正常人一樣活動。」

「那你自己的夢呢？」葵忽然問。

「我的身體已經有一部分替換成電子儀器，你應該知道，機械人是不懂得發夢的。」龍太郎繼續笑著。

「啊，所以你只有被客人夢見的時候可以做回一個真正的人類。」葵說。

「正解。」龍太郎點頭說：「但我們都知道，這裡並不是真實世界，它只是夢境。當然，我還是可以陪你一起散步走到車站，只要換個角度去看，一件事情就算只是發生在夢境，都是真正發生過。」

於是，他們兩人便一起在黃昏散步到中央車站，葵暗自察覺到龍太郎站直身體的時候，原來比她想像中還要高大一些。但再想想又覺得不對，如今站在身旁的龍太郎本來就是自己想像出來的，那又怎會跟自己想像中有所不同呢？想到這裡，葵忍不住嘻嘻兩聲笑了起來。

龍太郎問她為何突然發笑，葵始終忍著不說。此時，中央車站的大鐘隨即響起，鐘聲一響，龍太郎頃刻便像灰燼般飄散。葵望著大鐘的時間，恍然嘆了一口氣。原來剛才的所有時間都是錯的。

鐘聲表示現在是學校下課的時間。

由於整晚都沒有睡覺，下午課堂開始還不到十分鐘，她已經在自己的座位倒頭睡著。整個下午，葵的腦海裡都在想著歐陽龍太郎。她想起那個無人打擾的黃昏。就算只是一場短暫的白日夢，葵發現自己已經很久沒試過睡得那麼甜。

最近晚上睡不著的時候，葵便乾脆換上運動外套，然後拿著她的「百花塗鴉」來到公園，獨自對著空氣，自行練習揮棒的動作。如果剛好有人經過看到這個畫面，應該只會覺得是一個正在練習如何擊出全壘打的棒球隊菜鳥，甚至暗中為對方默默打氣。

誰都不會聯想到，她是為了確保自己能夠一擊打趴惡夢裡的跟蹤狂。

經過反覆練習，情況果然有所改進。葵發現自己跟那個身手敏捷的跟蹤狂已經逐漸拉近距離，而且她隱約能夠猜到對方的藏身位置。應該說，現在已經不再是她被跟蹤，而是她反過來追蹤那個偷偷摸摸的影子。

不過，龍太郎還是覺得，那個若即若離的跟蹤狂似乎不含惡意，嚴格來說，在夢裡真正帶著惡意每夜輪迴的人，是不斷防備跟蹤狂的葵。當然，後面的想法他一直沒說出來。

「明天再來一遍，可惡。」被那個跟蹤狂再一次逃脫之後，葵馬上便收拾心情，漫不經心地將「百花塗鴉」丟到附近的草叢，然後趕到車站跟龍太郎見面。事實上，無論丟到哪裡，或是被誰撿走了都沒關係，只要她心裡一想到要使用「百花塗鴉」，它就會自然飛到掌心。龍太郎送給她的寶物，意外討人喜歡，簡直像一頭有靈性的凶猛寵物。

不記得從哪一天開始，她和龍太郎都會在上一個夢約好下一個夢碰面的地方。趁著天色尚早，葵忽然跟龍太郎說：「你現在應該不趕時間吧？」

龍太郎聳聳肩：「直到長夜盡時，你醒來之前，我都會待在這裡。」

「欸，這不是太無聊了嗎？」葵眼珠一轉，問道：「要不要跟我一起去喝個咖啡？」

龍太郎覺得這個主意不錯：「我很少喝咖啡，不過難得來到『外面』，順道去喝杯茶也是好的。」

於是，葵便帶著龍太郎到市中心那家很受歡迎的人氣甜品店。他們只是象徵式等了幾分鐘便剛好有空桌，畢竟這裡是葵的夢想世界。她一邊看著餐牌一邊笑道：「如果不是造夢的話，基本上都嚐不到，這種時間外面肯定排滿人龍。」

葵把網絡上推薦度最高的幾款甜點都放在面前，龍太郎倒是簡單得多，他幾乎沒有看過餐牌，只是要了一杯伯爵茶和一份三文治，然後便一直看著窗外的街景。

「外面有什麼特別好看嗎？」葵以為龍太郎陪著她，覺得有點悶。

「就是因為沒發生太多特別的事情。你眼中的外面，跟我看到的『外面』是兩種概念。」龍太郎若有所思的說：「作為夢境，很少委託人會像你那麼寫實。你幾乎把自己生活的整個現實世界都搬到夢裡，對吧？」

葵苦笑道：「說起來，這確實跟現實世界長得一模一樣，真沒意思。」

「但唯獨對我來說，能夠親眼看到這樣的風景，是很有意思的事情。」龍太郎喃喃道：「儘管這其實並不屬於我，而是你的潛意識。在我的記憶裡，我從來都沒離開過『蜃氣樓』。但這裡真實得讓我相信『外面』的風景原來就是這個樣子。」

葵不是太理解龍太郎的意思。但沒關係，她看著龍太郎看著窗外的風景看得入神，便偷偷掏出手機拍下龍太郎的側臉。

龍太郎一怔，不禁別過臉笑道：「你知道嗎，在夢境中拍照是毫無意義的，因為所有照片都無法保存起來。」

「不會呀，我覺得挺有意思。」葵模仿著他的語氣，莞爾而笑：「你可以幫我拍個照嗎？」

龍太郎接過葵的手機，鏡頭之中，她像個普通的高中女生一樣擺出各種淘氣和趣怪的表情。葵倒沒想過龍太郎的拍照技術實在不錯，連在自己的夢裡都沒有想過：「如果所有男生都像你一樣懂得拍照就好了。」

侍應突然上前提醒，他們的用餐時間差不多結束。只見窗外的風景逐漸變得朦朧，像蒙上一層迷離的白霧。她知道夢境差不多要消散，便跟龍太郎約好了集合地點，他們下次要一起逛寵物店，因為她想抱著一隻貓拍照。不管什麼顏色，隨便一隻貓都可以。

如果時間充裕的話，還可以在醒來之前趕緊到海邊走走。夢境化開之前，葵趕緊牽上龍太郎的手，但意識變得愈來愈稀薄，無法確定是否真的牽得上。

醒來的時候，原來還未天亮，此刻仍是半夜時分。

葵翻看手機上的未讀短訊，只見班上的女生們都約好周末去玩，美琴忽然提議一起到海灘，讓大家趁機會展示一下前陣子新買的比堅尼泳衣。葵跟往常一樣言不由衷的不斷敲打著屏幕，但驀然猶豫起來。手機裡面，果然沒有保存到龍太郎替她拍下的照片。

夢境裡看過的照片，發生過的事情，終究都在清醒過來的一瞬間消失。留下來的只是那個虛偽作假的自己，在夢中誰都不知道的真實面貌。

她心灰意懶，將剛才打好了的文字全部刪掉。

然後她又繼續將大家上載到社交平台上的照片逐張打開，她一邊按讚，一邊告訴自己，下次要狠心起來，要再果斷一些，像個職業棒球手一樣揮動球棒，給那個讓人討厭的跟蹤狂致命一擊。但是她突然又覺得這對自己太殘忍了，如果擊中了那個跟蹤狂，說不定她便再無法幻想自己跟一個神秘男子單獨約會。

儘管內心對跟蹤狂的出現逐漸產生一種奇怪的留戀，但經歷了好幾次的失敗，以及無數個晚上的特訓，葵似是已掌握到揮棒的力度和姿勢。

再一次遇到相同的夢，葵瞪開眼睛，便熟練到想都不想，馬上轉身跑到行人路的另一邊，隨著心念一動，像穿雲箭般從天而降的「百花塗鴉」已緊握在手裡。

「我等你很久了呀——」

快如電光的一棒，終於結結實實打中了跟蹤狂的胸膛。

她發現「百花塗鴉」身上，就在擊中目標的位置，霍然多了一道鮮艷的紅印。像個獎勵的記號。

但最緊要的事情，當然是跟蹤狂的真面目。葵皺起眉頭，只覺心頭涼了一截。雖然她一直認得跟蹤狂是個中年男子的身體，但他居然長著一張女生的臉。而且要說是一張臉，好像有點不對。

那是一張用顏料和化妝筆塗出來，線條歪斜而滑稽的面孔，眼影和唇膏都塗得很深。

應該說，是一張好像用麵粉團捏出來，五官輪廓什麼都沒有的人形臉譜。

「為什麼要一直跟蹤我？」葵顫聲問道，其實她自己心裡已有答案。

「跟屁蟲。」對方冷哼一聲。

葵突然無從反駁。她伸手一抹，居然就將那人臉上的眼耳口鼻都抹成一堆模糊不清的顏料。再沒有發出聲音，再沒有呼吸和心跳。

有些事情，葵沒有告訴龍太郎。那天葵沒有出現在他們上一個夢約定見面的地方。龍太郎準時來到，然後一直待在原地，如他的承諾，直到長夜盡時，整個夢境完結為止。

龍太郎心裡明白，每個人的惡夢都有它出現的原因，總有著藏起來的悲傷，亦有不可告人的秘密。

客人不願意說的事情，他始終都不會過問。

他會僭越，他會窺看別人的夢，但不窺看對方的現實生活。

夢與現實之間的關係，有時候是互相呼應，有時候是彼此的反面，但偶然會出現一些奇異的錯位。情況就好像一時不慎寫錯了字，或因為聽錯了話，繼而誤會了對方的意思。

然而，錯誤本身在夢的生產機制之中，卻是一種被優先接納的解讀。

因為錯誤是真相的偽裝。面對真相，人會選擇對自己最有利的版本，夢境就是從此而來。

現實之中，葵沒有遇過跟蹤狂。她大抵從一開始便知道，從來都沒有跟蹤狂，跟蹤狂只是一個錯位的解讀。是跟屁蟲的偽裝。

她就是班上女生公認的跟屁蟲。

葵總是跟著其他女生，害怕被孤立排斥。她不敢得罪她們，因此要順從她們的想法，要做一隻依附著別人而生活的跟屁蟲。因為不跟她們一起捉弄其他女同學，她就會成為下一個被捉弄的對象。

她一直覺得，讓別人做受害者吧。

她是無辜的。

她只是跟屁蟲。

然而，逢迎美琴和班上的女生並沒有讓葵倖免，當大家玩厭了被她們排擠、欺凌的對象，那個對象跳樓未遂，轉學之後，葵最終還是成為了她們的下一個目標。

從那天開始，她的惡夢從未離開。

入夜時分，兩個穿著警察制服的中年男子像往常一樣在商店街巡邏。看到那個形跡可疑的女高中生鑽入巷子裡，他們隨即交換了眼神，技巧純熟的左右分開，悄悄從後跟蹤。這裡畢竟是近年最受歡迎的約炮地點，只要閉上眼睛，幾乎每個角落都能聽到有年輕女子正在賣力發出各種挑逗的叫床聲。

「最近確實很多女學生到風俗店賣身賺錢。」胖的中年男子說。

「有些還會跟客人約好，直接上酒店。」比較瘦的中年男子說。

「這個我知道，網絡上好像叫她們『傳播妹』。」胖的接著說。

「聽聞跟熟客可以玩得很變態。」瘦的忽然陰森笑道。

巷子裡忽然冒出一個穿著黑色連帽衛衣的人，剛好擋在女高中生面前。儘管對方把帽子拉得很低，幾乎看不見面孔，但那女生似乎已察覺到勢色不妥，轉身便想急步逃去。然而，黑衣人的手裡不知什麼時候握著一根鐵棒，一言不發便像標槍似的投擲出去。那女生小腿被鐵棒砸中，痛得失聲尖叫，踉蹌摔在地上。

兩個警察慌張失措，隨即雞手鴨腳掏出了手槍。黑衣人卻完全無視他們兩人，慢慢撿起了地上的鐵棒，然後抬起那女高中生的下巴，把鐵棒硬生生塞到她的嘴裡。

「原來真的塞得進去，這不是你很擅長的事情嗎？」黑衣人一邊笑著，一邊拿著鐵棒在她嘴裡來回磨了幾下：「看來應該沒舔過這麼粗的棒子吧，看著挺可愛的，繼續好好叼著，不要讓我的寶貝掉下來。」

說著，那黑衣人突然舉高雙手，攤開手掌，終於轉身望向那一胖一瘦的兩個警察，忽然說：「喔，我果然認得你們兩個。」

兩個警察面面相覷。

「你們以前來過我的學校，還跟班上女生錄了口供。」黑衣人木然道：「然後卻什麼都沒有發生。」

黑衣人忽然吹了一下口哨，身後的女生登時慘呼一聲，她咬著的鐵棒像有生命一樣搗碎了她的牙齒和顎骨，然後筆直衝向那瘦的警察，速度快得像毒箭、像一陣冷風，一頭黑色的凶鳥。

骨頭裂開的聲音就那麼輕盈，瘦子的腦袋彷彿被鐵棒咬了一口，整顆頭顱凹了進去。

黑衣人接著把眼睛掃過旁邊那胖的警察，胖子嚇得連連扣動扳機，朝著黑衣人開了幾槍。沒想到鐵棒居然為它的主人擋住所有子彈。然後黑衣人飛撲上前，手掌一開，便將鐵棒召回手裡，從警察的天靈蓋往下敲落。

腦漿飛濺，猶如高潮來臨體液噴發的一刻。黑衣人把鐵棒拿在手上隨便晃了一晃，居然在檢視棒身的那些彩印。

「欸，原來殺死警察會是藍色印，我還以為會是白色。那到底什麼目標才是白色呢？」

黑衣人別過臉盯著滿嘴鮮血的女高中生，不禁皺眉苦笑：「可惜一下子就玩壞了嘴巴，你身上還有別的地方塞得進我的棒子嗎？」

女高中生的記號是粉紅色的。這件事葵早已知道。

再沒有跟蹤狂的日子，葵逐漸成為了潛藏在這個城市的狩獵者。

無論是不是她認識的人，總之來者不善，便得擊殺。城裡被葵伏擊，然後以各種手段毆打至死的受害者愈來愈多，而她手裡的「百花塗鴉」亦開始出現愈來愈多不同顏色的油彩。像是競技遊戲一樣，不同顏色代表不同類型目標被打中的次數。

於附近一帶的警察和黑幫，都聽聞最近有個好勇鬥狠的年輕少女，而且不好應付。葵有自己獨創的戰鬥方式，使勁投出「百花塗鴉」飛擲向目標之後，只要心念一動，「百花塗鴉」便會像回力鏢似的自動回到手上，而且速度可以快過子彈。儘管警方早已懸紅通緝，但無人能夠制伏葵。至於被她擊敗了的黑道流氓，更是無一倖免非死則傷，入夜之後得找地方躲起來，不敢再在城裡出沒。

打倒跟蹤狂、暴走族和黑道流氓之後，葵已是校園內臭名昭彰的惡女，班上的女生對她完全改觀，還爭著阿諛奉承。不過，她覺得每個人都很臭，有時嫌她們說話太過囉嗦，於是把「百花塗鴉」丟出去，只要輕輕閃過一個念頭，便將所有人打到腦袋開花。聲音還是那麼清爽悅耳。事實上，把她們打死了都沒什麼大不了，因為這是夢境。過了一晚，她們還是會在下一場夢裡復活，而且對前一晚發生的事情毫無印象。只有「百花塗鴉」身上的顏色記號才會像儲蓄積分一樣保留下來。

察覺到「百花塗鴉」被委託人惡意濫用之後，龍太郎終於還是出現了。但見葵的十根指頭和臉頰都已沾上從「百花塗鴉」濺出來的油彩，臉上的戾氣讓她顯得判若兩人。

她已經反覆在惡夢裡擊殺了每一個人，而且輪迴多夜，擊殺了無數遍。

龍太郎忍不住嘆氣：「但你應該知道這裡仍然是夢，夢裡面就算有多強都沒用的，它不會變成現實。」

葵忽然扯下頭上的假髮，露出她那被人剪得碎亂的頭髮。原來她一直都戴著假髮，上學是，連在夢裡也是。

「我當然知道夢境不是真的。」她抖著聲音，將手上的「百花塗鴉」丟還給龍太郎，問道：「那你有沒有其他法寶可以幫我？」

龍太郎搖搖頭。

「百花塗鴉」迅速調頭飛返它的主人掌中，葵以一聲冷笑作為回應：「那你還有什麼資格說我沒用？」

但她始終不忍心把夢裡的約會對象殺死。「百花塗鴉」從未出現過的白色彩印，她知道只可以在龍太郎身上得到，是她心裡最後一點尚未變質的情感。

葵最終還是無法拒絕跟屁蟲的本性，即使百般不情願，仍然跟著班上其他女生來到海灘。她無法一直把「百花塗鴉」帶在身上，就只能放在家裡。現實和夢境不同，她無法彈指之間將「百花塗鴉」召喚到手裡，沒有人可以拯救自己。

這讓她更是提心吊膽。

其實她每一天都過得那麼提心吊膽。她以為自己已經習慣，其實從未過得安心舒服。

葵不是沒想過投靠其他女生，到頭來卻只不過被再三恥笑是跟屁蟲，繼續成為美琴和班上女生們的下一個戲弄對象。但葵不能夠跟任何人訴苦，她一方面被她們用各種方法欺凌，另一方面不敢得罪她們。除了繼續逢迎那些欺凌自己的女生，像是跟屁蟲一樣追隨她們，她根本再沒有其他朋友。

她們都心知肚明，葵之所以一直待在沙灘上，連一步都不敢離開，因為她絕對不敢讓頭上的假髮碰到海水。

美琴卻故意把這個秘密告訴了另外幾個男生。「不會吧，真的一直戴著假髮嗎？」「完全看不出來。」『感覺好變態啊——』『搞不好是為了變裝到風俗店上班吧？』那些男生一邊笑著說不可能，卻忽然左右包抄將葵抬起，他們無視她的尖叫、她的掙扎和號哭哀求，在女生們的簇擁下把她扔到海裡。但如果你只是偶然經過沙灘的話，可能第一時間會覺得那不過是幾個玩得太火熱的高中學生，而不會察覺到他們笑容背後的惡意。

所謂的「惡作劇」，就是用來藏起惡意的變裝。

果然，海面上漂浮著一團黑色的物體。

「嘩，好噁心的東西，它還會不會動呀？」

「該不會是誰的糞便？」

「你白痴啊，糞便不會浮起來啦。」

「那你游過去碰一下它好了。」

這些說話，葵都在水底裡聽得清清楚楚，但沒有人留意她到底去了哪裡。然後她一直閉氣，繼續把身體藏在水裡，不讓自己探出頭來。沒錯，讓自己像噁心的排泄物一樣下沉。她但願現實只是一場夢。只要自己窒息死去，她就可以從這場惡夢醒來。

但她沒有醒來，瀕臨窒息的一瞬間，本能反應讓她不得不把頭顱伸出水面，拼命呼吸。臉龐被毒熱的太陽曬得很痛。

不能死去的現實，比惡夢還要難受。

周末過後的那天清晨，班上一眾女生回到教室，都不約而同嚇了一跳。因為葵很早已經坐在自己那個靠窗的座位。

她剃光了自己的頭髮和眉毛。

「早安。」

葵笑著露出一副猙獰的面孔。

她望向那些女生，發現她們每一個都用最快速度避開自己。她覺得簡直有趣極了，於是她壯起膽子望向美琴，居然連美琴也裝不出笑容，還忍不住對她露出憎厭之色，然後錯開了視線。美琴都會有這麼害怕的表情，彷彿害怕她會撲過來一併剃掉自己的頭髮。

原來只要剃光了頭髮，就沒有弱點。沒有弱點的話，她們就會害怕。

後來葵再沒有發過惡夢，因為她根本再也無法入睡。要擺脫她們，被欺凌的時候就要還擊，不能夠遮掩，不要示弱。她睡不著的時候便到公園跑步，不斷鍛煉體能，踏踏實實的學習搏擊。她要報仇。她要報仇。她要讓大家都記住恐懼，要大家活得提心吊膽。

連她自己也不知道過了多久，或者已經許多年了，她看著鏡子，從體型和五官已無法聯想到自己的本來面目。她一直剃著光頭，臉頰亦顯得愈來愈蒼白，連身體也是蒼白的。過度的鍛煉讓她全身虛脫，忽然動彈不得，癱軟在空無一人的健身房裡。

這時候，健身房的教練遞過毛巾，突然問了一句：「這樣做真的有意義嗎？」

葵認真一看，那個人居然是歐陽龍太郎。

葵怔著，然後她看著龍太郎，頃刻之間恍然大悟，苦笑了一下，好像只是昨天的感覺，但同時好像已經很久很久沒有見面。她像當年一樣牽著龍太郎的手，覺得他很溫暖。

這種溫暖的感覺明明那麼真實，然而眼前一切都是徒勞無功。她幽幽的說：「我必須承認，當初是騙了你的，我根本就沒有多少個朋友，好像推薦不了什麼人找你做生意。」

龍太郎笑著眨了眨眼，葵心裡明白，龍太郎在現實世界是無法這樣溫柔地看著自己。這裡仍然是她想像出來的夢境。夢比想像中還要短，表面上過了許久、甚至很多很多年，事實上只是眼皮跳動一瞬間的事情。

葵靠在龍太郎身邊，真的覺得太疲倦了，她有點想閉眼入睡。然後她有一件事搞不懂，好奇問龍太郎：「這裡明明就是我的夢，但為什麼我仍然會想睡覺呢？」

她好像想到了什麼，然後看著龍太郎，眼神逐漸變得很複雜，隱約有種莫名其妙的恐懼。但龍太郎什麼都沒有說，他是知道的，只不過安靜地守候到她睡著為止。

葵輕輕問道：「你們店裡有沒有那種千萬不能跟客人發生感情關係的傻瓜規定？有時候你像個溫馴的男朋友，但有時候又像個挺不錯的父親。」

「印象中是沒有這樣的傻瓜規定。」龍太郎淡淡的說。

「但我早該猜到，你每晚都跑進別人的夢裡，應該追過許多個像我這樣的女孩子了吧？」葵故意擺出臭面，悶笑一聲。

龍太郎笑著不語，始終不忍心告訴葵，這是她彌留期間最後的一場夢。

被班上一眾女生欺凌多時的葵，終於選定某個烈日當空的下午，看準她們剛剛放學，就在她們離開學校的一瞬間，從學校天台往下墜落。葵的運動神經很差，就連揮動球棒打退一個跟蹤狂，也要重複練習許多遍才成功。所以，讀者也可以想像得到，她的犧牲沒有換來復仇，她的屍體沒有一如期待壓倒任何人，只是相差一點點，但這個愚蠢的報復計劃失敗了。而且，可以用生命換來的機會就只有這麼一次。

鮮血蔓延，沿著學校正門的樓梯一直滲進地面，後來無論如何洗刷，大家都覺得殘留著葵的血跡。

葵的復仇行動最終只是一場滑稽的意外，沒任何人受到傷害。然而，那些目擊葵墮樓身亡的女生，從此以後都不斷出現惡夢，她們總是夢見自己被一個神秘的跟蹤狂襲擊。

我之所以會知道，是因為她們後來都陸續來到「蜃氣樓」找過我。

葵至少遵守了承諾，我為她解決惡夢，她便推薦其他朋友找我做生意。但如今她已經不會再被惡夢困擾了，因為她已經變成了別人的惡夢。

幸運的是，我還可以在美琴和其他幾個女生的惡夢裡再次遇到葵。可惜她已忘記了我們兩人曾經一起散步的日子。象徵不祥的烏鴉從頭上飛過，只見她拿起黑色的鐵棒，不眠不休追殺著那些壞心腸的女生，仍然陰魂不散。

順風雷

dream sequence

03

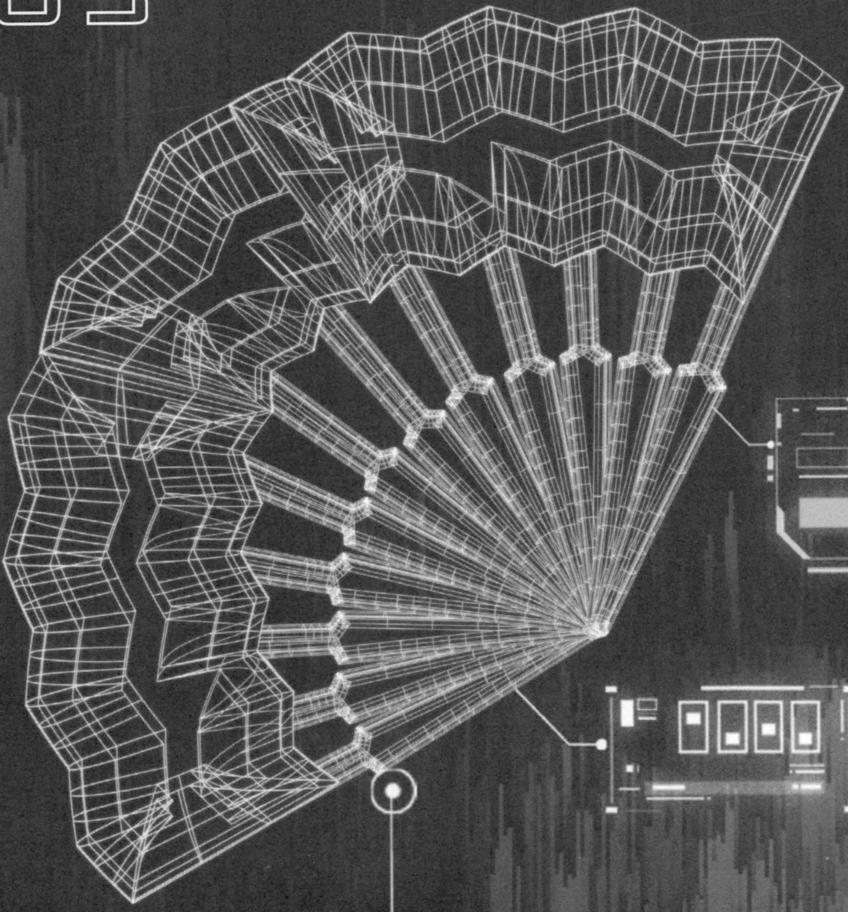

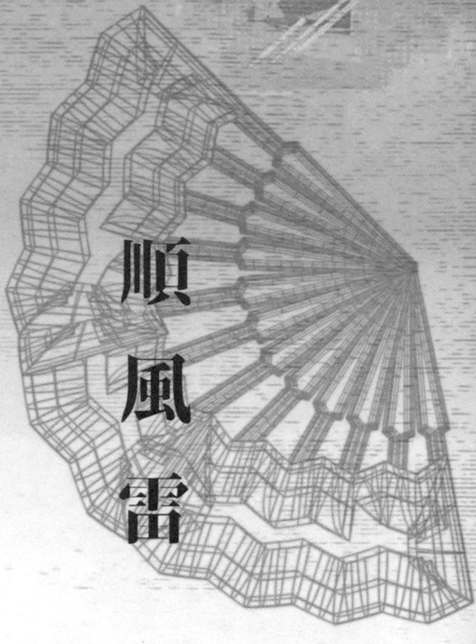

順風雷

航班即將起飛。機艙裡面大部分乘客已經就坐。他們之中，有些人趁著飛機離開陸地之前以高於慣常的速度敲打手機屏幕，發送著工作或是私人性質的短訊，當然亦有不少乘客從放下隨身行李的那一刻便開始倒頭大睡。

幸好這班長途客機上沒有太多嬰兒，整體不算特別吵鬧。當值的幾名空中服務員亦暗自鬆了口氣，似乎將會平安順利，是一趟非常輕鬆的旅程。

飛機已經進入跑道，空中服務員開始在走道兩旁巡視，循例檢查所有乘客是否已經佩戴安全帶。然而，當那一位名叫莉塔的空中服務員走過一名乘客身邊之際，她赫然發現對方臉色有點不對勁。

「先生，你還好嗎？是否覺得哪裡不舒服？」莉塔問道。

那名男子全身僵硬，完全沒有反應。莉塔小心翼翼輕拍他的肩膊一下，然而手掌剛碰到他的身體，便馬上感到一陣灼燙。這明顯不是一個正常人類的體溫，簡直就像剛從烤爐拿出來的原塊肉一樣，如果仔細一聽，當他的皮膚接觸到空氣時，還會發出微小的滋滋聲響。

莉塔想通知機長，緊急叫停航班，但似乎已經太遲。飛機轉眼間進入加速程序，迅速滑出跑道，離開地面。

羅倫提起自己這個惡夢的時候，表情有點尷尬，而且說得不是太有條理，許多重要的細節都顯得錯亂，或是刻意省略，沒有交代得非常清楚。畢竟有些夢虛幻迷離、鬼影幢幢，讓人百思不得其解，但有些夢則相當淺白，夢魘源自心魔，心魔則從恐懼而來，羅倫認為自己所恐懼的事情，對於一個廿歲出頭的少年來說，始終都不是太過光彩。

聽著，歐陽龍太郎緩緩放下茶杯，他能夠明白羅倫的感受。

龍太郎一直是個體貼的聆聽者，而且客人的委託及如何陳述夢境經過，正是破除惡夢最關鍵的第一身視點。不過，龍太郎亦不得不承認，嚴格而言，這確實很難稱得上是一場惡夢。顯而易見，羅倫只是對於乘搭飛機一事有著心理障礙。

羅倫形容，自己從小就有畏高症，而且隨著年歲變得愈來愈嚴重：「不瞞你說，對於一切快速移動以及正在升降的東西，我的不安感覺都特別強烈。」

龍太郎用力把頭一點：「但事實上，你真正需要做的並不是解除這場惡夢，而是鼓起勇氣，嘗試乘搭一次飛機。」

「我也明白。」羅倫接著說得有點沉重：「這正是我需要你幫忙的最主要原因。」

羅倫繼續交代整件事的來龍去脈。

多年以來，羅倫一直抗拒乘搭飛機甚至高速列車，由於掩飾得相當謹慎，身邊並不是太多人知道他有這方面的心理恐懼。但問題終於發生，羅倫收到大學傳來的道賀電郵，他通過了某間著名跨國科技公司的資格考核，下個月要到外國進行為期一年的實習。唯獨要憂慮的是他需要乘搭一趟長途航班。其實在提交面試申請時，羅倫已經一直擔心如何離境的問題，但其他同學都爭相報名，而且實習名額只有一位，他以為競爭激烈，自己多數只是陪跑，並不覺得能夠成為幸運兒。

龍太郎微笑：「所以，從中選開始，日有所思，喜訊便開始變成惡夢了？」

羅倫說：「是的，但這是一個相當難得的機會，我絕對不想因為害怕乘搭飛機這種難以啟齒的小事而錯過機會。」他接著說：「聽說你是解夢專家，說不定可以治好我的心理問題。而且我覺得這是一個契機，如果我化解了惡夢，即是在夢境裡克服了對乘搭飛機的恐懼，那麼到真正要乘搭飛機的時候，恐懼感就不會那麼強烈。」

「稍為有點牽強，但也不是沒有道理，如果在惡夢中稍為適應過來，對現實狀況也可能有不少幫助。」龍太郎想了一想，然後鄭重解說：「惡夢的話，請放心交託給我。但務必謹記，現實中的心理障礙，到頭來還是需要閣下自行跨越的。」

說罷，龍太郎像往常一樣將那個小木匣放在羅倫面前，扼要解釋「蜃氣樓」的自訂收費機制。羅倫考慮了片刻，掏出錢包，把一筆對於大學生來說算很可觀的費用投進小木匣裡。在這裡順帶一提，他是真的以為龍太郎無法查證銀碼的，因為小木匣裡本身就有其他鈔票，已經為數不少。

最近「蜃氣樓」的生意好像還過得去。

龍太郎臉上流露著已經胸有成竹的表情，跟羅倫約好了時間：「事實上，今次的委託需要一件比較繁複的道具。請閣下在一個禮拜之後回來取貨。」

「喲，龍太郎君，很久不見囉。」

這把聲音總是優雅得來有點惹人厭惡的輕浮，讓龍太郎一直打從心底覺得面前的人相當難以捉摸，說不定每一個精明的商人都擁有這種隱藏本性的能耐。

在龍太郎的印象中，於「蜃氣樓」開業之前，戴金絲眼鏡的男人以及他窮盡畢生精力經營的古著屋，已經在這條地下街「存在」好一段時間，沒有人知道戴金絲眼鏡的男人到底是何方神聖，他的年齡永遠是個謎團，而且似乎無法從衣著喜好估算他到底成長於什麼年代，畢竟是個精於時尚的貴族紳士。他每一次到訪「蜃氣樓」的時候，他的打扮以至整個人的氣場都不一樣——除了鼻樑上那一副既像古董卻有一點像廉價道具的金絲眼鏡。

但作為鐵匠不可缺少的工作服，龍太郎剛好相反，從來穿來穿去都是一件紫色長袍。

龍太郎發現戴金絲眼鏡的男人今天似乎心情很好，看他穿著色彩繽紛的碎花襯衫，配一條剪裁精細的大喇叭牛仔褲，走路的姿勢簡直像是某種即興的舞步。連一個客人都沒有的下午，他從隔壁（聲稱）的古著屋走過來打招呼，見龍太郎正將店裡許多圖騰雕塑都捧出來，他忍不住主動幫忙，而且不愧是古著屋的老闆，對於如何整理和陳列物件有著熟練的手腕，不消片刻已經將亂七八糟的古老東西排滿一桌。

雖然不似是什麼值錢的珍藏，但戴金絲眼鏡的男人還是嘖嘖稱奇：「你似乎對古代神話頗有研究。」

龍太郎答道：「畢竟鑄鐵師本身就是一門古老職業。」

戴金絲眼鏡的男人點頭示意：「確實是有這個說法，人類自從懂得運用工具之後，便開始征服其他物種，成為萬物之靈。」

「夢有時是個人的，但有時來自集體，藏在潛意識的物種記憶。」龍太郎呢喃道：「從遠古時代開始，人類就有飛行夢，最想征服的不是生物，而是自己的界限。集體的夢被紀錄下來，會成為神話，相傳古代就有神祇收集不同雀鳥的羽毛，再用蠟拼貼起來，做出一對銀色的翅膀。」

戴金絲眼鏡的男人說：「啊，這個銀翼少年的傳說，我有聽過。雖然他能夠在天空像鳥一樣飛翔，但後來由於樂極忘形，實在飛得太高了，太過接近太陽，翅膀上的蠟受熱融化，最終翅膀折斷，他從半空墜地而死。」

龍太郎輕輕握起桌上一個鳥形圖騰，淡然說：「銀翼少年的結局，對我來說有另一重意義。相傳在銀翼少年跌死之後，後世為了挑戰人類界限，而不再讓悲劇重演，便開始鑽研鑄鐵技術，衍伸了長達數以千年的煉金術狂熱。」

「他的名字叫『順風雷』。」龍太郎說。

放在羅倫面前的是用一塊捲起來的黑布，把黑布攤開，裡面是一把折骨扇。事實上，羅倫還是第一次看到折骨扇的實物，過去他只是在一些懷舊電影和畫作上見過。據龍太郎所指，折骨扇曾經是東方工藝的巔峰象徵，但基於工序繁複，需要分毫不差，民間早已失傳，亦無法以機器取代批量生產，如今還懂得人手製作折骨扇的工匠已經所剩無幾。言下之意，龍太郎正是舉世稀罕的其中一人。

「把這麼貴重的東西交給我，真的沒問題嗎？」羅倫不禁問道。

龍太郎笑著點了點頭。

羅倫珍而重之收下「順風雷」，反覆張開再收起了幾遍，只見扇面平整牢固，扇骨精細結實，兩為一體，完全看不出任何接合痕跡，而且隨手打開，翻手一掃便即疊起，動作極其流暢。揮動「順風雷」的時候，還隱約可見扇面散發出奇異的光芒。

按照龍太郎解釋，「順風雷」是以特殊物料製造，但基於商業機密不便透露詳情：「最主要原因是確保閣下能夠隨身攜帶，包括通過安檢登機。以一般金屬製造的話，可能被視為持有攻擊性武器，甚至在離境時被拘捕。但『順風雷』絕對不會引起這方面的麻煩。」

羅倫深深被龍太郎的謹慎和周全所折服。因此，他便真的依照龍太郎的使用建議，將「順風雷」放在背包之中。羅倫果然順利通過了安檢，然後跟隨其他乘客一同登機。

找到自己的座位，剛剛坐下未幾，飛機引擎正在運轉的聲音，讓羅倫逐漸緊張起來。

他繫好了安全帶，盡量將身體貼近座椅，此刻忐忑不安的心情就跟早前在惡夢裡的情況一樣。他猛然想起，「順風雷」就放在背包裡，他剛才卻將背包鎖在機艙上方的置物架，可能趁著起飛之前把「順風雷」取出來，握在手裡比較妥當。

這個時候，坐在後面的乘客忽然伸手在他的肩膊拍了一下。

羅倫回頭一看，後面的乘客居然是龍太郎。只見他雙眼意外康復，跟常人無異，還架起墨鏡，戴著一頂跟身上那件紫色長袍毫不搭調的貝雷帽。為免羅倫太過緊張完全察覺不到，龍太郎盡量以不被其他乘客聽到的聲音作出提醒：「不用擔心，只要平伏心情便會意識到，其實這裡只是你的夢境。我會出現在你面前，就是最好的證明，你就當作是正式出發前的熱身預習。」

羅倫半信半疑的點點頭，心裡再三確認自己原來真的不太記得登機之前發生過的事情，要說眼前一切都是夢境的話，倒不是沒有道理。卻見龍太郎戴著耳機，簡直像個即將前往外地渡假的獨身男子那麼優哉。空中服務員還隨即為他送上一瓶紅酒和精緻的酒杯。

羅倫似模似樣的跟空中服務員舉手示意，要了一杯紅酒，趁著起飛前多喝一點，讓心情稍為鎮定下來。

轉眼間，飛機已經升上半空。羅倫在半醉之間似乎沒有發現飛機是什麼時候離開地面，他別過臉請教龍太郎：「起飛了嗎？現實情況應該不是這個樣子吧。原因是我從來沒坐過飛機？」

龍太郎托起墨鏡，答道：「沒錯，本身沒有經歷過的事情，夢境中亦無法憑空捏造，所以通常都會像電影鏡頭一樣經過剪接處理，將整段時間跳過。剛才就是這樣子了。」

飛機升空不久便遇上氣流，機艙劇烈搖晃，羅倫低頭握緊大腿，不斷提醒自己只是夢境，但已經頭昏腦脹。

眨眼間，他發現其他乘客與空中服務員都消失不見，偌大的長途客機上突然只剩下自己和龍太郎。龍太郎環視四周，正色道：「說不定往後你還會遇到其他不同形式的夢，但情況應該大同小異，這一次我們當是練習。」

說罷，龍太郎從座位上方打開緊急逃生裝置，取下一個羅倫在「蜃氣樓」已經見過的黑色布包。羅倫座位上方同樣都有個一模一樣的黑色布包。布包裡面是一對用特殊物料製作的金屬翅膀。

「即是『順風雷』的真正姿態。」龍太郎說。

羅倫的金屬翅膀，隱約散發出銳利的金光，而且羽翅數目較多，相比之下，龍太郎的金屬翅膀顏色偏白，尺寸較小，他簡單示範了一次怎樣將金屬翅膀扣在身上，並解釋左邊腋下有一個緊急卸除機關：「由於『順風雷』的製作過程比較複雜，我使用的這個是試驗品，實際操作不太穩定，便留下來自己使用。閣下那個才是正式版本，續航時間幾乎有八個小時，應該可以應付絕大部分惡夢。」

龍太郎打開逃生門，跳出機艙之前，別過臉跟羅倫說：「不用顧慮太多事情，只管想著『這裡只是一場夢』就不成問題。然後想像自己是一隻鳥，飛吧。」

只見龍太郎身體往後一仰，頃刻消失不見。

「飛吧。」

羅倫心裡繼續自我催眠，只是一場夢，就算跌到粉身碎骨都會馬上醒來。他使勁的深呼吸一下，然後放手一跳，將整個人滑出半空，身體卻在空中不斷翻滾，無法控制，幾乎要失去意識。

龍太郎飛到羅倫身邊，喊道：「打開翅膀。」

羅倫一怔，隨即張開雙手，背後的金屬翅膀果然隨著手臂的擺動像鐵扇般張開，他嘗試像龍太郎一樣擺出各種肢體動作，好比紙鳶一樣在空中滑翔，雖然有點笨拙和狼狽，但作為第一次飛行體驗，而且是一個從小受到畏高症困擾的初學者，表現尚算不俗。

龍太郎解釋，由記憶合金鑄造的「順風雷」能夠記住夢境主人的慣性動作，熟習過後應該比一般滑翔翼更易控制，動作亦更為人性化。

儘管只是虛構的幻覺，但羅倫終於體驗到在空中翔行的暢快感，他從未試過如此輕鬆自在。

醒來的時候，羅倫發現自己原來已戴著耳機熟睡了好幾個小時。可能因為昨晚收拾行李之後，他實在太過緊張，整晚焦慮失眠，結果登機之後已耗盡精力，甫坐下來便昏睡過去，連飛機是如何起飛也沒有印象。

座位前方的屏幕顯示，距離目的地尚有數小時航程，機艙裡面就像地面一樣，如果閉上眼睛，盡量不考慮自己正在飛機之上，是完全不會感覺到正身處高空三萬尺。

羅倫終於露出笑容。

原來飛機並不是想像中那麼凶險可怕，而且讓他造了一場難得的好夢。

約莫過了大半年，羅倫突然回到地下街，再次出現在我的面前。

坦白說，我幾乎已經不認得這位舊客人，但並不是因為我的記性不好，實際上每一個前來「蜃氣樓」的委託人，他們的長相和委託內容我都記得一清二楚，然而，就是因為記得太清楚，才會覺得認不出面前的他。畢竟羅倫的改變實在太大。

只是大半年時間，羅倫不僅留了一頭捲曲的金髮，身材變得健碩，曬出了古銅色的皮膚。談到近況時，不難發現他談吐響亮，顯得自信從容，性情亦有了很大轉變。據說他在外國，不時會到海邊衝浪，還開始學習滑翔傘和滑雪。

過去所有的心理障礙彷彿都隨著惡夢的逝去一掃而空。

士別三日，刮目相看，他已不再是上一次見面時那個膽小畏高的男孩子。

然而，萬萬沒想到的是，羅倫回來「蜃氣樓」不是純粹跟我敘舊，他接著拿出一件讓人驚訝的東西，說要給我「過目」。

那是一個觸感似曾相識的布包，將布包攤開，於我而言，裡面的東西熟悉得來又有點陌生，正是一對金屬翅膀。「當然還是無法自動張開，目前它只是模型。」羅倫說。

他居然把夢裡見過的「順風雷」還原成實物，而且只是見過一次，就已經將形狀和細節記住。

我忽然鄭重問道：「所以，你已經將『順風雷』……」

「是的，我將那一把折骨扇拆開了。」羅倫接著說：「以『順風雷』的特殊金屬為基礎，我打算研發一種新的記憶合金，但現階段只能少量生產。」

「從某種意義來說，這都算是夢想成真。」我聳肩苦笑，但願對方看得出我的表情其實不能算是一個笑容。

「所以，你覺得——」

「我拒絕。」我知道羅倫的用意，答覆得很冷靜，而且清晰：「現實層面的事情，恕我無法繼續參與。畢竟我的能力相當渺小，僅限於替委託人消除惡夢。」

「其實我也猜到會被你拒絕。」羅倫一臉失落的嘆了口氣。當然，我不用看都知道那個表情是假的。

但無可否認的是，當「蜃氣樓」的產品被某種形式複製到現實世界，這絕對不（只）是剽竊或仿冒的問題，而是它意味著事情似乎正以無從想像的方向產生扭曲。

與羅倫見面之後，過了不久，我們很快又再次碰到對方。而且，是一個我們都很熟悉的地點——就在長途航班的機艙裡。到我發現自己置身於商務機艙的時候，飛機實際上已經啟航了好一段時間，說起來有點失禮，因為我意識到自己可能是全機艙唯一不知道目的地的乘客。

畢竟我只是被夢的主人召喚出來，為了出現在羅倫的面前。

羅倫馬上就發現了我坐在靠窗那一邊的位置，但我們的座位相隔有一點距離，他只是熱情的揮手跟我示意。

羅倫再一次夢見自己在長途航班的機艙裡。然而，跟過去明顯不同的是，他如今已經克服了所有內心的恐懼，不再焦慮緊張，而且看起來簡直就像個經常需要離境穿梭不同城市的商務人員一樣。

要說顯得有所遲疑的人，應該是我自己。只要反過來一想就會明白，我必然是基於某些原因才會被召喚到羅倫的夢境裡，而這意味著我們一定會觸發某些既定事情。稱之為「惡夢」的既定事情。

當然，很快就知道答案了。四名男子突然同一瞬間站起身來，而且他們的座位都各自分開，一般人只會覺得是四個素未謀面的陌生人。卻見他們戴起了相當滑稽的卡通面具，然後每個人都亮出了同一型號的手槍。如果機艙上面有退役軍人或者軍事迷的話，認真一看就會發現他們的手槍都只不過是仿真度極高的模型氣槍，但我還是無謂作出多餘的挑剔了。要記得這裡是夢中的場景，無論真槍和假槍，本質上都是假的，然而都同樣致命。現實世界的邏輯並非絕對，因此，透過假槍射出真正的子彈而且在夢境裡殺死一個人，有需要發生的話，這種事情還是有可能發生的。

面對突如其來的劫機事件，機艙裡的乘客和空中服務員都不敢動彈，而且聽從四名劫匪的指示舉高雙手，逐一將身上的手錶、珠寶和貴重物件交到他們手上。可惜我身上連一件值錢的東西也沒有，讓負責對我搜身的那名面具男子感到非常失望。他打量了我好一會兒，終於決定不再糾纏，繼續搜劫坐在我後面的其他乘客。

然後我發現羅倫跟我一樣對於遇到劫機事件毫不畏懼，而且非常鎮定。當劫匪走過羅倫身邊的時候，我好像隱約猜到這場夢境的真相。

搜刮完畢之後，四名劫機犯隨即將贓物平均分成四份，各自熟練地換上預先藏在背包裡的空降裝備，戴好了防風面罩。他們其中一人打開了機艙的逃生門，然後四人便趁著機艙氣流大亂之際，迅速跳傘逃去。

卻見一個人影霍然撲出，緊隨四名劫匪從逃生門跳了出去，簡直快得像顆炮彈一樣。眾人從窗外彷彿看到一頭金光閃閃的飛鳥。不用猜了，那個人就是羅倫。在雲霧映襯之間，可以看到他正穿著自行改裝的「順風雷」振翅飛翔，而且連著一整套閃閃發亮的合金盔甲。

還有那一頂造型威風，只露出一雙眼睛的鳥形頭盔。羅倫已經可以隨心所欲操控「順風雷」，他繞著飛機盤旋數圈，在空中留下一串久久不散的空氣尾巴之後，便劃過雲層，失去蹤影。

到飛機著陸的時候，停機坪上早已顯得非常熱鬧。警察和各大傳媒的記者都圍成一圈。原來羅倫親手拘捕了四名劫機犯，先一步將他們押回機場。乘客逐一領回各自的貴重物品，並且為羅倫獻出一陣熱烈歡呼。

各方媒體都爭相霸佔有利位置，即時直播現場狀況，大家對羅倫的來歷以及他那一身金黃色的飛行裝甲亦非常好奇。

這時候，羅倫露出一個久經訓練的微笑，他顯得謙遜而冷靜，但同時帶著非凡的優越。

他自稱「順風雷」。

翌日，整個城市都知道他的外號，被世人稱為超級英雄的「順風雷」。

這並不純粹是羅倫的夢境情節。對他來說，夢境雖然是虛幻的，但夢境可能就是現實世界的藍本。沒多久，他確實按照了夢中記憶，將「順風雷」改造成一套連同合金護具和伸展翼的飛行裝甲。

沒錯，還有那一頂造型威風，只露出一雙眼睛的鳥形頭盔。

網絡上隨即流傳著不少自稱「順風雷」的實拍短片，包括飛越行人天橋，跳過摩天大廈，與高速鐵路鬥快等等，幾乎全部都是高難度動作，鏡頭下險象環生。然而，這些影片的點擊率並不是太高，甚至可以說是不受歡迎。

畢竟這年代大家都已經看過太多用電腦程式合成的動作電影，在一般人眼中，「順風雷」只不過是個嘩眾取寵的特技演員。

直到發生那件事情，讓大家對「順風雷」刮目相看。在一班長途客機上，據聞發生了相當罕見的劫機事件。四名犯人持槍械劫，於機艙上擄走了大批隨身貴重財物，然後打開逃生門跳傘離開。但最特別的地方是，當劫匪將要逃去之際，其中一名見義勇為的乘客毅然跳出機艙，並且以自製的滑翔翼追截劫匪，最終不但協助警方拘捕劫匪，更為一眾乘客討回失竊財物。

機艙上有不少乘客都用手機拍下了當時千鈞一髮的情形，然後上載到社交網絡，而且很快就證實了他的真正身份是一名自稱「順風雷」，真名叫羅倫的特技演員、前科企實習生兼創業家。

羅倫的英勇事蹟相當轟動，各界媒體爭相報道，而「順風雷」之名，幾乎一夜間成為了城中焦點。羅倫更陸續被邀請出席不同形式的電視節目，親自剖白自己從工程系學生變成特技人，並且自行研發出飛行裝置的心路歷程。

除了歐陽龍太郎，誰都不知道這些情節與羅倫曾經見過的夢境如出一轍。

「順風雷」人氣旺盛，成為媒體積極炒作的民間英雄之後，其個人網頁的追蹤人數更以幾何級數一直攀升，過去那些點擊率近乎零的飛行片段，都隨即在網上瘋傳，而且每天都有民眾上傳影片，聲稱自己捕捉到「順風雷」本尊在空中飛過，比警察早一步趕到案發現場制伏罪犯的實況片段。

後來有著名運動員的私人直升機失控，幸好「順風雷」於墜機前及時趕到，避免釀成一場慘劇。從此「順風雷」就更聲名大噪。

坊間對於羅倫自行研發的飛行裝置都覺得不可思議，但其實這一切都騙不過龍太郎。羅倫仿製出來的「順風雷」只是一件徒有其表的裝飾品。即使羅倫將「順風雷」拆件及改裝得更加華麗完整，但本質都沒有變過。「順風雷」只是一個存在於夢境的姿態。所有飛行鏡頭，都是經過後期影像處理的剪接效果，由此可以想像，接連發生的撲滅罪案和化解空難等等偉大場面，全部是早有預謀的騙局。

不過，當羅倫西裝筆挺出席電視台的訪問節目，那些振奮人心與正氣凜然的發言，還是贏得全場掌聲。翌日更傳出消息，政府官員親自召見羅倫，打算委任「順風雷」為警隊特別行動單位，並且協助有關部門宣揚公民法紀。

就是這樣，在順風雷那件金光閃閃的盔甲上，不知何時開始便多了個代表政府授權執法的鐵黑色徽章。

某日清晨，就在候機大堂，龍太郎再次遇到羅倫。只見羅倫架起了墨鏡，戴著一頂似曾相識的貝雷帽，因為他實在太受歡迎了，而且身份特殊，為免惹來不必要的騷動，日常生活都盡量保持低調。

仿製出「順風雷」之後，羅倫還開始在自己的夢境中模仿起歐陽龍太郎。他騙得了現實中的人們，在自己的夢裡還是相當程度的誠實。

龍太郎往四周望了一眼，問道：「不久之後，在這裡即將發生的情節就會變成真實了吧？」然後說：「說是真實也不準確，因為只是以某種手法扮演一遍。」

羅倫忽然笑著說：「你也總是說，要把夢境當是熱身練習。不過你說得對，夢想成真的感覺，反而沒有置身夢境裡面那麼踏實。」

「畢竟現實中並不可能有『順風雷』，嚴格來說連仿製品也談不上，它只是一件拍攝道具。你曾聽過銀翼少年的古代傳說嗎？」龍太郎說。

「原來你知道它是不可能飛得起，難怪從一開始就好像不介意被我抄襲。」羅倫若有所思道。

「所謂抄襲，一般都只是牽涉到物的形狀和尺寸，但物自身的特質是不能被複製的。」龍太郎試著解釋。

羅倫對此哲理思辯不是太有興趣，便忽然換個話題，問道：「有沒有想過，為何航班起飛前一定要安排空中服務員詳細解說緊急逃生程序？有一點非常矛盾的是，航空公司一方面強制所有乘客聆聽緊急逃生解說，在每個座位前方都一定可以看到完整的逃生指引，但另一方面，萬一乘客真的完全沒看過，而且對逃生程序沒有任何概念，航班都會如常起飛。豈不是代表所有緊急逃生程序都是多餘的嗎？」

「聽你這麼一說，好像真的有點矛盾。」龍太郎應道。

「有社會學家提出過一個假設，認為緊急逃生指引只是用來製造一個在視線範圍內必定被察覺到的安全想像。它的存在價值只是被人察覺，而事實上只要發生嚴重空難，結果都是無一生還，死亡率是無限接近百分之一百。」羅倫一邊跟龍太郎走向登機閘口，繼續侃侃而談：「但為了避免讓群眾對乘搭飛機產生恐懼，航空公司和政府從來都不會公開提及空難的死亡率，反而再三強調客機上擁有足夠安全措施。所有逃生指引和應急措施實際上都毫無作用，但他們不會介意，因為他們早已知道，當意識到這個真相，發現自己原來一直被騙的時候，那些人都會全數罹難。」

「所以，你是因為意識到這個真相才害怕搭飛機？」龍太郎忍不住反問。

「至少我比其他人醒覺得早。被假象所蒙蔽的人，總會覺得那些害怕搭飛機的人膽小無用，過度多慮。其實內心所恐懼的，本身就是最接近真相、最重要的提示。」羅倫狠狠的說。

「你會後悔到『蜃氣樓』找我解夢嗎？」龍太郎瞇起眼睛，笑著問道：「如果當初沒有為你解開那個惡夢，就不會出現今日的騙局。」

羅倫搖搖頭，正色道：「就好像登機時的緊急逃生指引，維繫世界的方式，就是需要虛假的安全想像，需要騙局。這個世界需要英雄，但這個世界，我們能夠擁有的只是偶像。說不定是你躲在舊地下街真的太久。」

說罷，羅倫揚長而去，但是夢境尚未完結。他大概萬萬都沒有想到，被他召喚過來的歐陽龍太郎，居然在候機大堂遇到另一個熟人。

橘。那個男人有著特別的名字，不是顏色，而是一種水果。

橘正拖著一個古舊的行李箱，他看著龍太郎的表情，就像風塵僕僕的歸客看到專程來接機的親人那麼愉快。

距離上次見面已經是許久以前的事情，但龍太郎絕對不會輕易將橘忘記。那個男人還是留著一頭蓬鬆邋遢的長髮，看起來真的蒼老了不少。

「想不到我們會在這種地方碰面。」橘笑著。

龍太郎看到眼前的橘五官輪廓分明，而且會主動跟其他夢中角色說話，從各種細節得以反映，他和羅倫之間並非意外有過一面之緣的陌生人，應該是交情不淺。

「我真的不敢想像，他是如何被你看中，然後一頭栽進你那些實踐夢想的推銷手法。」雙目殘障的龍太郎，甚少在夢境中難得能夠開眼的時候露出如此悔恨的眼神。

——看到橘的出現，是絕無僅有的例外。

「那個小伙子是你的委託人嗎？」橘似乎感到相當滿意，突然笑瞇瞇的問道。

「難怪他剛剛說出來的那一大堆反社會理論，跟你的有點相似。」龍太郎說。

「我還是偶然會懷念以前一起談電影和夢想的日子。」橘忽然說。

「還好只是偶然。你這樣說，讓我沒那麼難受。」龍太郎冷冷道。

橋便繼續拖著行李箱，徐徐走向了登機閘口。

他和龍太郎是一個平面上的兩條直線，或者他們在某個位置曾經交錯，然後漸行愈遠。但遺憾的是，這不是一個平面世界，他們還是繼續以迂回的形式隨機相遇。

他們一個替人擺脫惡夢，而另一個專門替人創造美夢，像夢一樣的泡沫。

後來，羅倫真的再沒見過歐陽龍太郎，事實上他的工作行程緊密得連睡覺的時間也沒有。除了繼續扮演超級英雄，構思下一場突發事件，同時還得兼顧不同政府部門的宣傳活動，接待外交貴賓，到各大專院校和警隊訓練學校巡迴演說，應邀出席成功人士座談，還有拍攝廣告和雜誌專訪。而且，羅倫還找到一筆非常可觀的投資，以「順風雷」為名創辦了一間電影製作公司，他決定主演一部改編自其真人真事的超級英雄電影。

這不但是羅倫第一次成為電影男主角，而且是由現實中的超級英雄本人親自飾演電影中的自己，可謂開創業界先河，更盛傳會有其他虛擬超級英雄角色客串亮相，消息一出已經全城哄動。

而某程度上，對羅倫來說都算是夢想成真，從佈置超級英雄騙局、假扮空中飛人，到變成名副其實的電影演員。

要完全掩飾一個謊言，最好的辦法就是讓謊言成為真實。

但羅倫隱約覺得，謊言已經像雪球一樣屯積到體力透支的程度。畢竟，普羅大眾的好奇心都是嗜血的，「順風雷」的英雄光環於短短幾個月之內已經迅速黯淡，一般的行俠仗義好人好事，已經無法吸引市民興趣，再沒有人會舉起手機拍攝一個拯救墮樓自殺者的特技飛人。除非他可以徒手截停導彈、擊落殞石，或是制止一場恐怖襲擊——人們都期待他的真人事蹟能夠像科幻電影的情節那麼超凡神奇。

然而，突發事件的拍攝成本愈來愈昂貴，愈來愈複雜，危險級別亦愈來愈高，而與此相對的是，「順風雷」獲得許多來自贊助商的廣告收入。在「順風雷」身上，除了胸前那一面鐵黑色的政府特務徽章，如今連伸展翼和護甲上都印滿了各大贊助商的標誌，部分贊助商開始要求拍攝期間出現植入式商品，甚至幕後贊助整個拯救行動，全程以真人騷實拍形式攝製，讓「順風雷」潛入敵人陣地，救出某個被不法商人挾持的良心企業家。

羅倫剛出席完電影宣傳活動，入夜之後，助手隨即開車載他趕到預定拍攝場地。羅倫稍作休息片刻，補好了妝，助手說隨時可以換衣服，全新訂製的「順風雷」已經放在衣帽間。除了金屬翅膀上多了幾個贊助商的拉花標誌，頭盔和胸甲的造型也稍為修改。

「但為什麼要改？」羅倫忍不住問。

助手解釋，前陣子有贊助商覺得本來的設計太像他們競爭對手的跑車綫流罩，所以簽約的時候作為附加條款，需要重新修改。

「大家都似乎很歡迎這個做法，稍為改款之後，還可以替『順風雷』再推出其他新的周邊商品。」助手陪笑道。

羅倫還是比較喜歡自己最初的原創設計，但當下沒說什麼，只道：「給我五分鐘，我得先看一看劇本。」他望向一臉愕然的助手：「應該有劇本和分鏡之類的東西吧？」

助手馬上低頭翻動手機，找了好一會兒，最後只找到一份類似拍攝流程之類的通告。今次拍攝場地位於相當偏遠的工廠區，目標是要搗破一間違規食品製造工場。羅倫看過之後，覺得有點不妥，問道：「所以今次拍攝又是贊助的？」

「多多少少都有一些廣告成分。」助手面有難色。

「慢著，讓我考慮一下。」說罷，羅倫直接撥了個電話，劈面就問：「橘，你在哪裡？」

「當然就在攝影機附近，怎麼了？」電話另一邊是過去兩年跟羅倫合作無間的電視製作人橘。由於時間緊迫，羅倫一邊撥電話，助手和其他幕後人員已經把握機會替他換上「順風雷」的金屬戰鬥衣。

「我覺得這次造假得太明顯了，還要拯救人質。廣告成分太重，觀眾一定有反效果。」羅倫猶豫道。

「沒辦法了，我還是不瞞你。」橘壓下聲音，解釋道：「還有另外一些委託，我們這次還得配合市政府即將推行的工廈監管法例。」

羅倫猛一咬牙，接過那印著贊助商標誌的飛翼背包，：「既然是政府工作就算了，總之儘快完成拍攝，不過下次要再謹慎一些，我不建議答應這些委託。」

「我們待會再說吧，抓緊時間。隨時可以開始，從天台跳到對面的食品工場，鏡頭會在下方。」

「要怎樣跳過去？」羅倫愕然問道。

「當然是把翅膀張開跳過去。」橘發出一聲怪笑，然後答道：「別擔心，這次我們已在翅膀上預先吊好了隱形鋼絲，不用借位拍攝，直接滑過去就可以了。想像自己真的是一隻鳥，然後去吧。」

羅倫回頭一看，只見身後的拍攝人員都翹指示意。

「還有就是，現場這些人到底信不信得過？」羅倫忽然問道：「不是說好了秘密拍攝，愈少人參與愈好嗎？」

「這個我們再討論吧，你培養一下情緒。」橘說。

羅倫深呼吸，那一瞬間，他想像自己只是做了一場夢，在夢境裡面，他無所畏懼，他可以隨心飛翔。然後他感應到一陣熟悉的壓迫感，原來他從未擺脫那種恐懼，恐懼降臨的時候，足以穿透所有謊言與偽裝。

「飛吧。」

當羅倫騰空跳起的同時，他這才意識到「順風雷」之上根本就沒有連著任何鋼絲。

然後那一瞬間，羅倫從半空墜地，當場跌得粉身碎骨，死在血泊之中。

他最終成為了夢寐以求的鳥。然而這一切都發生在鏡頭前，被攝錄機完完整整的紀錄下來。

翌日，羅倫的死訊鋪天蓋地進佔了所有媒體版面。據消息人士透露，為配合政府執法部門搗破違規食品製造工場，於昨晚的一次聯合行動中，超級英雄「順風雷」由於金屬飛翼受到工場內的磁場干擾，操作失靈，就此墮樓身亡。

本已籌備拍攝的超級英雄電影，後來順理成章變成悼念「順風雷」的紀念作品。電影由羅倫的生前好友兼電影公司合夥人橘負責執導，協商過後，他們亦選定了由電影公司力捧的人氣男星威廉飾演「順風雷」一角。

威廉亦將會接替羅倫的特警之職，以第二代「順風雷」的身份，延續平民英雄的遺志。

「順風雷」的紀念電影最終還剪輯了羅倫意外墜地前一刻的珍貴實拍片段，許多影迷都特意到戲院觀看，作為最後的致敬。

無限年之鏡（一）

dream sequence

04

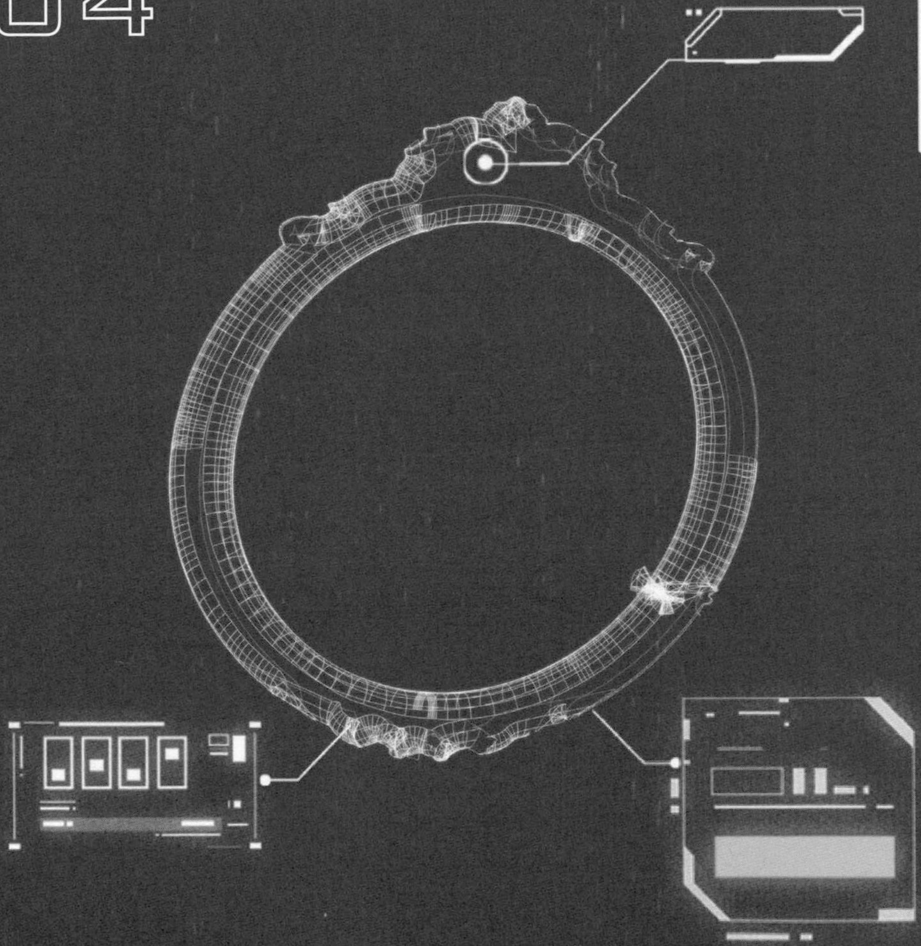

無限年之鏡（一）

物種進化過程造就了人類的資質差異，生活在現代社會之中，我們從小就能輕易察覺到，身邊總會有一些人的體能較佳，或者學習能力比其他人強，有些人反應較為迅速，能夠用極短時間適應周遭的新環境。

他們就是那些資質上擁有優勢的人。

然而有些資質，並不是那麼容易被人察覺。與夢有關的能力，便是其中一個例子。

造夢資質較差的人，他們的夢境總是平淡俗氣，僅限於層次極低的慾望投射，愛情、性慾、財富、權力、美食、青春……必須強調的是，這並不代表他們在現實中就是一個如此膚淺或思想欠缺深度的人，純粹是他們沒有優秀的造夢天賦，或者他們輕易就能在夢境中得到滿足，同樣會輕易隨著旭日初升而醒來的一瞬間全部忘記。

但偶然會出現天賦異常的造夢者，他們的夢境結構更複雜和豐富，與其說將夢境視為一個潛意識的隱喻，應該說是潛意識創造出來的另一個世界。資質較高的人不僅擅長造夢，有些時候，他們還可以擁有雙重意識，清楚分辨到自己到底身在現實還是夢境。

迷糊而混濁的感覺逐漸散去，像穿過了縱橫交錯的窄巷，殊不容易找到一條被陽光照射得明亮而溫煦的行人路，走過去的時候，神智亦開始變得清晰。

從眾人身上的盔甲和裝備，以及生火煮食的方式，林克可以推斷，這是一個距離現實時空相當遙遠的年代。

林克總是能夠在夢境中保留現實世界的記憶，但當然這個天賦對於他的現實生活和工作，從來都沒太大的幫助，反而因為夢境與現實的記憶複疊，造成了不少困擾。最近他清楚記得，自己經常都在意識朦朧間被一個若隱若現的身影牽走，穿越到這個戰亂頻仍的古老國度。

在這個異世界裡，他擁有一個截然不同的身份，要比較貼切地形容的話，感覺就像是登入了別人的電子郵件帳戶，然後用對方的身份發出和接受大腦電波一樣。每當走到較為清澈的河溪舀水與梳洗時，林克可以清晰望見水面上的倒影根本就不是他自己，而是另外一個人。

他的皮膚比現實中的自己黝黑，身材結實粗獷，從五官輪廓來看，是完全跟自己不同血統的人類。

在夢境中，他不叫林克，應該說沒有人知道他其實是另一個名叫林克的男人。在他身邊其他雄赳赳的騎兵，都習慣以桂這個名字來稱呼他。好幾個相信是剛剛隨隊出發的年輕小子，甚至尊稱他為桂大人、桂老大。他們這一團騎兵為數十多人，桂正是他們的首領。

「燃燒，命運，一切戰爭殆盡。」策馬在旁那個留著濃密落腮鬍的騎兵，忽然對周圍的隊友呼叫道：「微風在欺詐，我們絕對沉默，默不作聲的華爾茲，黑的溪流，舉起竹竿上路，蛇吃掉了烏龜。」

聽他振振有辭，卻說得如此文縐縐，好幾個騎兵都笑得瘋了，有人隨即應道：「暗泉與死火，倦鳥高飛，翻雲覆雨……」然後他猶豫了一下，話到嘴邊卻說不出來。

「牆壁，鐵軌，雙腳站穩，握緊了玻璃球，莽撞的水怪。」林克隨意喊道。

眾人爭相點頭，然後大聲發笑。林克撫心自問，壓根兒不明白言之何物，只不過是腦海裡突然間冒起了這幾句話，像本能反應一樣脫口而出。當然，那甚至不是他自己的腦袋，而是屬於眾人面前這個被稱為桂的男人。

「新鮮的花生醬，塗在蟋蟀身上，淺綠色的步伐，和尚望著春風。」只聽旁邊另外一個年輕小子胡謅八道。

由於已經意識到是夢境的關係，出現在桂身邊的人偶然都會說著意義不明的話，像一直喝醉了酒語無倫次，林克附和著他們，聳肩假笑了幾聲。

他已經適應了桂這個名字，以及熟習這些不著邊際的笑話。跟他們相處一久，便見怪不怪。

過去兩個月，只要他沒有失眠，幾乎每一晚都會來到這個異世界。

但這並不是一個歡樂優哉的夢中樂園。除了人類之外，這個年代不明的異世界還存在著另一種半人半獸，體型極度龐大的凶猛生物，林克估計是人類祖先與另外一種野獸所繁衍的後裔。

騎兵團之中最年長的人說，這些半獸人從很久以前開始就被人類稱為災厄。

災厄所到之處，皆會帶來數之不盡的山火、地震、洪水或是漫天蝗蟲，而且牠們以人類為糧食，經常襲擊人類部落，為共同對抗災厄，倖存的人類部落推舉出聯合領袖，組織了幾隊戰鬥力勇猛的騎兵團，負責四出巡邏，驅趕災厄，維持部落安寧。

而更重要的是，騎兵團集結了各人類部落最精銳的狩獵者，讓他們團結起來，便可以維持各個部落之間的統一局面。林克對桂的身世來歷幾乎沒有印象，只是從眾人的言談間得知，由桂率領的騎兵團被分配到極北邊塞，長期監視災厄的大本營。

轉念及此，忽然有人提醒林克：「時間應該差不多了，桂老大。」

林克霎時抬頭一看，望向天邊逐漸泛紅的暮色，彷彿更像一個滿佈龜裂痕跡的玻璃罩，他猛然想起接下來要發生的事，當即問道：「我們現在還剩多少人？」

身旁兩名騎兵馬上分頭行動，在叢林之間穿梭，點算騎兵團的人數。

「留意有沒有混入奸細！」說著，林克跺足喊道：「真可惡，每一次都要在最後關頭才會記得。」

桂的騎兵團在一次例行巡視任務的回程期間，接連出現了多次凶兆。最近每一晚入黑之際，都有一把神秘的聲音從四方八面傳來，而且具有穿透性，即使用力捂著耳朵，騎兵團的每一個成員都會聽到，然後那一晚必然有人被殺。

死者都是被咬碎內臟，身首異處肢體斷裂，屍骸相當慘酷。

果然，就在日落之後，夜幕乍現之前的一瞬間，一把遲緩而威嚴的聲音從天而降。

「長夜即將來臨，

嗜血之獸早已潛伏在你們身邊。

但現在有一個機會驅除災厄，

你們每晚都可以發起一場全體投票，

選出背叛者，
接受神之制裁。」

騎兵們不約而同抬起了頭，跟過去幾晚一樣，只見天上倏然亮起一環星光。隨著時間的流逝，星光逐一減少，當星光完全熄滅的一刻，便代表黑夜降臨，潛藏在背叛者身上的災厄將會現身。

林克環視周遭，只見部下們都舉棋不定，有人早已謹慎找了一棵大樹掩護自己，有人悄悄把手掌握在劍柄上。

「我們要開始投票了嗎？」他們之中有人問道。

「由你來決定吧，桂。」另一人惘然望向林克。

林克默默看著眾人，誰都拿不定主意。要說他們之中哪一個最有嫌疑，林克也毫無頭緒。如是者，最後一顆星光消失的一瞬間，天地之間隨即變得漆黑不見五指，只聽到那沉厚的聲音又再響起。

「黑暗籠罩大地，
災厄經已蘇醒，
正在尋找牠的獵物。」

魑魅風聲之中，林克隱約聽到附近有腳步移動的聲音，他也急忙拔出腰間長刀戒備。但只覺後背一涼，無以名狀的寒意擴散成一股巨大的漩渦，把他僅餘的意識一下子沖散。

這一夜，被災厄吞滅的犧牲者，就是林克自己。

意識到自己原來絲毫無損，只不過是從一夜惡夢清醒過來，嚇出一身冷汗，林克以最短時間定下心神，然後翻開手機，在日曆上打了個紅圈作為記號。每隔幾晚，他就會在夢中被異世界的惡靈所殺，但累積統計了好一段時間，死亡頻率和日期都似乎沒有特定規律。不過，現在先要將惡夢的事情擱置在一旁，他記得自己今天早上另有重要工作需要處理，便匆匆梳洗，更衣出門，趕著回去獸醫診所。

就在升降機大堂，林克稍微遲疑了一剎，畢竟直到兩個月之前他依然是每天從停車場出發，先開車到附近的連鎖咖啡店，買一杯咖啡，再回去獸醫診所。然而，兩個月前出了車禍，人倒沒大礙，陪伴多年的房車則已經報銷。林克如今還未完全適應要到住宅平台等待電召計程車，發呆之際，便收到貝兒的短訊：「記得今晚約好了一起試婚紗。」

林克苦笑，迅速回訊：「當然記得。」然後順手補上一句：「訂購的窗簾剛送來了，今晚要過來我家嗎？」

貝兒簡覆：「不了，明早還有課。」

短訊最後附上一個淚流滿面的表情。

計程車轉眼間已經來到住宅平台。當計程車駛出快速公路時，電台剛好正在播放晨間新聞快報，從事發到今日好像已有數天，但傳媒焦點似乎仍然未離開那個於日前拍攝期間墮樓身亡的人氣演員。林克倒沒有太多感覺，而且估計電影公司很快便會公佈電影男主角的替補人選，再到下個月便沒有人會記得這一位可憐的演員。死亡每一天都會發生在林克身上，無論夢境還是現實，就像日落或是退潮一樣尋常。

昨天晚上，有留院觀察的寵物不治離世，診所內的自動監察裝置已經隨即通報，護士妮可亦即時通知了寵物的主人。他們是一對年輕而且住在高級公寓的中產夫婦，但丈夫留下語音訊息，說時間太晚，翌日早上他才回獸醫診所處理。

結果丈夫比起預定時間晚了一點才來到，而且妻子沒有同行。

這種情況林克見過許多遍，他並不是特別驚訝。他們的寵物是一隻經過基因調配的混種吉娃娃，四肢短小，毛皮雪白，看得出是相當討人喜歡的品種。然而，人工混種的寵物一般都有隱性健康問題，隨著年紀會變得體弱多病，一般壽命不長。當他們將白色吉娃娃送到獸醫診所時，牠已患有嚴重的皮膚病，身上長滿了肉瘤，像是爬滿全身的黑蟲。

那天之後，妻子便再沒有來過獸醫診所，只有丈夫會偶然過來觀察情況，也大概知道吉娃娃已經命不久矣。儘管是相當名貴的品種，但飼養時間不長，他顯得並非太過傷心，還一直非常冷靜，每次都只是在獸醫診所逗留幾分鐘。

最後一次亦不例外，林克讓丈夫簽了一些處理寵物屍體的政府文件。寵物火化中心每天中午都會前往不同獸醫診所收集寵物屍體，感覺就像落後住宅區每日一次的垃圾收集時段一樣。丈夫看著寵物被包進塑膠袋，心情難免有點沉重，據說那隻吉娃娃是他們夫妻開始交往時，丈夫送給她的第一份禮物。他們覺得照養一個孩子的經濟負擔太大，而且想要享受二人世界，所以乾脆就把吉娃娃當成自己的孩子照顧。

丈夫突然問：「這種皮膚病是不是遺傳的？」

林克一聽就知道他真正要問的事情，畢竟他們不是唯一有這種想法的寵物主人：「以病歷資料來說，牠的皮膚病主要是接觸太多金屬污染物，並非遺傳。不過，畢竟是人工培養的混種寵物，免疫系統問題是天生的。」他頓了一會兒，說得直接而具體：「如果再養一隻的話，要有心理準備會出現相同的情況。」

「已經開始在養了。」丈夫聳聳肩，給他看了幾張前幾天用手機拍下的照片，只見妻子正抱著一隻嬰兒吉娃娃，似乎已經完全走出了傷痛。丈夫說：「基因一模一樣，我妻子還堅持要取一個相同的名字。」

林克微笑道：「在這個年代，這種情況是很普遍的。」

但林克並不期望能夠減低他們身上的罪惡感。如果他們還有所謂罪惡感的話。丈夫離開之後，林克倒了杯咖啡，問剛剛負責把寵物包進塑膠袋而且手法相當熟練的當值護士妮可：「我最近正在考慮買車的事情，你知道我前陣子把車撞壞了吧。」

妮可問道：「難道你想買回同一型號的車？」

「可以的話，顏色和出產年份都要一樣的。」林克呢喃答道：「價錢貴一點也沒關係，畢竟是我出來工作之後第一次獎勵自己的禮物。這會很變態嗎？」

妮可忍不住瞪起眼睛：「我覺得啊，把寵物聯想成一輛汽車這種想法比較變態。」

林克看著那些留院觀察的寵物，如果是深受歡迎的品種，其實多數都是複製品。而且單憑出生資料，往往無從查證牠們是同一個基因序號的第幾批複製版本，畢竟在牠們身上並沒有印上任何產品條碼。如果有的話，牠們的主人可能接受不了自己的孩子跟超級市場貨架上的罐頭加工肉再沒有分別。

林克忽然問起妮可，以前有沒有聽過關於半獸人的詛咒。自從兩個月前撞車入院，出現了輕微腦震盪，林克便開始反覆出現那個惡夢。妮可和診所裡的同事們都發現，他最近總是在打聽這方面的事情。譬如在一些古老的民間傳說裡，經常會記載著人類受到詛咒，迷失人性，還會異變成各式各樣的妖怪之類。

妮可搖搖頭，對於怪力亂神的事情完全不感興趣。

林克忽然說：「我在網上查過資料，原來以前曾經有個相當流行的角色扮演遊戲，玩法跟我在夢裡見過的情景有點相似。」

林克不是第一次發現，貝兒與妮可確實有些共通點。她們可以一邊作出肢體反應，譬如點一點頭，聳聳肩膊，或是跟對方有眼神交流，但同時她們根本沒有留心聆聽對方在描述的事情。她們都很擅長使用這種一心兩用的假動作。貝兒便明顯敷衍回應著林克，其實只是關心婚紗的款式，而且她堅持要到婚紗店親自試穿，確認所有尺寸和配飾細節。

此刻，貝兒似乎正掙扎於兩款婚紗的傘裙裙擺，比較圓大和華麗的那一款，雖然看來挺有氣派，但她略嫌太過擁腫，把下半身都完全遮蓋。

「你不覺得很像個音樂箱公仔嗎？」貝兒轉身問道。

「還是之前那款比較好？」林克淡然說。

貝兒在此之前，比較喜歡另一款緊身剪裁，而且中間打開的小傘裙婚紗。其實也不便宜，是獲獎時裝設計師的作品。

「但那不行啊，看起來好像有點暴露。」貝兒呶著嘴說：「連她們也覺得太低俗了，我媽肯定會嘮叨。」

「她們」當然就是指婚禮上的伴娘，據聞所有伴娘人選早在他和貝兒相識之前已經決定好了，都是貝兒高中時代的密友。按照名門女校的傳統，她們會輪流替出嫁的舊同學擔任伴娘，其中有人本身已經移民，結果每一次都會專程飛回來出席婚禮。總而言之，是一個都不能少。

跟未婚妻貝兒試過婚紗，時間已經很晚。由於暫時都沒有汽車代步，林克唯有送她到地下鐵站。貝兒還好並不是會介意這些事情的女孩子，對於這一點，林克打從心底覺得欣慰。不過他已經決定，待籌備婚禮的事情告一段落，如果總開支不是太高，就可以重新考慮買車，應該不會有太多阻滯。其間，林克又繼續談起關於近來那個充滿死亡氣息的惡夢。

這一次貝兒終於有聽進去，只見她忽然眨動著那機靈的眼睛，提到一個甚為拗口的名字。

「你有沒有聽過『歐陽龍太郎』這個人？」

「歐陽……那算是一個複姓嗎？」說著，林克皺起眉頭：「很不正經的名字，聽起來有點像是走朋克路線的網絡歌手。」

「確實是在網絡世界挺有名的。」貝兒解釋說，最近大學裡有不少學生都在談論歐陽龍太郎的傳聞，就在市中心的中央車站附近，藏著一條位置隱秘的地下街，裡面有一間名為「蜃氣樓」的雜貨店，店主就是歐陽龍太郎，而且專門替委託人解除惡夢。

儘管許多網絡傳言都聲稱親眼見過歐陽龍太郎，但從來沒有流出實拍照片，到底是真是假倒也說不準，也多得網絡上訊息氾濫的假新聞，讓解夢專家的都市傳言變得更有神秘色彩。

「要去找找看嗎？」貝兒嘻嘻問道。

「我怎麼有個錯覺，你好像比我還要期待。」林克怪笑了兩聲。

如是者，就在接下來那個周末，貝兒便真的帶著林克來到中央車站。林克估計，為自己解夢只是附帶原因，真正吸引貝兒的是查證「蜃氣樓」的傳聞是否屬實。不愧是在一流大學備受期待的社會學研究生，林克早有聽聞貝兒在系上相當受歡迎，學歷出眾，而且年輕漂亮，還未畢業便取得教席，已經接到不少擔任演講嘉賓和電視節目主持人的邀請。

根據網上留言，在中央車站附近的商場之間，可以找到唯一通往地下街的入口。但結果他們的運氣並不是太好，找了半天都沒有任何頭緒。

這時候，貝兒突然接聽了一個電話，跟林克搖手示意。幾乎可以肯定電話另一邊就是她的指導教授，對方似乎有著什麼重要的事情需要跟貝兒商量，她隨即神神秘秘的走開了。林克愈來愈覺得貝兒和她的指導教授關係太過親密，那個老邁而肌肉下垂的男人，居然在一個不用授課的周末下午致電給自己的學生。只要認真一想，腦海裡便會不自覺出現許多齷齪的畫面，他的頭痛問題就會復發，唯有盡量讓自己不去思考那些事情。

林克突然發覺附近燈光變得昏暗，回頭一看，已經不認得剛才是從哪個方向走過來，就在百貨公司與連接另外一幢大型商場的通道之間，赫然看到一個完全不合比例的狹縫，說是門縫倒是不貼切，它看起來根本是一個巨型的自動販賣機投幣口。

穿過投幣口，便看到一條螺旋形的樓梯，林克起初以為通道會連接商場下一層，結果樓梯往下一直延伸，像沒有盡頭似的。

他想通知貝兒，卻發現手機早已接收不到訊號。

約莫走了幾分鐘，終於來到一個燈光黯沉的舊式商場，林克恍然大悟。這裡似乎就是傳聞中那一條人跡罕至的地下街。在林克的前方，是一間看來相當典雅的古著屋。

走進古著屋，有個戴著金絲眼鏡、正翹起腿在店裡某個角落看書的男人隨即抬起頭，對他報以一笑。

「你看起來不像是來買衣服的，更不像是有衣服要拿來寄賣，是誤打誤撞迷了路，還是找不到路？」戴金絲眼鏡的男人問。

「附近是否有一個名叫『蜃氣樓』的地方？」林克如實問道。

「我剛好想著要過去跟隔壁那個性格孤僻的店主聊聊天，不如一起？」戴金絲眼鏡的男人忽然站起身來。

林克便跟隨那個戴金絲眼鏡的男人，離開了古著屋，只見他忽左忽右拐了幾個彎，還走了好一段路，這樣說來，實在不能夠稱得上是隔壁。終於他們來到一間看起來相當落泊，甚至連門牌都沒有的店鋪。

卻見戴金絲眼鏡的男人毫不猶豫推開了店門。

密密麻麻的貨架之中有人探頭一看。林克只見那人穿起一身紫色長袍，戴著橢圓形的墨鏡，把身體捲摺到一張輪椅上。他看起來有點滄桑，但動作非常靈活，倒是猜不出什麼年紀。

「閣下很少會帶朋友一起過來。」那人說。

「不是我的朋友。」戴金絲眼鏡的男人柔聲笑道：「是你的客人才對。」

「幸會，我是這裡的店主，歐陽龍太郎。」

穿紫色長袍的男人臉上掛著一張介乎親切與慎重之間的笑顏。

「喔。」林克一臉尷尬的點著頭：「你好，我是林克。」

「這間店應該並不好找吧，但閣下往後就會習慣的了。店鋪雖小，但畢竟五臟俱全。」

龍太郎突然伸出友誼之手，憑聲音的方向主動上前跟林克輕輕的握了一下。林克覺得有點冰冷，而且好像完全感受不了對方的重量。

戴金絲眼鏡的男人便一直站在林克身旁，此時忍不住笑道：「那我就不打擾你們了，先行告退。」說著，他又慢條斯理的叮囑林克：「這人的眼睛是壞掉了，嘴巴也著實惡毒。但人倒是挺可靠的。」

龍太郎聽得不耐煩，啐道：「經你這烏鴉嘴一說不是替我趕客了嗎？人家會覺得你是串通推銷的。」

「呵呵呵，那我走囉。」戴金絲眼鏡的男人還是不懷好意的微笑著。

「勞煩順一順手把店門關上。」龍太郎悶哼一聲，轉身便說：「閣下隨便坐，稍等一會兒。我先去倒茶。如你所見，以我的情況要妥善打理這間店著實有點兒困難，不過目前店裡只有我一個人，還在尋找合適的助手。」

雖然坐在輪椅上，但龍太郎把腳下的輪椅操控得甚為純熟，而且店裡貨物看似凌亂，其實一切對這位盲眼店主來說都瞭如指掌，不用看都知道準確位置。

龍太郎揚起嘴角：「對了，我們這裡不容許拍照，而且諮詢夢境的交談內容亦不能錄音。敬請體諒。」

林克緩緩把頭往下一點。

初見歐陽龍太郎本人，似乎跟憑空想像中那個走朋克路線的虛擬歌手有著不少距離。林克坐下沒多久，便再三詢問解夢的性質。如果「蜃氣樓」是偏向占星問卦、通靈或是宇宙能量之類的事情，他應該頭也不回轉身離開。

龍太郎卻把一壺品質上好的熱茶端了出來，接著林克的提問，答得行雲流水：「好夢人人愛，但凡找得上門的客人，都不外乎是被惡夢纏身，遇到邪靈厲鬼。其實你不用顧慮解夢者將會怎樣說明，畢竟我說了什麼都不是重點，閣下所說的一切，才是解夢的關鍵。你準備好了便可以隨便說。是一個怎樣的夢，從什麼時候開始，而又從哪裡開始說起，想說多少，或者記得多少都沒有關係。」

「那可能要花一點時間。」林克忽然說：「因為這個惡夢已經重複出現了差不多兩個月。」

「難得會是個長篇故事。」龍太郎笑道。

「我的情況算長了嗎？」林克好奇一問。

「當然有比你更長的，但你絕對不會想知道最長的時間到底是有多長。」

然後龍太郎收起了笑容，聽林克把整個惡夢說了一遍。他一直都用緩慢的速度把頭晃著，其間替林克和自己各自再倒了一杯茶，仍然保持安靜，直到對方完全說完為止。

「——以上，就是我的惡夢。儘管每一次重複的細節都有不同，但算是大同小異，而且總會夢見自己變成另外一個陌生人，感覺就像附身一樣。不過，坦白說也無法斷言我從來沒在現實中見過這個男子。」

「名字叫『桂』的男子。」龍太郎沉吟道：「你描述得不但詳細，還很有條理，簡直像是跟我對調身份，好像我才是你的委託人。」龍太郎莞爾笑問：「敢問閣下是否我同行？」

「應該不是，你看起來算是心理醫生，我只是獸醫。我比較擅長觀察消費者和寵物的關係。」林克答道。

「獸醫也行，起碼比起牙醫更像個醫生。」龍太郎一邊笑著，一邊把櫃上那個古舊的木匣子取下來，像往常一樣放在林克面前：「我們店裡是由委託人自由定價的，收費視乎你認為需要多少代價來解夢。」

「自由定價是什麼意思？」林克愣著。

「就是閣下能夠理解的那個意思。」龍太郎淡淡的說。

「那好像是更難以下決定的事情。」林克瞇起眼睛說：「顯然出價太低的話，你會不高興，接下來就會敷衍我。但付得多了，我會先入為主覺得自己受騙。」

「你放心，我不會看到委託人付了多少。」龍太郎輕托一下鼻樑上的特小號墨鏡：「我根本看不到。」

「不，會提出這種付費形式的話，就代表你本身絕對有方法看到。」林克搖頭問道：「但既然是店主主動提出的交易條件，客人只能接受了吧？是一定要先付錢才能接受委託，而且要現鈔，對吧？」

「抱歉，但確實是這裡的規矩。」龍太郎說。

林克忽然愉快的笑了起來：「我剛好有一個似乎不錯的想法。」

龍太郎似乎察覺到對方的笑容，顯得有點好奇：「願聞其詳。」

穿越層層迷霧，在那熟悉的黑影指引之下，本身被摺成一塊白色紙牌的世界，徐徐伸展開來，然後再次有了色彩、聲音和距離。

在林克眼前，是似曾相識的情景，但許多細節都有了改變。譬如說，騎兵團的人數和每個人的長相都跟上一次在夢境見面的時候有些差別。他發現桂總是在腰間綁著一張羊皮捲軸，如果打開的話，將會發現是簡陋的手繪地勢圖，但明顯跟前幾次看到的並不一致。

帳篷外面正下著綿綿細雨，確實連天氣和季節都是隨機的。

騎兵團的人偶然提起了古老的邊塞傳說，那是一個被稱作淘氣神的遊戲，或是半獸人的詛咒。

相傳開天闢地之後，創世者一直後悔創造了跟自己太過相似的人類。當人類迅速聚集起來，他們潛藏的破壞力，足以摧毀那些用上數以萬年累積而來的大自然規律。為了彌補缺口，創世者於是委託了臭名昭彰的淘氣神想出方法制衡人類。

就是這樣，沒多久之後，淘氣神便創造了災厄。

而創世者所不知道的是，淘氣神出於其頑劣的本性，暗中還想出了一個惡作劇來戲弄人類。只要同一個群體中聚集了某個特定數目的人類，淘氣神的遊戲便隨即開始。災厄將會隨機附身在人群之中，每天晚上都會露出本來面目，殺死一個人類。當然，只要人類能夠猜出誰人被災厄附身，便能夠勝出遊戲，解除惡作劇的詛咒。

但淘氣神其實別有用心，他利用了人類猜忌和擅長說謊的本性，整個遊戲目的就是讓人類自相殘殺。

災厄將會乘著黑夜降生，淘氣神的遊戲就從每一天晚上開始。

林克約略點算一下剩餘的騎兵：「我們只剩下這裡幾個人？」

隨行的騎兵答道：「是的，七個。昨天就連我們唯一的醫師都被殺死了。」

天上傳來熟悉的聲音。像過去幾晚一樣，星光乍現，提示眾人要儘快投票決定誰是背叛者。

「長夜即將來臨，
嗜血之獸早已潛伏在你們身邊。
但現在有一個機會驅除災厄，
你們每晚都可以發起一場全體投票，
選出背叛者，
接受神之制裁。」

「那我們就來投票吧。」林克說。

大家面面相覷，倒不知道是誰人首先作出暗示，大家都將目光移向同一個手足無措的騎兵。看起來是他們之中最年輕的一個。

「為什麼是我？」那年輕的小伙子著急喊道。

「誰叫你額頭上面有個紅圈。」旁邊一人冷笑道。

那小伙子嚇得面色發青，拼命用手去擦自己額頭，彷彿想把那個紅圈完全擦掉。

「投票結束，
在少數服從多數的原則之下，
你們已經選好了接受上天懲罰的目標。」

雷擊從天而降，像一枝貫穿長空的光箭，轉眼間擊殺了那名年輕騎士。眾人面前只是一具被雷電燒焦的屍體。

「非常遺憾，

你們錯誤殺死了一個重要的同伴。

又來到危機四伏的時刻，

災厄即將醒覺。」

林克正要拔出長劍戒備，忽然喉頭一甜，有股異常猛烈的熱氣在體內翻滾。嘴巴裂開，隨即發出猙獰的叫聲。

醒來的那一瞬間，林克仔細摸摸身體，就像惡夢之中那個拼命用手去擦自己額頭的年輕人。儘管身上毫無異樣，但來自夢境的記憶非常清晰。他變成一頭野獸，把騎兵團的夥伴活剝生吞下去。

原來任何人都有機會成為災厄。

那天下班之後，林克與貝兒在外面剛剛吃完晚飯，整晚都心不在焉的林克，隨便找個藉口說獸醫診所突然有急症，叫貝兒先行回去。獨自返回獸醫診所之後，林克打開電腦，翻閱了許多網上資料，包括一些神話故事、古代怪談和民間傳說，還找到幾個關於半獸人的記載。

其中有一個條目是這樣的，相傳狼人曾經是吸血鬼的寵物，他們是被詛咒的半獸人，每逢月圓之夜都會獸性大發。林克把診所裡的留院動物逐個打量，覺得在牠們身上可能有一些夢的暗示。可惜，什麼線索都沒找到。

由於近來相當流行登山露營，接下來的那個周末，獸醫診所的同事們早已約好要找一條難度不高的登山小徑，來個半天郊遊。許多診所同事都還未見過林克傳聞中的漂亮未婚妻，可惜貝兒正為期末報告的事情而煩惱，沒有跟林克同行，讓大家覺得有點失望。眾人於清晨集合出發，好不容易爬上山峰，已經接近中午時分，吃過簡便的即食午餐之後，林克忽然提議玩個集體遊戲，聞說以前一度相當流行。

獸醫診所的同事們其實都沒聽過，但大家覺得挺新鮮，便不妨玩一會兒，於是林克開始解釋遊戲規則。

抽籤過後，他們分別有人扮演惡魔、女巫和騎士，餘下那些就是村民。參加者之中，還需要有一個人擔任裁判，既然眾人都是初玩者，裁判角色當然是由林克負責。事實上，在過去兩個月，林克已經在夢境中玩過這個遊戲很多遍。

「長夜即將來臨，

惡魔就在你們的身邊。

但現在有一個機會驅除災厄，

你們每晚都可以發起一場全體投票，

選出被惡魔寄身的人，
接受神之制裁。」
林克模仿著夢中那撲朔迷離的聲音，只換走了部分詞彙，便將遊戲的指示倒背出來。大家依照指示閉上眼睛，讓惡魔開眼行動，又忍不住讚林克玩得那麼投入，光天白晝之下，氣氛還真的有點詭秘。
扮演惡魔的剛好就是林克身旁的獸醫同事，比林克年輕幾歲。趁著眾人閉眼等待，他跟林克悄悄打了個眼色，指定了目標人物之後，便輪到下一個角色的行動回合。
只見妮可徐徐睜開眼睛，她居然就是唯一可以用法術讓人起死回生的女巫。
妮可打量了眾人一眼，遲疑片刻，便對林克裝了個鬼臉，然後指著自己。林克笑著點點頭。
「回合結束，
黎明終於來到人間。
各位現在可以張開雙眼。
沒有村民被殺，
到底昨晚發生了什麼事呢？
惡魔的行動似乎失敗。」

由於眾人都是初玩者，除了幾個比較機靈的同事，大部分人都尚未意識到是什麼狀況。當然，最驚訝的人還是林克。妮可居然馬上猜到自己第一回合就會成為刺殺目標。如果不是在惡魔行動期間作弊，悄悄開了眼睛偷看，那真是一個深藏不露的女子。

妮可此刻正假裝完全不知情，還順勢跟著幾個女同事裝傻，對於林克來說，這實在熟悉不過。林克知道妮可對自己有好感，他們兩人最初就有單獨約會過，林克還到妮可家裡待過幾晚，這些事情當然不便公開，診所裡所有同事都不察覺，更不可能讓貝兒知道。但自從妮可知道林克有了未婚妻之後，兩人隨即疏遠不少，而且妮可似乎已經轉移了視線，新目標是一位前陣子帶寵物來看病的單身富二代。

可惜的是，眾人才剛剛熱身進入狀況，來到第二回合，卻突然下起大雨，遊戲無疾而終，大家趕緊執拾行裝，敗興下山離開。

郊遊活動提早完結，難得是個悠閒的周日晚上，林克卻沒有其他事情要做。本來想跟貝兒去看個電影，但沒多久貝兒覆了短訊，說自己還待在大學圖書館熬到昏天黑地，期末報告的進度似乎不太順暢。

林克轉念一想，便到中央車站轉搭了另一條循環線，回到舊居探望父親。跟父親上一次見面，已經是前幾個月的事情。遇到車禍之後，由於暫時無法自行駕車，如今還是第一次回去。

走到舊居門前，林克一如既往按了兩下門鈴。事實上，他本身就有舊居的門鎖密碼，是已故母親的誕生日，但這些年來從未按過。他總是先按門鈴，然後猜想會是誰來開門。

開門的人，是一個身穿棗紅色長袖運動套裝，頭上隨意綁起髮髻的中年婦人。從年紀來看，要說是林克的母親明顯不合理。

「好久不見了，麗姐。今晚還是你負責當值嗎？」林克微笑道。

「周末晚上，其他人都想回家吃飯嘛。我自己一個住，倒沒有關係。」那個名叫麗姐的中年婦人打開了門，隨即接過林克手上的雨傘，掛在玄關一隅：「反正都是跟你父親一起看電視囉。對了，你早前說自己出了車禍，應該沒大礙吧？」

「只是皮外傷以及輕微的腦震盪，算是運氣不錯。所以今晚都是坐地下鐵過來，可能往後有一段時間都不敢開車了，至少無法放開雙手，完全信賴自動導航駕駛系統。」林克答道。

「我多煮了綠豆湯，要不要喝一碗？」麗姐點了點頭，便趁機轉個話題。

「好啊，謝謝。」林克隨即問道：「那我爸喝了沒？」

麗姐搖搖頭：「他才沒空，廢寢忘餐在跟電腦下棋。」

果然，林達就像平常一樣待在客廳，雙眼定定的看著茶几上那個棋盤發愣，似乎渾然不覺，或是根本毫不關心此刻站在自己面前的人到底是誰。過去幾乎沒人想像過林克的父親林達如今竟然會變成這樣子。

林達本來不只是一個挺有名望的醫生，甚至稱得上是行內權威。但他不是聽診治病的醫生，而是從事基因工程醫學研究。不過，就在林克十多歲的時候，父親證實患上阿茲海默症，性情大變，記憶力開始減退。幾年之後，林達已經不認得身邊的人，甚至連自己也不認得，從此成為失智失語的獨居老人。

林克還記得父親以前就是下棋高手，教他玩過很多不同種類的棋。但如今他已忘記了大部分規則，只會玩最簡單的黑白棋。父親喜歡玩黑白棋，因為黑白棋好像是他絕無僅有能夠發揮常人智力的活動，而且他玩得非常熟練，即使是跟電腦對奕，一百場裡面偶然也會贏五、六場。麗姐說要贏他並不是想像中那麼容易。

林克一邊喝著綠豆湯，另一邊也陪著父親玩了幾局。他只顧著觀看父親臉上的表情變化，一時疏忽走錯了兩步，就被父親反敗為勝。父親贏了之後，頓時眉飛色舞起來，像個小孩子般笑得很開朗。其實林克以前跟父親關係很差，父親是醫學界權威，對他從小就有所期待，不斷催逼他讀書學習。但林克的學業成績一直平庸，到父親記憶力開始衰退，情緒變得暴躁，他考不上醫科亦不想再面對父親，便自行搬到外面居住，後來才勉強成為了獸醫。

林克不特別喜歡動物，但總覺得與動物相處，還是比起跟人相處容易。

父親的病，他有時覺得跟母親在自己十二歲那年意外過身有一些關連。儘管林達後來再不能如常說話，無法表達自己的想法，但最明顯的反應就是他不想離開舊居，每每甫走出舊居的大門，便會暴跳如雷。林克曾經想過將他送到護理中心，後來打消了念頭，唯有委託護理中心派人輪流上門照顧父親的起居飲食，另外再每個月請人來打掃舊居。麗子是其中一位護理員，林克跟她認識了很多年，私底下總是稱呼對方麗姐。

林克偶然會在周末過來探望父親，但多年來都不願意留下來過夜，而且很少回自己房間。房間裡的擺設原封不動，就跟許多年前一模一樣。慶幸不一樣的是，父親現在已經不記得以前的事情，甚至不記得他，但他們的關係反而漸漸變得比以前更融洽。

麗姐提醒林克，差不多要替林達洗澡。臨走之前，林克欲言又止，還是跟麗姐說了一些最近在籌備婚禮的事情。有時候，他把麗姐當成了半個母親的角色。他發現貝兒最近總是會找來各種藉口，譬如大學那邊的事情，卻已經很久沒有到他家裡過夜。

「這可能是婚前恐懼喔。」麗姐說。

「但是，最初提出要結婚和同居的人，其實是她。」林克遲疑答道。

「我意思是說，可能是你有婚前恐懼。」麗姐微笑道。

接下來的好幾個晚上，林克都沒有造夢。他甚至已經一整個星期都沒跟貝兒見過面，偶然收到的短訊裡，都附有一個傷心號哭的表情，具體內容還是表示大學那邊最近要趕死線，抽不了身，連婚紗店那邊的預約也要改期。說起來，貝兒一直跟家人居住，而且是家中獨生女，父母理所當然都很疼錫她，是最標準那種會在節慶日子上載全家福到社交網站，再附以「〇〇節就是要跟家人一起慶祝」這種感性句子的模範女孩。

總而言之，跟林克的家庭狀況完全是兩回事。

他其實還是無法想像不久以後將會現身於這些幸福的合照裡，又或者他會是負責拍攝的那個人。

轉眼過了兩周。除了妮可突然告假消失了幾天以外，林克身邊便沒發生過什麼大事。見不到貝兒的日子，居然連惡夢也再沒有出現，或許麗姐說得沒錯，夢中揮之不散的死亡詛咒，正是潛意識的婚前恐懼投射。

跟不曉得什麼葫蘆賣什麼怪藥的歐陽龍太郎相比起來，還是一針見血的麗姐像個稱職的解夢專家。想到這裡，林克才發現仍沒有機會跟貝兒提到自己已經見過歐陽龍太郎。

第二次到中央車站旁邊的地下街，讓林克意外的是，居然沒花多少時間便再次找到那個像是投幣口的狹縫，沿著帶有尿臊味的長廊走了幾分鐘，轉眼便來到「蜃氣樓」的店前。

推門而進，只見「蜃氣樓」仍是那麼烏燈黑火，甚至比兩周之前還要凌亂。林克輕聲打了個招呼，風塵僕僕的歐陽龍太郎便從店裡探出頭來，他還是穿著紫色長袍，戴起那一副尺寸小得剛好只能夠將眼球遮住的墨鏡。

「你好，我是兩個禮拜之前——」林克說著，發現龍太郎臉上笑得很奇怪。

「我當然認得你是誰。」龍太郎莞爾答道：「不用眼睛然後把對方記住的方法，其實比想像中還要多。隨便坐一下吧，我先去倒茶。」

跟上一次見面的情況幾乎完全一樣，只見龍太郎推著輪椅，把一壺熱茶和兩隻湊不成一對的茶杯端了出來。

「怎麼樣？」龍太郎忽然問。

「唔？」林克愣著。

「比起上一次在店裡喝過的茶，這次覺得怎麼樣？」龍太郎正在微笑著。

「啊是茶——」林克顯得有點尷尬，便道：「對不起，我上一次倒沒有認真品嚐。」

「沒關係，這種小事請不要放在心上。」

說著，龍太郎從衣袖裡掏一個小小的黑色木盒。

「閣下所委託的解夢法寶。」龍太郎忽然正色道：「它的名字就叫『無限年之鏡』。」

林克隨即打開木盒，龍太郎為自己鑄造的居然是一塊隨身鏡。

雖不至於古怪，但確實不像一件會為中年男子度身訂造的東西。

「當然，它還有個比較得體的名字。」龍太郎乾咳了兩聲，跟林克示意黑色木盒下面另有一張紙箋，像符咒般寫了幾個潦草的字。林克取出紙箋，龍太郎便順勢念道：「只此一家，別無贋品，『無明無上太清普世無限年之鏡』，簡稱為『無限年之鏡』。」

名字雖然鋪張，讓林克以為會是一些更有風水命理感覺的物件。但看起來跟平常見到的隨身鏡沒有分別，而且形狀也是最普遍的橢圓形。不過，認真一看便會發現「無限年之鏡」內有點玄機，鏡面雖然平坦，內裡的金屬卻是以不同弧度壓平，因此無論從哪個方位看，都是一張扭曲的臉。

基本上連作為鏡的主要用途也沒有，斷不能稱之為一面鏡。

龍太郎忽然說：「我們上一次見面也有提過，還需要授權讓我進入你的惡夢。」

林克問：「我有一點比較好奇。假設你出現在我的夢境裡，是因為我真的夢見了你，還是因為你進入了我的夢境？」

「你想問，是我先敲門，還是你先打開門吧？可能不是主動和被動的關係，你推我的時候，自然有一股力往反方向推你，不是嗎？」龍太郎答道：「夢的原理亦是一樣，當你造夢的時候，夢同樣會把你創造出來。」

只聽龍太郎似是而非的解釋了一番，林克覺得此人說話亂七八糟，但其實又不是完全沒道理。

誤闖進了沼澤地帶，騎兵團眾人都即時提高警覺，恐防受到災厄侵襲。不過，林克從他們的反應，以及計算了一下隨團人數，估計淘氣神的遊戲應該尚未在這裡開始。

入夜之後，林克反而叫大家各自分開，盡可能遠離人群獨處。眾人都百思不得其解，只覺得會增加受偷襲的風險。

直到一把異常洪亮的聲音從天而降。

「漫漫長夜即將降臨，
飢餓的災厄就潛伏在你們身邊。
但現在有一個驅除災厄的機會，
你們可以選出一個被邪靈依附的人，
發起全體投票，
讓背叛者接受神之制裁。」

眾人還未摸清狀況之際，林克已預先準備好了打火石。就在入黑的一瞬間，他即時燃起了火棒。

只見一個戴著鬼面罩的人就站在面前，於火光之下，他的影子變得很長、很巨大。

「你終於願意現身了。」

林克深呼吸一下。

但那人隨即揭開鬼面罩，讓自己的身體與影子結為一體，變成了外形奇特，像全身都長滿了黑色疙瘩的巨大災厄。

災厄撲向林克，對準他的心臟部位刮了一爪。然而剛好刮中了林克預先藏在胸甲裡的護心鏡。鏡身發出鋒利得幾乎刺穿所有意識的聲音。

床的另一邊，就在睜開眼睛的時候林克才赫然驚覺，許久沒有到自己家裡過夜的貝兒，此刻正在旁邊睡得正酣。透過窗外的微弱光線，半裸著的胴體看起來就像一個手工精細，而且相當討人喜歡的陶瓷娃娃。林克嘗試挪動著身體上最微小的部位，以免令貝兒醒來。首先是拇指、食指、腳掌、膝蓋，然後是脖子，結果所有關節都一切如常，讓林克否定了這裡仍然是一場夢境的疑慮。

他這才想起確實是有這一件事，貝兒終於完成了所有期末報告，聞說畢業論文的初審也暫時過關。她回到家裡洗過澡，換了衣服，頃刻便睡著了。但林克隨即意識到，此刻他絕對不能分心，他趕緊下了床，到客廳喝了杯冷水，因為他終於見到災厄的真面目。

夢的記憶會像潮水一樣突然褪去，他害怕自己轉眼之間便不記得，必須儘快紀錄下來。霎時間卻居然連一張廢紙都找不到，平時放在茶几上的原子筆亦不翼而飛，他只能在廚房找到幾顆馬鈴薯。

於是林克做了件不太尋常的舉動，他馬上用水果刀將馬鈴薯削成怪獸的模樣，連他自己也沒想過居然挺有這方面的天份，以為印象模糊，怎料記憶愈來愈清晰，只是匆匆見過一面已經過目不忘，把災厄的容貌雕刻出來，熟練得好像已經反覆練習過許多遍。沒多久便將馬鈴薯削成一個像是還未塗色的怪獸雕塑。

林克心滿意足，覺得眼睛也有點累了，於是回到睡房。

貝兒半醒之間迷迷糊糊的翻過身，問道：「哪裡不舒服嗎？」

林克悄聲道：「嗯，還是會突然之間有點頭痛。」

貝兒以為是林克早前的腦震盪還未痊愈，便湊到他的額頭吻了一下，輕輕抱著他入睡。

「那現在覺得沒那麼頭痛了吧？」她柔聲道。

「好得多了。」林克喃喃自語。

騎兵團眾人用盡了方法，終於叫醒了桂。他們都說，桂忽然像一具丟失了魂魄的肉體，兩眼發直，如果不是還有心跳，便多半以為已經死去。

就是這樣，林克再次依附到桂的身軀，晃晃腦袋，試著挪動一下脖子和膝蓋，身體似乎沒什麼大礙，除了胸口隱隱作痛，連明顯的傷痕也沒有，只是被災厄偷襲過後失去意識，昏迷了好一段時間。

甦醒過來已經烈日當空，是正午時分。

林克低頭一看，作為護心鏡救了自己一命的「無限年之鏡」，已經碎裂一地。

騎兵們都再三提醒林克，往後還是不要分頭行事比較安全。林克滿心忐忑之際，卻有一員輕騎急奔回報，證實另有連群結隊的災厄繞過了他們的巡邏區，正在進攻附近的村落和城鎮。

萬一城鎮失守，災厄便可以長驅直進抵達皇城。林克心下驚訝，這一段情節在過去的惡夢裡都沒出現過，想來「無限年之鏡」已經改寫了夢中的命運。一眾騎兵都整裝待發，等候林克發號施令，即刻快馬加鞭，儘快逃出沼澤地帶，趕回城鎮營救。

林克當下決定與幾個善戰的騎兵卸下行裝，而且換乘團中最年輕的好馬，以最快速度回城。

附近一帶城鎮大多守備薄弱，若然沒有桂的騎兵團駐防，相信難以抵擋災厄的入侵。不過，沿途再有輕騎迎面回報，說鎮上突然有一名隱士出手援救，而且已在城外佈下幾重機關，似乎能夠為騎兵團拖延一點時間。

「是個怎樣的隱士？」林克好奇一問。

「對方聲稱是桂大人的親信。」那名輕騎答道。

還未回到城裡，林克已瞧見城外飄著一個紫色的身影，那身影周旋在幾個比他以前在博物館看到的恐龍骸骨還要巨型的凶獸之間，像跳蚤似的彈跳自如，動作非常敏捷。

再走近一點，便見那人一身紫色長衫，右手挽著細劍，左手則握著一把鐵拐杖，居然是「蜃氣樓」的店主歐陽龍太郎。在林克夢裡，他的眼睛和雙腳不但康復正常，而且身手矯健。龍太郎倒是仍舊戴著墨鏡，不過髮型跟現實中見到的模樣則有一點不同，此刻他比較像個古代的東方武士。

唯一讓林克感到不滿的是，龍太郎的出現似乎摧毀了夢中自成一格的歷史感。他在城外佈置的那幾重機關，竟是放大了數十倍的捕鼠夾和蟑螂貼。雖然這些東西在超級市場都會找到，而且相當有效——只見那些牛高馬大的災厄被蟑螂貼黏著雙腳，瞬間凝固起來，然後一個接一個被龍太郎割喉擊殺；但無論如何，把它們搬到這個與現實隔絕的異世界，是真的有點不合理。

當然了，更不合理的莫過於龍太郎居然是個武藝高強的隱世高手。

「看來我的暖場表演要到此為止了。」龍太郎笑著點了點頭。

「原來這就是你的真面目嗎？」看著龍太郎單憑一己力量便能護住城鎮，林克不禁嘖嘖稱奇：「沒想到你說的反作用力是那麼驚人。」

「這裡明明是閣下的夢中世界，我自然是你創造出來的。」說著，龍太郎摘下那副只是用來裝飾的墨鏡，把它擱在額頭上：「而且你實在創造了一場很宏偉的夢。夢醒之前，就讓我暫時再享受一下活著的快感。」

遠方忽然有哨兵吹響號角，林克身旁的輕騎叫道：「桂老大，第二波災厄要殺過來了。」

林克點點頭，與龍太郎並肩而行，餘下的騎兵們也劍拔弩張，有了拼死守城的決心。而且大家看到龍太郎剛才輕易守住了第一波攻勢，都似乎信心大增。

「我怎麼覺得你樂在其中呢？」林克問道。

「難得可以自由走動，難免是要舒展一下筋骨的。」龍太郎故意眨了個眼色。

第二波災厄的數量比第一波還要多，而且災厄的體型亦更為龐大。只見龍太郎仍舊一手握著鐵拐，另一手細劍，雖然是個一重一輕的奇怪組合，揮耍起來居然相當了得。

林克也拔出腰間長刀，跟在龍太郎身後衝上災厄群裡。

面對身型上有著壓倒性優勢的巨型猛獸，所有人的臉上都是恐懼、荒謬和絕望。唯獨歐陽龍太郎一臉亢奮，殺得渾身是血，卻仍然無比歡樂。他不是喜歡殺戮，不是本性瘋狂，只是痛覺與畏懼，也是活著的快感。

「如果真要過了這一關，你應該知道這些大塊頭的弱點吧？」龍太郎忽然提醒林克。

「我怎麼會知——」說著，林克恍然大悟：「就算本來沒有，但我可以將弱點想像出來。」

龍太郎點點頭，浴血之中比了個大拇指。說時遲，只見災厄的胸口赫然多了一個若隱若現的紅圈。幾乎每一隻災厄，都會在身體某個特定位置打了紅圈。

「這樣一來，難度又好像變得太低了。」龍太郎嘆道。說罷，他熟練的拆開了鐵拐杖，原來是藏著一柄迷你手槍。

龍太郎瞇起眼睛，朝災厄身上的紅圈連環射了三槍。面前那頭張開血盆巨嘴的凶獸便即應聲倒地。

騎兵團眾人見狀，都鼓起勇氣，照著相同做法對準了災厄身上的紅圈來反擊。倒是有一隻留守後方的災厄巨獸，牠的紅圈特別小，而且就在脖子的正中央。龍太郎跟林克眨眼示意，對方應該就是災厄的首領。

「借我一用。」

林克突然伸手拿了龍太郎的那柄手槍。

清脆的兩下槍聲，體型魁梧的災厄王居然像個煙花球一樣應聲爆開。失去領頭羊之後，其餘的災厄頃刻四散，到處逃竄。

林克上前端看災厄王的屍體，確是有幾分相似，但顯然不是他在淘氣神的遊戲裡見過的，那個懂得依附在人類身上襲擊自己的災厄。

眾人割下災厄王的頭顱，決定將它供放在鎮上的祠堂裡，每個人都輪流走進祠堂，朝災厄王的臉吐一口痰，然後領取一份從災厄王身上宰出來的肉塊。

相傳災厄的肉具有靈效，能治百病。城裡的人們對此都深信不疑。

「全賴你的法寶。」趁著還有時間，林克向龍太郎道謝，今晚算是他久違多時的一場好夢。遠方卻突然有人鳴鐘告急，林克以為還有第三波災厄再度入侵。然而，鐘聲看似來自遠處，實則是很靠近耳邊的地方。

像是雪糕車的聲音，小時候林克每次聽到雪糕車的聲音都很快樂。他記得，是因為母親總會買一杯雲呢拿雪糕獎勵自己。

但林克看不見雪糕車，只看到一個戴著鬼面罩的人影一閃而過，他不是黑影，而是在過去這段日子反覆牽引自己來到這個異世界的光。

難得是一個可以睡到自然醒的周末，極其煞風景的是，從清早開始，隔壁居然斷斷續續傳來鑽牆裝修的聲響。林克猛一咬牙，走出客廳，只見貝兒正在泡著伯爵茶。「見你睡得那麼舒暢，便不吵醒你了。這次應該沒造什麼惡夢了吧？」

然後隔壁又傳來刺耳的鑽牆聲。

儘管現在還不是需要禦寒的季節，但貝兒亦早已戴起一對毛茸茸的保暖耳罩。

「還有比這些聲音更像惡夢的事情嗎？」林克湊到貝兒耳邊，苦笑道。

「我們似乎很快會有新鄰居了。」貝兒也同樣笑著。

林克猛地想到昨晚的事情，但他在廚房來來回回看了幾遍，卻就是找不到那個雕刻著夢中惡魔長相的馬鈴薯。難道貝兒剛好煮了那個馬鈴薯？但貝兒這天早上只是做了雞肉沙拉，裡面並沒有馬鈴薯。

貝兒見他神情古怪，還要打開垃圾桶仔細檢查，便好奇問道：「你在找什麼？」

「那個嘛——」林克眼珠一轉，悶聲道：「我找不到那個消失了差不多兩周的未婚妻。」

「呵，你想把我丟進垃圾桶就是了。」貝兒嗔道。

「怕那個老教授把你關在冰箱裡。」林克忍不住說，然後從冰箱取出了果醬。

「少來跟我吃醋。」貝兒瞪了他一眼，吃吃笑道：「而且人家不是說小別勝新婚嗎？」

距離新婚的大日子，還有差不多半年。不過他們已經有了共識，結婚之後，貝兒便會離開父母，搬過來跟林克同居。她已經事先更換了一套全新的餐具和碗碟，林克以前用的都是一些隨便在超市貨架買到的便宜東西。新的窗簾布卻是精挑細選的進口貨，明顯比以前有格調得多。貝兒知道林克對這些細節從來都不會在意。

貝兒忽然問：「反正隔壁都會很吵，下午要不要到中央車站那邊，再嘗試找一找那個解夢專家？」

既然雨過天晴，事到如今，林克倒沒打算將自己早已見過歐陽龍太郎的事情告訴她，只是搖著頭一笑：「不用了，反正最近都再沒有造惡夢，難得周末我想待在家裡懶洋洋的躺著。而且今天看起來可能會下雨。」

「不會吧。」貝兒看著窗外的風和日麗，她還想去逛街。

林克順便喝了杯剛泡的伯爵茶，這才猛然發覺，前兩天在「蜃氣樓」喝過的茶，跟這些在超級市場買來的茶包完全不同檔次。

匆匆吃完早餐之後，林克回到睡房，本來只想找出耳機好好塞住耳朵，再稍為睡到中午。然而，摸索著西裝外套的內袋，卻突然感到一下刺痛，原來被玻璃碎片割傷了手指頭。

林克一直隨身帶著的「無限年之鏡」已經碎開，鏡的正中央還有一條閃電似的裂痕。

不過，此刻林克思考著另一件事情。說不定昨晚他根本沒有醒過來，而是從一場夢跳到另一場夢，但如今他已經無法重新記起夢中襲擊過自己的怪獸是什麼長相。災厄的真面目，仍然是個謎團。

唯一能夠肯定的是，林克沒有猜錯，這天黃昏便開始暴雨閃電連場不斷，他和貝兒還可以清楚看到窗外一條凶猛的電光拖著尾巴從天而降，宛如夢境。

戴金絲眼鏡的男人還是照著老樣子在「蜃氣樓」打發百無聊賴的下午時光。一般來說，我是比較喜歡喝茶的，但有的時候，他會帶同一些年份不明的酒過來，跟我分享幾杯。戴金絲眼鏡的男人確是個值得交心的朋友，至少他從不吝嗇，而且從他手上推薦的東西，就算它本身是廉價的，也絕對不會庸俗。何況廉價與否，往往都是跟時間相對的。單是那瓶酒的來歷，其實他就可以說完整個下午，但在這條見不得光的老舊地下街，白晝和黑夜只是沒意義的時間標籤。對我們來說，時間僅僅是一些容易剝落的標籤。

說起來，酒精濃度經常會影響夢的質素，而且時好時壞，情況比較飄忽，出於職業道德，事實上是不宜多喝。但既然是免費送上門的好貨色，我當然是卻之不恭。

可能是因為多喝了兩杯，我忽然提起林克。

「還記得前些日子你帶過來的客人嗎？」

「啊，那個看來挺溫厚樸實的孩子。」戴金絲眼鏡的男人笑著點頭，答道：「我對他是蠻有好感，那他的惡夢解決了嗎？」

我認真思考了一下要怎樣回答：「你這個問題就有點複雜，視乎你所指的是哪一個時間點。在那些古老的修辭語法上，不就有一種令人費解的『未來進行式』嗎？」說著，我再補充一個較簡單的說法：「事情是解決了，但其實又剛好因為事情被解決了，於是接下來又會衍生出另一件更難解決的事情。」

「不能永久解決？」戴金絲眼鏡的男人問道。

「對於我們，死亡這件事情是必然的，所以我們總會想出辦法拖延、拒絕，直到它真正完結的那一刻。但可能有些事情，它的本質不包括死亡。」我試著這樣解釋。

「這令我想起——」戴金絲眼鏡的男人好像靈機一觸，忽然說：「但那個名字很古怪，比你的名字還要古怪得多，實在不記得了。只不過依稀有些印象的是，故事發生在一個雷電交加的夜晚。」

「閣下想到的該不會是一個詩人、一個小說家和一個科學家的故事吧？」我猜問。

「對，就是那個故事。」戴金絲眼鏡的男人說。

「你可能混淆了當中一點細節。」我拈起酒杯，忍不住糾正對方：「那個女小說家，在她的兒子夭折過身之後，跟她的詩人丈夫到訪他們那科學家朋友的別墅，當時剛好是一個雷電交加的夜晚。科學家朋友跟女小說家談及了許多天馬行空的科學假想，當中有些意念啟發了她，於是她就創造了另一個同樣發生在雷電交加的夜晚的故事。」

戴金絲眼鏡的男人聞言點頭：「而那個故事，就是講述一個才華橫溢的瘋狂科學家，逾越了神的禁忌，利用電流令屍體死而復生，並且成為了一個永恆的生命體。」

「然而是一個被上帝唾棄，醜陋而失去人性的永恆生命體。」我說。

「或許不是上帝的唾棄，而是那個女小說家筆下的怨念。」戴金絲眼鏡的男人淡然說。

「死亡是與生俱來的詛咒，但可能無限的存在也是另一種詛咒。物極成魔，夢亦如是。」說著，頃刻前還剩不少的那瓶酒，已被我們兩人不經不覺喝光。

「估計今次報酬相當不錯？」戴金絲眼鏡的男人隨即轉了個話題。

「他確實用了一個挺有趣的方法，決定要付多少報酬。」我揚起嘴角，想著這個馬上就會再次推開「蜃氣樓」店門的故事主人公：「目前看來，會是一筆很驚人的報酬。」

「喔，是什麼有趣的方法？」戴金絲眼鏡的男人好奇問道。

「你猜猜看。」我決定守口如瓶，笑著說。

歐陽龍太郎的預感完全應驗，林克滿以為事情已經告一段落，那個跟災厄扯上關係的惡夢應該不會捲土重來。

然而，過了幾天，他果然就帶著無比苦惱的表情以及那塊從中間裂開的「無限年之鏡」，回到「蜃氣樓」。

因為林克仍然未能真正離開，反而跌進了另一個惡夢。

「應該說，是上一個惡夢的下一世。」林克沉聲說道。

龍太郎正把熱茶端到嘴邊，忍不住皺起眉頭。

好像是同一個時空，又好像不是。夢境讓林克一度有了錯覺，好像是上一個惡夢的重新演繹。規模比過去更宏偉，放眼望去沒有盡頭的皇城，如今已陷入一片烽煙火海。

城樓上有個俏麗的少女，她一邊脫掉那些插在頭上的飾物，撕破身上那圓大誇張的傘裙，一邊光著雙腳，咬緊牙關亡命奔逃。然而，少女很快就被幾個戴著鬼面罩的人從後擒截，其中四個鬼面人分別抬起她的手腳，把她當是一頭祭祀的畜牲，她愈是叫得淒厲，鬼面人便把她拋得愈高。

頹垣敗井之中，只剩下林克一身侍衛裝扮，灰頭土臉吃力追趕著這些來歷不明的鬼面人。

卻見一群穿著緊身勁衣的鬼面人從四方八面倏然殺出，幾枝弩箭貫胸而過，將林克釘死在牆上。天空赫然變成一面巨大的鏡，火紅色的雲折射了他的倒影。是一張林克似曾相識，但已經變成另一模樣的臉孔。

意識消失前的最後一瞬間，少女奮不顧身掙開了鬼面人，回頭撲向林克的屍首。

她聲嘶力竭叫喊著對方的名字。

「桂——！」

儘管只是一場惡夢，但夢中女子的呼喚聲，醒來之後依然未散。就好像這個明媚清朗的早晨，從隔壁再度傳來的那些電鑽聲，往內部一直鑽到林克的腦海深處，激起了沉寂多時的巨大海嘯。

無限年之鏡（二）

dream sequence

05

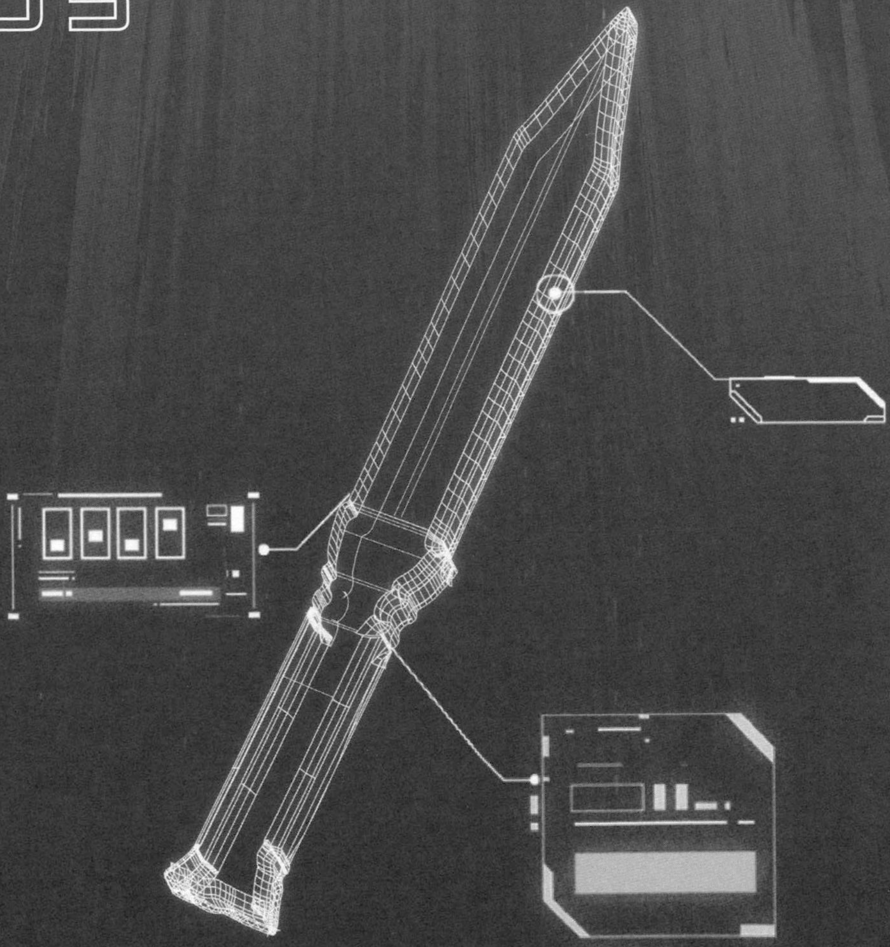

無限年之鏡（二）

穿過那個像是自動販賣機的投幣口，再沿狹窄梯級走到舊地下街的時候，林克當然已不再覺得陌生，反而不禁思考起來，若然是一個如此奇怪的入口，不是應該更為引人注目嗎？譬如說，不會被當成隱世景點，吸引大批人氣網紅過來一窺究竟嗎？然而，儘管有過不少關於地下街的傳聞，但人來人往的中央車站一帶，幾乎誰都沒有察覺到它的存在。

簡直像有保護色一樣躲藏於鬧市的縫隙之中。

想著，林克已經來到「蜃氣樓」。

出乎意料的是，店裡好像無人看顧，連人影也沒有。但見門邊放著一個搖鈴，林克便即拿起來，隨手晃了兩三下。鈴叮鈴叮的響了幾聲，歐陽龍太郎馬上從那個隔著布簾的房間探出頭來。

還沒有等龍太郎泡好熱茶，林克已急不及待跟他解釋，說自己在夢中再一次成為桂，卻是來到另一個時空：「而且還再次遇到那個殺死過我的鬼面人。不過有點不同，在新的惡夢裡，鬼面人不只一個，而是一個團體。」

「怎麼想來有點像個刺客組織。」龍太郎呢喃道。

林克發現龍太郎今天沒有像前幾次見面時戴著那一副特小號的墨鏡，他只是一直閉上眼睛，面露微笑。

接下來林克提起那個被鬼面人追殺的神秘少女。不只那個名叫桂的男子，就連那個少女都是自己在現實中毫無印象的人——他實在想不起什麼時候認識過他們。談話期間，林克順便將那一塊裂開了的「無限年之鏡」從口袋裡掏出來。

龍太郎坦然答道：「夢只會出現你知道的事情，你只是不記得自己本已知道，以及如何知道。這才是你要想通的事情。」稍頓，他接著又說：「有時難免是會出現一些本來知道但後來不記得的情況。」

「你的意思是，我可能試過失憶，或有創傷後遺之類？」林克搖頭否認。惡夢確實是在他遇到車禍，隨著輕微的腦震盪而出現。但出生至今的記憶大致上都很清楚。這一點，林克是非常肯定。

「失憶的人，可能一直無法察覺自己失去了部分記憶。就像有賊人在你家中偷走某件東西，如果不是體積很大，也不是經常會用到，譬如旅行時買回來的紀念品，或放在廚櫃裡的應急食物。你可能一直都不會察覺被偷走了，然後如常生活。」

林克反而想起父親林達。阿茲海默症令父親從醫學權威變回一張白紙，以前他的生活確實就是忙個不停，如今卻只會玩黑白棋。或許他根本不再記得自己的過去，人生好像白活了一場，什麼都沒有留住。

只見龍太郎推著輪椅回到後面那個房間，然後拿出一個黑色木盒：「時間關係，已經為閣下準備妥當。」

黑色木盒裡面，竟然是另一塊「無限年之鏡」。不過明顯跟之前的「無限年之鏡」有些分別，雖然都是橢圓形的，但鏡面的扭曲情況更嚴重。

「不是說只此一家，別無膺品嗎？」林克忍不住揶揄道。

「我們的售後服務是相當可靠的。」龍太郎說。

「總覺得今天這裡的氣氛跟前幾天有點不同。」林克忽然說：「是我的錯覺嗎，你看來好像有點……神不守舍？」

龍太郎苦笑答道：「可能因為我前陣子丟了墨鏡。對於眼睛壞了的人，沒有墨鏡的話就像赤身裸體走到街上一樣，渾身不自然。」

林克離開「蜃氣樓」之後，說來奇怪，居然轉角便看到曾經到訪過一次的古著屋。戴金絲眼鏡的男人剛好就在外面抽著菸。他好像比上一次見面的時候年輕得多，看到林克走過，便親切的點頭打了個招呼。

回到家裡，靜悄悄的空無一人。

貝兒似乎還待在大學圖書館追趕論文，所以連簡訊也還沒有回覆。林克只好打開廚櫃，想著隨便開一些罐頭就當是晚餐。看著貝兒挑選的新窗簾，他忽然覺得窗簾上那一排細小的四瓣花紋著實面善。咬著湯匙想了片刻，便猛然記起——

是桂騎兵團的旗幟。這時候，門鈴突然響起，把林克幾乎嚇得一跳。只見門外是個留著中分捲髮，一臉白淨斯文的年輕男子。原來前陣子隔壁單位裝修，他就是剛搬過來的新租客。倒不知道是否連鎖反應，林克覺得對方同樣有一點面善。對方手上捧著一瓶看來並不便宜的紅酒，說是見面禮，而且前陣子裝修期間應該有不少噪音，也當是賠罪。

最後他們交換了電話號碼，對方還先行自我介紹，他叫信夫。信夫隨即提議找個周末跟林克一起喝喝酒，或是互相為工作的事情訴苦。

林克倒也沒有拒絕的理由。

而且，林克對信夫頗有好感，直覺對方待人有禮，而從衣著和出手闊綽來看，更是個家底相當不錯的鄰居。但如果是有錢人家的小少爺，應該不需要額外租房子吧？可能是想擺脫父母的長期蔭護，嘗試獨當一面的新生活吧？就這一點，林克覺得跟對方一見如故並非沒有原因。事實上，確是不只一見如故那麼簡單，過了幾天之後林克猛然想起，難怪信夫看來有點面善，原來這位新租客就是妮可的新交往對象，已經來過獸醫診所一兩次的單身富二代。

不過妮可應該不會把他們私底下的關係如實告訴現任男友吧？

熟睡過後，隨著一陣自由落體的猛烈衝擊，林克再次被扯進惡夢中烽煙四起的異世界。時間似乎稍為往前回溯了一點，但聞周遭殺喊聲此起彼落，皇宮一片混亂，但還未陷入火海。這一次林克認真檢查了全身上下，卻沒有類似護心鏡之類的東西。龍太郎交給他的「無限年之鏡」居然沒跟著他來到夢境。

城樓下傳來兵刃相交的激烈碰擊，面對鬼面人動作整齊一致的突襲，守衛毫無招架之力。林克正猶豫著如何是好，就在危急關頭，城牆上突然鑽出一個黑洞。只見黑洞外圍的漩渦愈來愈大，拳頭般的缺口瞬間變成一扇窗。

穿紫色長衫的東洋劍士及時趕到，帶著一點風塵僕僕，從黑洞中探出頭來。

林克一看到是歐陽龍太郎，便即追問：「你來得正好，我好像還是什麼都沒有。」

「那個，你且等一會。」龍太郎猶豫了片刻，卻看來比林克還要趕急，只道：「要認真解釋起來，對於目前的你會很複雜。無論如何，彩就先交給你了。」

「彩？」林克愕然問道。

只見龍太郎從黑洞裡跳出來，居然不只自己一個，他還背負著另一個重傷昏迷的少女。林克當然認得，她就是昨晚在城樓上被一眾鬼面人追殺的年輕女子。林克這才知道，原來她的名字叫彩。但到底她是什麼人，十多歲的陌生少女為何會出現在自己夢裡？只見少女身上穿著那件血跡斑斑的絲綢長裙，跟昨晚所見略有不同。還是一頭霧水之間，似乎再沒時間跟龍太郎問個究竟，已有數十個鬼面人從四方八面圍攻過來。幸而龍太郎搶先一步把她救了出來，昨晚的夢境被改寫了，事情就好辦得多。

龍太郎忽然問道：「你小時候有沒有跟誰玩過『只能踩著影子走路』的那種遊戲？」

林克皺眉問道：「半獸人的詛咒遊戲之後，今次輪到影子遊戲嗎？」

「正是如此。」龍太郎舉頭一看天色，距離天黑剛好還有時間，便道：「肉眼所見只是表象，皇宮不過是潛意識蒙騙你的幻覺，是一塊覆蓋住真實記憶的蜘蛛網。只要準確地繞過幻覺，沿著影子就會找到出路。」

說罷，林克跟著龍太郎的視線望向地面，於黃昏的餘暉照耀之下，皇宮的牆壁和樑柱確實在地面形成一大片陰影，並且一直延伸到皇宮盡頭。

「你帶著公主先走，要好好保護她，知道嗎？」龍太郎微笑道。

「好吧。」林克背著那個名叫彩的少女，忍不住別過臉跟龍太郎說：「待會兒得跟上來。說不定我還有很多事情要問你。」

龍太郎揮手說：「別擔心，這些雜魚只是小菜一碟。」

目送林克踩著牆壁投射到地上的黑影遠去之後，便只剩下龍太郎應付面前一群來勢洶洶的鬼面人。

龍太郎雙手合十，臉上依然是那麼的從容。

「現在這個時間來得正好，世界——讓我來吃掉吧。」

斜陽照射到龍太郎身上，在他背後拉出一道特別長的影子，從地面延伸到牆壁。只見龍太郎屈起拇指和食指，結成一個手印，然後瞪起眼睛。

他的影子便從牆壁跳出來，猶如一座用黑鐵鑄成的長腿巨像。儘管鬼面人為數眾多，但只要被龍太郎的影子掃過，都會在彈指之間於黑暗中消失殆盡。

「咦——」龍太郎倏然一怔。

出乎所料的是，唯獨佇在最遠方的那個鬼面人沒有被影子抹除。

龍太郎瞇起眼睛：「怪哉，難道你並不是本體？」

果然，認真看著最後一個鬼面人，便會發現他根本沒有影子，難怪龍太郎的黑影無法把他抹走。

因為倒影是沒有影子的。龍太郎最終就眼巴巴看著那鬼面人轉身跳入水池，逃去無蹤。

另一邊廂，林克背負著昏迷不醒的彩在皇宮覓路脫身。偌大的皇宮宛如一座迷宮，而且每個長廊都極其相似，根本找不到記認。拐彎之後，林克赫然發現前面的路再沒影子可踩，卻忽然想到，如果皇宮是幻象，牆壁和階梯其實都是幻象的一部分，只有影子是真實。當下他茅塞頓開，一手抱起了彩，另一隻手則按住覆蓋著影子的牆壁，然後試著將一隻腳踏上去。

果然，若然不把牆壁當成「牆壁」的話，只覺重力方向突然九十度扭曲，像一股無形的力量將林克和彩狠狠摔跌在「牆壁」之上。

掌握到竅門之後，林克便抱著彩踏在牆上飛簷走壁，如履平地。他沿著牆身的影子轉往上方而行，沒多久就在城樓的垛孔之間找到一扇窗。

打開那一扇窗，居然是一道螺旋形的樓梯。梯級的方向最初是往上延伸的，但只要林克一跳過了窗框，即時就被一股外力扯進去，還差點兒站不住腳，轉眼間梯級的螺旋方向變成一直往下。

林克沿梯級一直走，盡頭居然是一道防火門。門的另一邊是狹長的走廊，而且天花板還掛著一條條白得刺眼的白光管。他肯定自己有來過這個地方。

走廊的另一端同樣有一道防火門，林克把門打開，慎重起見先探頭察看，他們最終竟然來到中央車站。難道是在夢境中穿越時空，從皇宮跳進了現實世界？

「唷呵，跨越千年的旅人們。」

這時候，只見龍太郎坐在中央車站的入閘機上，正朝著自己揮手。

「你是從哪裡過來的，怎麼比我們還要快一步？」林克訝然問道。

「我在這裡等你們很久了。」龍太郎說。

林克看著四肢健全，雙眼還炯炯有神的龍太郎：「那代表……這裡仍是夢境之中？」

「不能完全算是你創造出來的夢。」龍太郎說：「是夢中的現實世界，用『無限年之鏡』複製出來的幻覺。」

簡單來說，按照龍太郎的理解，這裡只是跟林克於現實中身處的世界非常相似——因為它就是根據林克對現實的記憶而生成，實際上卻像一個無人存在的假空間。夢是現實的一面鏡子，而這裡就是「無限年之鏡」反射的鏡中之鏡。

「情況好比用一面鏡子去觀照另一面鏡子，結果就會產生不斷重疊，甚至是無限的假空間。但要如何理解，則視乎你的鏡像認知。當你在現實世界看著一面鏡子，你會在鏡中看到另一個自己。照鏡的人，以及鏡中人，儘管他們的外在部分是一樣的，但你不會混淆，因為你知道自己屬於哪一方，照鏡的人是你的本體，鏡中人只是投射。」

林克似懂非懂的點著頭。

「但夢境本身就是現實的折射。如果你在夢境中看著一面鏡子，所看到的會是你的本體，還是本身就不存在的鏡體？」解說到此為止，龍太郎最後把視線移向彩的臉上。

林克背著彩，跟在龍太郎身後踏出中央車站，果不其然，這個夢中的現實世界，感覺就像經歷過什麼毀滅性洗劫的末日都市一樣，連一個人都沒有。

龍太郎提醒林克，假空間有時不如外表看來牢固，比例有時會很奇怪。看著視線範圍最邊緣的景物，林克馬上明白他的意思，超過視線範圍的東西全部都會失去存在感，同樣被壓縮為一堆粗糙和凝固的色塊。

「跟沙盒演算的邏輯差不多，而且只有你本身認得的那些地方，才能夠具體還原細節。若然是現實中從未去過的地方，其實是一張立體牆紙，稍為走近戳一下便會穿崩。」

林克背著彩走了大半天，儘管他附身在體格遠比自己魁梧的桂，都實在筋疲力盡。他和龍太郎走進便利店拿了些急救用品，還仔細檢查了彩的傷口。只見她的小腹傷得很深，脖子雖然被劃了一刀，卻慶幸不是致命傷，估計是因為鬼面人要將她活捉，所以都避開了要害部位。

消毒期間，彩突然慘呼一聲，便痛醒過來。為她包紮傷口的時候，林克發現她的視線一直沒有離開過自己，而且泛起淚光，嘴裡不斷呼喚著——那個名叫桂的男人。林克猜想，彩想必盼望著前來拯救自己的人，就是他這副軀殼的主人，卻不知道林克在夢境中誤打誤撞，已經附身到情人的軀體。

雖然是一個來自古代的女子，不過彩醒來之後，對眼前的現實世界卻毫不驚訝，而且看到歐陽龍太郎亦不覺得陌生。

龍太郎從便利店的貨架上拿了些牛奶和乾糧，還有一包香菸。

林克緩緩扶起彩的身體，讓她喝了兩口牛奶。

便利店外下著傾盆大雨，彩忽然牽著林克的手，似乎想他陪自己出去走一走。正在抽菸的龍太郎把透明雨傘遞給林克，躬身笑道：「你們隨便去吧，我還是待在這裡避雨好了。」

說不定彩已曾經來過這個現實世界，雖然受了傷步伐不穩，卻認得方向。她默默牽著林克的手，要帶他回到一個地方。

然而，街景變得若隱若現，當他們來到某個位置，便再無法維持穩固的物理空間，到處蒙上白霧，還有一道無形的牆壁將前面的街路變成死胡同。從彩的眉宇間變化，她肯定覺得很失望，讓林克更為好奇的是，自己從沒來過這裡，但夢裡為何隱約存有這些地方的記憶？

林克把視線移向身旁的柔弱女子，只見彩的身體被雨水淋濕，霎時變得晶瑩剔透。精緻的絲綢長裙，已被沖走了那些腥紅的血跡。彩忽然展開雙臂把林克抱住，就在空蕩無人的街裡，林克主動吻了下去。她的嘴唇柔軟，但是脆弱。林克在她黑得發亮的眼眸裡，彷彿看見了宇宙星海，像是一些無從解讀的訊息、密碼。

彩輕輕在林克的唇上咬了一口，終於忍不住說：「其實你已經不認得我了，對嗎？」

倏地一股詭異的強風吹過，將林克手上的雨傘捲走。林克本想伸手去抓，卻聽彩在耳邊失聲驚叫：「不要踩到水裡的影。」

但已經太遲，林克剛剛一腳踏進地上的水坑，倒影裡便冒出了鬼面人，將手臂伸過來扯著林克的腿，然後往下一拉。

彩拼命抱著林克不放，但最終兩人都被拉下水坑。

他們兩個離開了很久，不曉得是否迷了路，但我總不能跑過去那麼煞風景吧？於是我在便利店外面試著騎一下腳踏車，模仿文藝電影中那些舉止優閒的紳士，他們不是都能一手撐著雨傘，另一隻手控制著腳踏車嗎？但可能我一般甚少走動，保持平衡的技術不是太好，身體總是搖搖欲墜。

雨水在便利店外面的柏油路上積聚成水坑。積惡成魔，倒沒想到會遇到那個沒倒影的鬼面人。

夢中之魔竟然能夠跟我一樣打破「第四道牆」，自由穿梭到鏡中之鏡。這種情況非常罕見，鬼面人的幻術確實不可思議。

只見鬼面人從水影中看了我一眼，便轉身離去。似乎示意要我跟著過去。

如是者，我忽然明白了事情的來龍去脈，於是跳進水影裡。那些偉大的歷史人物經常說，明日一切都來自今日的決定，然而在夢境中，可能今日的一切遭遇，都是來自明日的決定。要相信活在明日的那個自己。

最近難得跟貝兒到外面吃飯，貝兒對於這間位於酒店頂層的高級餐廳看來相當滿意，無論景觀和食物都無可挑剔。幾乎每一道菜貝兒都會拍照，這晚她還特意穿了件新買的淡綠色洋裝，讓林克替自己拍了幾張照片。林克卻整晚都心不在焉，他心裡想起彩，想起夢中吻過的嘴唇。貝兒還悄悄拍下他雙目放空的發呆表情，為免對方起疑，林克隨即編了個原因，說診所裡遇到幾個麻煩的寵物主人。

如此漂亮的未婚妻就在面前，他卻一頭栽進另一個女孩子的懷抱中，而且是名副其實的「夢中情人」，讓林克覺得有點過意不去。

翌日，林克請了一天病假，就說是頭痛發作。他憑著恍如隔世的夢中記憶，想在現實中找回彩帶自己去過的那條街，說不定會有什麼關於彩的線索。滯留在鏡中之鏡的時候，龍太郎曾經說過：「別相信自己的記憶，當你認為自己是憑著直覺、漫無目的、隨便亂走的時候，其實剛好相反，那是潛意識的提示，或許會更接近真相。」夢裡只會出現自己去過的地方，所以林克應該早已來過這裡。

他確定眼前這個地方就是他們接吻，然後被鬼面人擄走的位置。

然而，他對這裡實在毫無記憶，也不覺得有什麼特別。唯一的記憶，就是彩。就是那一夜夢中突如其來的熱吻。

與夢中所見相比，雖然是同一個地方，但眼前的街景明顯有著許多改變，這裡一帶都是新近落成的住宅和行人天橋，附近還有一個河濱公園，正值中午時分相當冷清，不過估計周末就會有很多情侶，或是帶著寵物的人來散步。要數周遭景物最有「歷史感」的地方，應該是一間麵包店。自家烘焙的家庭式麵包店如今已經十分罕見，林克到店裡逛了一圈，隨意問起年老的店主，對方說這裡以前還有兩三間小學，但隨著社區人口減少，很久以前就已清拆。

剛好有一輛雪糕車經過，對於雪糕車的音樂鈴聲，林克則記憶猶新。他小時候只要聽到這些鈴聲，就代表母親準備要買雪糕給自己。許久沒遇見這種舊式雪糕車了，林克也買了一杯雲呢拿口味，坐在河濱公園附近慢慢品嚐。

林克心念一動，隨即翻開手機上的導航地圖，說來湊巧，徒步走回父親舊居原來不是很遠。

開門的人還是麗姐。看到林克突然到訪，而且沒有事先跟她發訊息聯絡，她顯得有些錯愕。不過亦可以理解，除了因為林克很少會在周末以外的日子過來探望父親，事實上現在還未到正常下班時間。

「對，今天翹班了哈哈。婚禮那邊不是太順利，就請一天假去處理。」林克倒不是隨意找個藉口，他接著便說：「話說婚禮上要用到同學合照，所以我就來找一找了。」

林克回到自己的睡房，基本上房間內所有東西都原封不動，跟十多年前從家裡搬出去的時候一模一樣。學生時代的東西，要是值得保留下來的話，都應該放在書桌的抽屜裡。於是林克翻箱倒櫃找了大半天，將每一年的同學錄都翻看一遍，終於證實根本不曾出現彩這個人，而且他曾經就讀的學校，都不是那兩三間已被清拆的小學。徒勞無功，卻轉眼已將近黃昏。

麗姐問林克要不要留下來吃晚飯，林克整天都沒什麼胃口，便婉拒了麗姐，在客廳看了一眼沙發上父親渾渾噩噩的背影，決定就此回家。

那天晚上，林克輾轉反側無法入睡，反而想到另一件事。最近他在父親舊居出入，隱約有種豎起毛孔的不適感覺，這並非偶然，只是過去他沒有特別察覺。突然對這種生理不適變得敏感，最大原因是他在「蜃氣樓」也出現過類似的感覺。

被鬼面人扯回來之後，他們一直將林克囚禁在皇宮地牢，他睡過便醒，醒了便等著再睡，也無從打探彩是否安然無恙。地牢內每天都有獄卒按時巡邏，並且分發食物。望天打掛了好一段日子，林克在獨立囚室裡相當苦悶，直到某天，忽然有誰丟了一根骨頭過來，終於引起林克的注意。

「你是新來的吧？」那人問。

「那你呢？」林克問。

「已經在這裡關了十多年，你來了就好，我們可以聊聊天。」那人說。

就是這樣，雖然素未謀面，但林克與隔壁那個聲稱無辜入獄的死囚很快就成為了打屁聊天的好友。畢竟這段時間實在太無聊。

「你有聽過淘氣神的遊戲嗎？」隔壁的死囚忽然問。

「兩個人玩不到吧。」林克說。

「我意思是說，你聽到的版本是怎樣的？」死囚問。

「關於那個嘛，就是創世者後悔自己創造了人類，於是委託了喜歡惡作劇的淘氣神想出一個遊戲來整治人類。」林克說。

「那是假的。所謂創世者，其實就是人類，是人類創造了淘氣神的遊戲。」死囚說。

「為什麼要創造一個這樣的遊戲？」林克反問。

「傷害了對方之後，你可以說只是開個玩笑，就算做了任何可恥的事情，你都可以當是一場遊戲。任何事情，只要被簡化成遊戲來理解，所有惡意都會被省略。遊戲本身就是用來掩飾人類最殘暴的一面。」死囚說。

過了幾天，隔壁的死囚又再丟來一根骨頭。

真是個不厭其煩的死囚。

「你覺得除了人會造夢，動物會造夢嗎？」對方忽然問。

「應該是比較踏實的夢吧，跟食物、繁殖、遷徙這些事情有關？」林克說。

「你有造過什麼不切實際的夢嗎？」死囚再追問。

「跟女孩子接吻吧。」林克笑著說。

「接吻、性慾、交配。不是同樣挺踏實嗎？」死囚說。

「說得有道理，剛才抱著那些人比動物優勝的想法，真是失禮。而且我好歹是一個獸醫。」林克認真回答。

「喔，獸醫就是替動物治病的大夫？」死囚問。

「沒錯。」林克點點頭。

「那你懂得替什麼動物治病？」死囚問。

「要數出來的話是挺多的，一般就是狗啊貓啊，還有兔子、猴子、麻雀、烏龜……」林克低吟數算著。

「青蛙呢？」死囚問。

「還沒遇過有人養青蛙。」林克苦笑。

「那烏鴉呢？」死囚繼續問。

「沒有，但貓頭鷹我有遇過。」林克說。

「因為貓頭鷹算是貓吧？」死囚問。

「算是鳥吧。可是烏鴉真的沒人會養。」林克說。

「是有人養的你才懂得治病？」死囚問。

「欸，你這個問題太過尖銳了。」林克忽然說。

「我不是故意的，請不要放在心上。」死囚說。

然後林克便再沒有延續這個話題。如是者，隔了差不多半天，隔壁的死囚再一次主動跟林克聊天。但這一次他沒丟骨頭了，可能骨頭已經被他丟光。

「章魚呢？」死囚問。

「抱歉，從沒遇過。」林克著實佩服對方死心不息的好奇心。

「螃蟹呢？」死囚又問。

「沒有。順帶一提，舉凡哺乳類以外的海洋動物我都不會。」林克說。

「讓人有點失望呢。」死囚說。

「那真的不好意思。」林克說。

「對了，鱷魚呢？」死囚居然繼續問。

「鱷魚可不是哺乳類。」林克解釋道。

「是這樣啊。」死囚說。

「但你為什麼會突然想到鱷魚？」林克問。

「如果有下一輩子的話，當一條鱷魚好像不錯。你呢？」死囚問。

「龍蝦吧。不過你有聽過龍蝦這種生物嗎？」林克反問對方。

然而，等了好一會兒，隔壁的死囚都沒回答。他突然就再沒有說話了。林克按捺不住，終於試著把死囚前幾天丟來的骨頭撿起，再丟過去死囚那邊，但那邊仍然毫無反應。如是者，林克重新過著望天打掛的日子，無所事事不知待了多少天。

直至出現在面前的人居然不是一般的獄卒，而是喬裝打扮的歐陽龍太郎。只見龍太郎戴著一頂鐵皮帽，神不知鬼不覺的潛入地牢，將林克「請」出大牢。

「不好意思呢，最近『蜃氣樓』的委託有一點多，晚生真是救駕來遲。」

「我發現你才是這場惡夢的真正救星。」林克嘆道。

「畢竟這也是售後服務的範圍。」龍太郎忍不住說：「但我猜你在現實中一定沒用過保險箱，銀行裡面也沒有保險櫃。」

「我確實沒這個必要。畢竟獸醫和正式醫生的薪金可是雲泥之別，但為何這樣說？」林克說。

「如果現實中對某些事物沒任何概念的話，事物就不會在夢境裡出現。」龍太郎滔滔不絕的說起來：「沒去過熱帶雨林的人，夢見的熱帶雨林，就只會出現一般的動物和一般的樹木，如果本身不知道鱷魚和短吻鱷的外形分別，牠們就會變成同一種鱷魚，而人類對太空一無所知的年代，對很多天文現象都有穿鑿附會的解讀，即是錯誤的合理建構。」

「請說重點。」林克忍不住說——而且搞不懂他剛才為什麼刻意提到鱷魚的事情。

只見龍太郎晃了一晃大牢的鎖鏈：「這看來有夠像小孩子的玩具吧。作為皇宮地牢的機關，這種騙孩子的兒戲玩意，實在三秒鐘就弄得開。」

林克盯著鎖鏈上的鑰匙孔，想到寓所和獸醫診所都是用密碼門鎖，而自己對「鑰匙孔」的認知，確實想來想去都只有一個。

林克問道：「這件事說來隨意，不過可能也很重要。你的店鋪除了替人解夢，會不會偶然接一些相對簡單的工作。」

「簡單的工作？」

「譬如『只是』替人解鎖？」

「難道要委託我解鎖？」龍太郎不解問道。

「你在夢裡接不接生意？」林克笑著問：「憑閣下的本事，應該三秒鐘就可以解決了吧？」

龍太郎覺得這一著挺有新意，過去很少人會在夢裡面委託他打造一件能在現實中用得著的工具。

離開地牢前，林克忽然說：「等我一會兒。」

原來林克是跑去看看隔壁那個死囚。只見對方死去多時，屍體早已腐爛，還未靠近都能聞到一股酸臭味。但願對方真的能夠投胎成為鱷魚吧，林克心裡暗忖。不過，認真一想，跟自己聊天的人真是這個已經化成爛泥的死囚嗎？

徹夜惡夢都好像只是跟一個來歷不明的死囚聊天，結果沒有看到夢中情人，讓林克覺得心裡若有所失，好不空虛。正要動身前往獸醫診所，卻在升降機大堂遇到同樣剛剛出門的鄰居信夫。

只見他身穿一套寬鬆的灰色居家服，而且渾身酒氣，估計不是去上班。

在狹窄而冷清的升降機裡，跟新相識的鄰居完全不交談好像有點奇怪。林克猶豫著要開聊什麼話題，卻聽信夫搶先一步，突然問道：「你一個人住嗎？」

「目前跟未婚妻半同住吧，她偶然會來過夜。」林克問道：「你呢？」

「視乎情況。」信夫搔著下巴的鬍鬚渣。

然後話題就完結了。

距離升降機抵達地面再次開門還有幾秒鐘的尷尬時間。

「如果有下一輩子的話——」林克沒頭沒腦的忽然問道：「你想成為什麼動物？」

「耶——」信夫愣著，然後誇張的大笑起來：「沒想到會被問一件那麼哲學性的事情。」

這時候，升降機門徐徐打開，信夫邊走邊答：「意思是說，下一輩子就不能繼續當人了嗎？」

「人確實算是其中一種動物。」林克對此不置可否。

「不過這樣回答，你的問題就變得太沒意思了。我得好好想清楚，再給你一個答案。」

信夫愉快的笑起來。

發現林克並不是前往停車場，跟自己所走的方向不同，信夫顯得有些意外。

「作為人類，你居然沒開車嗎？」他問。

林克搖頭微笑。

「要不要載你一程？雖然我本來只打算到附近買一點早餐。」信夫問道。

「前兩個月出了車禍，到現在還是沒法待在車子裡。」

「原來如此。」

「但還是感謝你的邀請。」

回到獸醫診所，只見妮可已經在前檯當值。林克想打聽一下她和信夫的感情狀況，不過診所今日接連遇到急症，結果整天都沒機會聊到私事。

貝兒發來簡訊，問要不要一起在外面吃飯。林克找了個藉口，說今晚有看護員請了病假，他要到舊居待一晚。

「你很少會在父親那邊過夜。」貝兒回覆，還順道提醒林克明天要拍婚紗照。

「我幾乎忘記了這件事。」

「我就猜到。」

敲打著手機，覆了兩個難堪的表情，而事實上，林克此時已經來到中央車站。

歐陽龍太郎好像早已猜到林克會約莫在這個時候到訪。林克走進「蜃氣樓」之際，只見對方正在閉目茗茶，舊茶几上還放著另一隻杯，茶是熱的。茶杯旁邊還有一把小小的鑰匙，看起來跟昨晚龍太郎手裡拿著的——把林克從皇宮地牢救出來的鑰匙是同一款式。

「晚安。」

說著，就按照夢中約定了的委託，龍太郎將鑰匙交到林克手裡。

林克接著卻從西裝外套裡掏出一塊黑布，交給龍太郎。黑布裡面，是一副橢圓形的小墨鏡。

「既然你的規矩是自由定價，就當是答謝的禮物吧。前陣子你不是弄丟了那副墨鏡嗎？」

「想不到會收到如此貴重的謝禮。」

「沒有很貴重。」林克哈哈笑道：「是在隔壁那間古著屋剛好看到的，但沒記錯的話，跟你原本經常戴著的墨鏡款式差不多。」

看龍太郎收下墨鏡的愉快表情，林克估計自己應該買對了禮物。但與此同時，他終於發現早前那種渾身不舒服的感覺到底來自何物。是「蜃氣樓」周圍的閉路電視。以店舖面積來說，這裡隱藏著的監視器未免數量太多，理解為失明店主嚇退鼠輩小偷的方法，倒是有點牽強。

「今晚好像會是一場相當漫長的夢呢。」龍太郎忽然說。

「你怎麼說得就像已經預見了我還沒有造的夢？」林克問道。

「純粹是我的預感而已。」龍太郎說。

離開「蜃氣樓」之後，林克便回到父親的舊居。跟麗姐打了個招呼，他便繼續在房間執拾東西。儘管找到了許多童年回憶，卻始終找不到那件關鍵的東西。患上阿茲海默症的父親，為家中帶來的其中一個煩惱，是他經常將物件亂擺，然後完全忘記。麗姐說過，有時他會無意識地做了很多惡作劇。他曾經試過將電動牙刷放進微波爐，把沾了糞便跡的衣服藏在冰箱裡，書櫃上的獎座有好幾次被換成電視遙控器，至於那些不見了的獎座，至今都找不回來，恐怕早已淪為填海區的屯積物。

有什麼地方遺漏了呢？如果要藏起來的話，應該是一個不會被父親隨便亂碰的地方。

麗姐問起林克今晚為什麼不回去。既然已跟貝兒撒了謊，林克今晚只好真的留在舊居過夜。他便說是因為婚禮的事情吵了一下。

「果然是婚前恐懼症，趕快買點禮物將未婚妻哄回來吧。」麗姐竊笑道。

父親林達仍老樣子坐在客廳，雖然看著電視機，但又好像只是沒有上鏈的機械人偶，動也不動的一直坐著。麗姐煮好了粥，剛準備替林達洗澡，然後就會下班。林克忽然說，反正他今晚會在這裡過夜，就叫準備輪班的看護員休息一天。

「那就不打擾你們兩父子聚舊了。」麗姐走了之後，林克跟父親下了兩局黑白棋，便繼續在舊居到處打量。他猛然想到，為免有重要的東西被父親弄丟，在他搬出去之前，雖然沒帶走什麼物件，但確實有認真收拾過房子。

舊居是三房一廳，分別是一大一小的兩間睡房，還剩下一間是母親的書房。因為父親在醫院有自己的研究室，很少在家裡工作。若然不在他自己的睡房，那可能藏在母親的書房裡。只見書櫃上整整齊齊放著訪問資料和參考書，書櫃頂有一個紙箱，紙箱裡都是一些整理妥當的舊剪報和後備磁碟——林克猜想，應該是原稿和訪問錄音的備份。另外，還有一個上鎖的小盒。

他依稀記得，這個小盒本身應該是用來放萬聖節的糖果，但外形像一個寶物箱，而且還可以上鎖，他不捨得丟棄，便一直留著，當是自己的寶物箱。

關鍵的秘密，就正正藏在最簡單的玩具裡面。

事實上，用鈍器強行打開就可以，但林克覺得太可惜了。這個箱子過去一直放在父親無法伸手碰到的書櫃頂，如此珍惜，很可能因為這是母親買給自己的東西。儘管他已經沒什麼印象，但確信如此。

於是，林克拿出龍太郎的鑰匙。箱子果然應聲打開。

「你真是個了不起的解夢專家。」

萬聖節的寶物箱內，有許多他未見過的物件，既屬於他，但同時又不覺得自己擁有過。有殘舊的獸人塑膠玩具，有許多小時候的畫作。林克倒不記得自己有畫過這些圖畫，只見畫中有各種不同的動物，有貓狗，有獅子老虎，有鬼。撇除畫功粗糙，確實有幾分像夢中的鬼面罩。

還有一幅比較特別，是小女孩的鉛筆素描。珍而重之藏在寶物箱的小女孩是誰？小女孩旁邊有貓。

寶物箱裡還有一封沒打開的信，似乎是用木工漿糊封住信口。林克小心翼翼打開那封信，儘管字跡相當潦草，但依稀能夠分辨是自己寫的情信。

而且上款就是「彩」。

他完全想不起自己曾寫過一封這樣的信。

為什麼字跡會那麼潦草？一般要寫情信的話，不是應該盡量寫得整齊，讓收到情信的表白對象有個好印象嗎？林克將信放回寶物箱，然後倒了杯暖水，帶著原子筆和筆記本回到睡房。

換了存放多年的運動服，躺在已不記得有多久沒躺過的床上，感覺既是親切，但是說不出的陌生。

從皇宮望向北方，極目可見一座離奇突出的山峰。

——峰頂聳立著一座妖魅衝天的神殿。

神殿像一座螺旋形的通天塔，塔尖直穿雲層。林克來到神殿的尖峰時，歐陽龍太郎卻已經等了他好一會兒。這個拿著鐵拐杖的男人看來一臉輕鬆，然而，為了潛入神廟，林克倒是花了許久的功夫，畢竟無論廟裡廟外，還是每一層樓梯幾乎都有鬼面人嚴密看守。不過林克已經有了前一晚的經驗，只要沿著黃昏照射到神廟外牆上的影子馳行，便能繞過大部分鬼面人的耳目，順利抵達塔尖。

只見龍太郎搖了搖手，示意暫時別作聲，然後笑著往兩人頭頂一指。那是供奉在神廟最高處的石像，林克覺得看著眼熟，換個角度就看得更清楚了。那座石像就是上一世的自己——應該說是上一世的桂。聞說人們為了紀念桂率領騎兵團打敗了為禍蒼生的災厄王，於是為他造了一座雕像，面朝北方，寓意守護人民，威懾災厄。

兩天之前，逃出皇宮的林克決定與龍太郎分頭打聽消息，林克負責尋找「無限年之鏡」與彩的下落，龍太郎則收集有關災厄的事情，兩天之後、入黑之前趕到神廟會合。

龍太郎像往常一樣把那橢圓形的墨鏡掛在頭上。據其打探到的線索，時至今世，本來散居不同部落的人們陸續搬到京城聚居，由於流居分佈有變，京城人口迅速增加，淘氣神的遊戲亦逐漸出現了新的形式，改為每一年按照月令固定發生一遍。人們皆稱之為災厄之日。

為保障自身安全，人們在災厄之日都會一起戴上鬼面罩，將活生生的處女作為祭品運送到神廟，獻給遠道而來的災厄之王。長久以來，他們都以這種方法跟災厄一族妥協，以求繼續在南方安穩生活。

成群結隊的鬼面人早已將彩——這一年的獻祭品，於正午時分載歌載舞，抬進神廟。像通告虎視眈眈的災厄一族，處女已經清淨胴體，準備就緒。此刻，彩穿著涼薄的祭衣，雙手抱胸、雙腳交疊被綁在木架上，被迎面的北風吹得全身發抖。

黃昏將盡，鬼面人像是帶著莊敬而恐懼的步伐，小心翼翼地離開神廟。藏身在石像背後的龍太郎，跟林克打了個眼色。

——要委屈你多等一會兒。林克心裡暗忖。

淘氣神的遊戲，即將再度於夢中展開。

黑夜降臨，天上倏然乍現一環星光。那熟悉的沉厚聲音緩緩穿過夜色，傳遍了神廟的每一個角落。

「幽暗與死亡之風降臨大地，

災厄之王經已蘇醒，

傳說中的北方凶獸，

正在尋找牠的獵物。」

話聲剛了，便有一群災厄從四方八面飛進神殿，牠們目標一致，迅速圍住了祭壇上那胴體雪白，彷彿在夜色中閃閃發亮的活祭牲。

然而，牠們誰都沒有靠近彩，只是恭恭敬敬的左右排開，將頭顱抬高，肅然仰望著漆黑夜空，迎接牠們的王。

龍太郎忽然壓下聲音，悄聲問道：「先借一步說兩句，你有想過這些惡夢跟你現實中的工作可能有些關係嗎？」

林克皺起眉頭：「你意思是我打從潛意識就將診所裡的動物想像成怪獸？」

龍太郎說：「倒不一定是那麼直接的聯想。但你不覺得牠們比起上一次見面的時候，好像更像人類了嗎？」

林克稍微點了點頭，或許龍太郎猜得不錯，擠滿神殿塔尖的災厄，體型較上一世所見的細小得多，雖然仍比人類高出一倍有餘，但已經能夠用雙足行走，脊骨的伸展幅度亦變得更大。與其說是半獸人，牠們接近人類的部分明顯多於接近野獸的本貌。這不禁讓林克想到，每一年的災厄之日，獻祭品都是剛成年的處女，意味著她們都是能夠懷孕生育的最佳狀態。

如果災厄借用人類的子宮生育下一代，經過一整個世代的繁衍，便難怪牠們的後裔愈來愈接近人類。

林克愈是想著，愈是覺得毛骨悚然，趕緊換個念頭，忽然說：「我有一件很是在意的事情。在你的客人裡面，有沒有遇到一些不是打打殺殺，或是沒那麼血腥費力的惡夢？」

龍太郎思索了片刻：「倒不是完全沒有。不過真的大部分都是挺花力氣的。」

「因為人類站在食物鏈的頂端，潛意識充滿了殺戳？」林克問道。

「我覺得跟現代社會的道德規範更有關連，受到壓抑的本能慾望，會用更激烈的形式投射到夢境。」

這時候，災厄們不約而同發出一種怪異的叫聲，儘管牠們的身體構造無法透過振動喉嚨發出特定聲音，卻有著一種類似腹語術的天賦。叫聲之中，一隻長有巨型翅膀的災厄，背著另一隻體型細小得多的災厄降落在神殿上。有翅膀的災厄對騎在自己背上的小災厄態度恭敬，似乎就是統率所有災厄的首領。

災厄王的體型意外比一般的災厄還要細小一點，換而言之，其身體構造更接迎人類。除了額頭上長著一對畸型的角，形成兩個對稱的半圓。

只見災厄王把臉龐靠近彩的胸脯，彷彿確認了仍然有呼吸，便伸出舌頭，開始舔她的身體。

「潛意識是不受控制的，我們再不出手制止，便會出現一些讓廣大讀者和編輯覺得尷尬的場面了。」龍太郎低聲提醒。

「再等一下。」林克用力抓住龍太郎的手腕，他同樣相當焦急：「她應該也在等待時機。」

災厄王雙手抓著彩的肩膊，把她舉起的一剎那，彩忽然瞪開眼睛，伸手朝著災厄王臉上一指。明明沒有碰到，卻聽災厄王慘呼一聲，臉上血流如注，左目已被刺穿。鮮血從牠的眼球流向一塊透明薄片。

龍太郎恍然大悟，原來「無限年之鏡」在林克的上一世已經作為護心鏡粉碎，但碎片被打磨成一把透明刀刃，在昏暗中幾乎隱形的匕首。彩從一開始就把「無限年之鏡」藏在懷裡，她一直等待最好的機會，一擊即中。

只見「無限年之鏡」深深插進入災厄王的眼球。牠雙臂用力，卻無法將碎片拔出，痛得要將面前的彩撕開洩憤。

林克挺劍在胸，飛撲過去把牠打退了兩步。

「桂！」

「喏，我一直都在。」

林克溫柔的抱起彩，用長袍為她披著身體，然後情不自禁吻過去。

濃情之際，龍太郎則疲於奔命，他一手拐杖，另一手拿著隨手撿來的長槍，要從塔頂殺出重圍殊不簡單，他轉身一看兩人是否安全，這才發現林克是鐵了心腸不打算殺戮，他只是牽著彩到處閃躲，或是以短劍防備。

「你這小子——」說著，龍太郎便將拐杖的手柄抽出，變成手槍，然後瞄著災厄身上的那些紅圈全部不多不少就是打歪了一點：「還真是頑固。」

「如果可以的話，我希望能在夢裡都抑制一下這些慾望。」林克牽著彩在龍太郎面前走過，喃喃答道：「特別是在她的面前。」

龍太郎沒好氣嘆道：「算是某種理想人格的潔癖嗎？」

「畢竟我都算是一個醫生，總不能那麼口不對心。」林克正色道。

「雖然不是要追辯，但必須澄清，口是心非是潛意識的特質。」龍太郎倒不能見死不救，便一邊開槍打退災厄一邊喊道：「你有沒有玩過其他關於踩影子的遊戲？」

林克霎時間想不出來，旁邊的彩卻馬上代他接話：「譬如不能被人踩到自己的影子？」

「就是這種。」龍太郎兩眼發亮，隨即雙手合十，拍掌響了一聲。

從後飛撲向彩的災厄，只不過被龍太郎稍移腳步，踩住了牠的影子，便隨即全身僵直，動彈不得。「這樣應該挺符合閣下的不殺生主義吧？」說罷，兩邊已殺出災厄，張開嘴巴撲向龍太郎，林克和彩馬上依樣葫蘆，左右包抄分別踩住牠們的影子。如是者，三人便一邊跑一邊踩著影子，逐步走近神殿的正門。

忽聽災厄王從後傳來一聲長嘯，周圍的災厄都突然剎停腳步，不再追截三人，卻轉而分頭行事，撲滅神殿牆壁上的燭台。林克訝然道：「牠們已變得那麼聰明？」

沒有燈火就再沒有影子可踩，災厄王雖則失去左目，但單憑一隻眼睛仍足以如常走動，從後追趕他們。

林克剛跑出神殿，回頭便見目露凶光的災厄王已經撲到，他情急智生，叫道：「把你的墨鏡丟過來。」

「有。」龍太郎隨即把墨鏡像回力鏢一樣擲出去，然後雙手合十，減慢了周圍的時間，為林克多爭取一點時間。林克接過墨鏡，然後把它高舉，只見鏡面將月光折射到災厄王的身上，在地面打出一個薄到幾乎看不見的影子，但已經足夠。

災厄王忽然動彈不得，即使如何用力掙扎，身體都不聽使喚。

「——盜壘成功。」

龍太郎揚起嘴角，在災厄王的後背拍了一下。

不過，林克沒有痛下殺手，只是跟災厄王相互對望，一人一獸默默交換了眼神。是一個似曾相識的眼神，畢竟牠就是上一世災厄王的後裔。林克還記得，牠的祖先被自己的前世射殺之後，被人當場分屍，輪流割去身上的肉塊。看著災厄王的神色，林克覺得今世的仇恨大抵就是因果輪迴。

災厄王恨得咬牙切齒，卻只能看著無意殺死自己的林克和彩策馬奔去。

龍太郎從災厄王背後探出頭來，笑瞇瞇的說：「後會有期。」

林克沒有回頭，只是舉手揮了一揮。

「接下來想去哪裡？」他緊抱著懷裡的彩，柔聲問道。

「除了有你的地方，我哪裡都不去。」彩露出難得的笑容。

然而，林克心裡隱約有種不祥預感，他低聲問道：「這可能不是一個好時機，但我們沒剩下太多時間了。有些事情，我不知道，但你可能知道，而且是唯一有可能知道的人。」他把一直藏在懷裡的信掏出來，而且摺得很小很小，剛好可以放在彩的掌心裡：「到底我是什麼時候寫過這封信呢？」

「忘記了也沒關係。」彩嫣然答道：「反正你現在還是記起了，你終於將它交到我手裡，不是嗎？」

但見前方站著一排手持火把的鬼面人，蠢動的火光從林克身後射出了一道長長的影子。影子裡赫然鑽出另一個鬼面人。

忽然間，兩把長刀就在彩身上貫胸而過。林克記得，在她的眼眸裡，有著閃亮的星，有燦爛的花，有宇宙萬物。無奈最後卻以如此痛苦不捨的眼神告終。

從夢中醒來，林克第一時間想到的事情，就是用僅剩的印象將彩的容貌繪畫下來。因為上一次馬鈴薯不翼而飛的事情，他現在會在床邊放一枝原子筆和一本筆記簿。雖然他努力記住了輪廓，但真要把她畫起來的時候，一切已經太遲，記憶還是像是掌心裡的細沙一樣溜走。對於她的五官樣貌，他根本全無記憶。

只知道她有著一雙明澄的眼眸，閃耀得將世間萬物的光彩都蓋過。

這天林克還得跟貝兒去拍婚紗照，在貝兒的朋友介紹之下，他們找了一個專業的婚紗拍攝團隊，從化妝、髮型、燈光到攝影，都不用他們操心。林克只需要按照攝影師的指示，模仿參考照片裡那一對情侶的動作和神態。但看著預覽照片裡的自己，他忽然覺得那不是真正的自己。他根本還沒有從夢中回到現實，如今只不過附身在這副軀殼，在照相機前不斷拼湊、想像出各種與未婚妻一起生活的甜蜜場面。夢中的桂，可能才是真正的自己。

此時，攝影師忽然提議貝兒躺在林克懷裡，然後兩人對望，營造某種淒美的畫面。看著貝兒精緻得令人怦然心動的臉，林克的內心卻在海的深淵裡往下沉，只是浮現著夢中死在自己懷裡的彩。

如是者，林克整天都顯得惘然若失、笑容僵硬，貝兒起初亦有一點生氣，然後問他是否覺得頭痛。林克只好苦笑著解釋，是真的不太適應在攝影棚跟專業攝影師相處，還不到半天已經筋疲力盡。貝兒倒是有過幾次做平面模特兒的經驗，所以還不覺得很累。於是貝兒換了另外一套粉紅色的婚紗，獨自多拍攝了半個小時，他們就比原先預定了的拍攝時間提早一點完結。貝兒很快就卸了妝，默默陪著林克到附近的餐廳吃了點東西，然後便一起回家休息。

當然，林克看得出貝兒心情也不好，畢竟她為拍婚紗照的事情已經籌備了好幾個月。

偏偏就在這個時候，他在升降機大堂看到信夫。信夫旁邊還牽著一個女生的手——妮可尷尬的笑了起來，跟他們打了個招呼。

「唷呵，晚上好。」剛走進升降機不久，信夫便自言自語起來。

「晚安。」林克淡淡的說。

「難得周末，待會要不要到我家裡喝點什麼的？」信夫問道。

「今晚嘛……」林克沒說下去，只是搖頭示意。

總言之，四人氣氛是有點尷尬。

不曉得貝兒心裡是否仍然不高興，洗澡之後，她什麼都沒說便很快睡著了。林克倒是睡意全消，待在客廳一直睡不著，其間隨意看了部舊電影。為免吵醒貝兒，還調了靜音。看著電影中的女主角，他覺得輪廓有點像彩，但再看下去隨即覺得還是不像。他幻想著再一次跟彩見面，要知道更多關於她的事情，要是再有機會的話，他會好好記住她的臉。

前陣子經常因為頭痛而睡不著，家裡有一些安眠藥。林克在天亮之前服食了幾顆，讓自己再好好入睡。結果，下一次進入夢境的時候，歷史又再推前，他的身體穿過迷霧，只見巍峨群山，城樓上旗幟飄揚。

世界原來換了模樣，已經是下一世。

無限年之鏡（三）

dream sequence

06

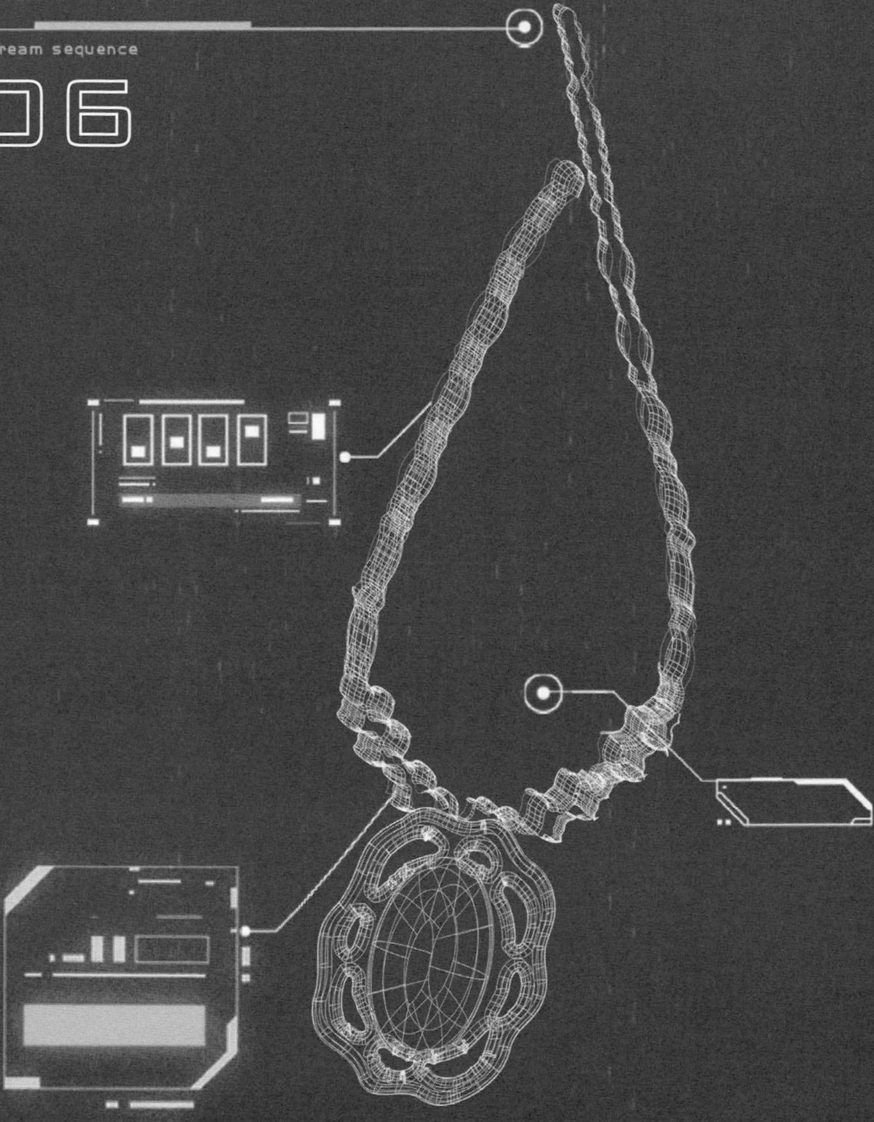

無限年之鏡（三）

別來幾春人未還，落花寂寂，回眸已過幾許人間世。彈指之間，京城變得比往昔更是繁榮熱鬧。長街上總是人來人往，是名副其實的車如流水馬如龍。

想必是昨晚通宵未睡，這一覺醒來，原來已是正午。林克習慣成自然，翻開書檯上的帳簿，用朱砂點了一個紅印。

算起上來，不明所以滯留在這一場夢中，霸佔了桂的健碩身軀已差不多四個月。最初秋風颯颯，如今已經春光明媚。實在有點百思不得其解，夢外的本尊是否睡到不省人事呢？但林克發現自己無論如何都醒不過來，就算睡著了，醒來之後仍然置身同一場夢境，仍然是桂的軀殼。換而言之，他再也無法憑個人意志結束夢境，回到現實世界。起初他確是有一點驚惶，但過了一段時間之後便隨遇而安，與桂這個身體逐漸融為一體，亦適應了京城的樸實生活。一個沒有手機、網絡和虛擬世界，沒有電力，沒有人工智能，完全不倚賴科技儀器的遠古年代。

當然，某程度上自己不就正是置身於另一種虛擬世界嗎？林克最近總是在想，如果一直不再醒來，夢境就不再是虛擬的夢境，而是現實。他就會一直盜用桂這個假帳號繼續生活下去。

再推演的話，如果他有七、八十歲壽命，成為桂的時間可能就會比現實中作為林克的時間還要長，到了那時候，誰是過客，何處是鄉，林克這個活在未來都市的人豈不是更像桂所造的一場大夢？

不過，京城有個普遍的說法，人生七十古來稀，就算他從此一睡不醒，要在遠古年代滯留到七、八十歲亦殊不容易。

忽然有侍衛從門外傳話：「桂大人，綢緞莊的老闆來了，說是跟你有約。」

林克開門應道：「讓他在大廳稍等一會，我先去泡茶。」

侍衛略感愕然，為何桂身為禁衛軍的總隊目，居然會為區區一個裁縫商入廚室泡茶。

林克拍拍他的肩膊，笑著說：「別放在心上，為客人泡茶是我故鄉的老規矩。」

於是林克走到廚室選了些上好的茶葉，還有一套精緻的茶具，然後親自端到大廳。綢緞莊的老闆——那個戴金絲眼鏡的男人見狀，顯得受寵若驚，急忙站起身行禮。

林克揮揮衣袖，淡然說：「只有我們兩個，就不用拘泥於繁文縟節了。」

前陣子林克便見過戴金絲眼鏡的男人，對方在夢中仍然做著老本行，在京城最繁華的前門大街開了間綢緞莊。林克直覺認為戴金絲眼鏡的男人只是裝傻扮懵，應該知道自己的真正身份。但見他一臉愕然，好像真的不知底蘊，或是另有什麼原委，便只好配合他的角色扮演，並不揭破。

「想不到桂大人對茗茶一事亦有所研究。」戴金絲眼鏡的男人說。

林克恍然笑道：「難道因為我這副武官的打扮，看起來像個粗漢子？」

戴金絲眼鏡的男人連連搖頭，解釋道：「對茶葉這種舶來品，京城裡面會感興趣的識貨之人，實在少之又少。」說著，他從衣袖裡取出錦盒，放在林克面前：「是桂大人的委託，請查收。」

林克打開錦盒仔細看了好一會兒，低聲笑道：「你敢說自己不是從古著屋帶過來嗎？京城裡哪有這種技術和手工。」

「古著屋？」

「欸算了，還有另一件事——」

戴金絲眼鏡的男人點點頭，朗聲呼叫：「拿進來吧。」

門外隨即有個小書僮背著箱子走進大廳。

箱子裡是一件紫色長袍。小書僮妥妥貼貼的替林克換上新衣，再配上腰帶，剪裁稱身得令人滿意。戴金絲眼鏡的男人陪笑道：「桂大人今晚打算穿這身打扮到壽宴？」

林克點點頭，忽然道：「另外還想多做一件送給朋友，都是紫色的，樣式則讓你來決定吧。尺寸的話，倒是不太清楚，不過比我瘦得多了。你們家的布料著實講究，相比起來，我那朋友穿的就挺是寒酸了。」

林克出手闊綽，戴金絲眼鏡的男人當然很滿意，但看來是真的完全不認識歐陽龍太郎。於是林克又問：「你們綢緞莊附近，有沒有鑄鐵匠的店？」

戴金絲眼鏡的男人和隨行的小書僮都一起搖頭。事實上，林克在過去幾個月都有暗中派人打聽歐陽龍太郎的下落，畢竟來到這一世已經好幾個月，卻完全不見龍太郎的蹤影。能夠證明這裡是一場夢的方法，林克想來想去都只有一個，就是找到歐陽龍太郎。

送走了戴金絲眼鏡的男人之後，府中侍衛上前提醒，說時辰已經不早，林克便策馬往皇宮方向奔去。城中佈局大抵跟上一世相同，不過皇宮幾經修葺，跟過去相比更有著一朝首都的帝王氣派。

林克打探過，如今天下大勢穩定，遺禍人間的災厄已被驅趕到北方，淘氣神的遊戲亦從此再沒有出現，國力鼎盛，城裡更是富裕太平。這一天，因為皇后設宴祝壽，舉國歡騰，皇宮周圍似乎遠比平時熱鬧得多，而且街頭巷尾的人都談論著同一件事情。長期鎮守北方邊塞的征夷大將軍，今夜也將回朝賀壽，不少百姓都湧到街上佔好位置，想一睹其風采。

不過，林克來到這個異世界只有短短幾個月，倒從沒有見過這個讓滿街鄉民趨之若鶩的大人物。

皇宮守衛遠遠看到林克及其座騎，都立正行禮。

「霓虹，溫柔的氣脈，幸運是你身上的雨。」左邊的守衛說。

「盛放的火焰，通向懸崖，是宇宙的森林。」右邊的守衛接著說。

他們雖然一臉正經，談話內容卻亂七八糟，好像一堆胡亂拼湊的詞語，若非林克早已知道全屬夢話，可能都會覺得挺有詩意。不過，它們的出現，也是證實這裡確是夢境的一點證據。林克對這些滑稽的場面已經見怪不怪，於是隨口胡謅一通，便答了句：「殘留著瓦礫，煙霧與哀號，農田，風暴，無用的荊棘。」只見兩個守衛像是聽到什麼發人深省的訓示一樣，神情變得嚴肅起來。林克看著，心裡覺得好笑，要是認真把自己脫口而出的夢話抄錄下來，回到現實世界再公開發表，說不定可以變成薄有名氣的網絡詩人。

霎時間想得太遠，隨行的衛兵卻湊到林克耳邊，悄聲說：「桂老大，今晚實在要多加留神。」

「為什麼？」林克問道。

「畢竟那個人回來了。」衛兵說。

林克意會過來：「你說那什麼征夷大將軍？他到底怎麼了？」

衛兵欲言又止，壓下聲音回答：「宮中有傳，是皇太子的安排，想借賀壽為名讓他回京。征夷大將軍在皇太子那邊相當得寵，應該來者不善，不是那麼簡單。」

林克臉上不動聲色，看衛兵說得慎重，心裡更覺得好笑。想來一定是之前撞到腦震盪，待在家裡休養的那幾個禮拜看得太多宮廷劇。

壽宴在天黑之後才開始，不過皇宮上下早已忙個不停，既要準備膳食，還得佈置筵席。至於各式各樣的貢品，林克從走廊經過時遠遠瞧見，就像公司年終大抽獎的禮物一般堆滿了整個後花園。林克看著便心叫不妙，相比起來，他準備的那份賀壽禮物簡直有點寒酸。但願「重心不重金」這種現代社會已經絕跡的高尚品德，在自己的夢境中還繼續存在。

忽然有侍婢前來，擋在林克和隨行的衛兵面前，躬身道：「皇后請桂大人與幾位兵爺到書房一趟，有要事指教。」說罷，侍婢竊笑不語。

林克和兩名衛兵穿過內殿，不消片刻便到了書房。只見書房內氣氛好不熱鬧，皇太子與其他宮女圍成一圈，圈中還有一人背著門扉而坐，頭戴黃金釵，穿著一身剪裁簡潔的輕羅衫，卻是當今皇后。先帝過身之後，皇太子信尚未成年，因此，皇后以攝政王身份暫為一朝之主，本來打算待幾年之後幼主成年，便會正式登基。但這幾年間一直國泰民安，連年豐收，令母儀天下的皇后甚得民望，久而久之朝中無人再敢過問讓位一事，屈作儲君多年的皇太子信在宮中黨羽不多，始終不成威脅。

林克與眾人下跪請安，皇后身旁的侍婢便說：「皇后大壽，忽然想跟大家玩個遊戲，但人數不夠，便提議找桂大人你們來湊數。」皇后驀然轉身看著林克一笑，手裡正搖著一個籤筒：「姑且來湊數吧，這個猜鬼遊戲在京城很流行，你們都會玩嗎？」

「當然。」林克淡淡笑了起來。沒想過時移世易，曾經令騎兵團連夜慘死的淘氣神的遊戲，如今已成了家傳戶曉的民間玩意，不過誰都沒想到連皇后也會玩。抽籤之前，皇后忽然搖手說：「不成，抽到鬼籤的人都一定不敢殺我。那多沒意思，還是我當主持好了。」

林克接口道：「得自己也抽籤才能玩得盡興，還是我來當主持吧，也確保大家要認真的玩，誰抽到鬼籤，就要當鬼，即使撒謊騙人也沒關係，誰抽到做平民的，就算皇后抽到也只能是平民。」

「桂大人說話真大膽。」忽然間，皇太子信冷冷說。

「玩個遊戲，百無禁忌。不用特意在雞蛋裡挑人骨頭。」皇后說。

信瞇起眼睛，目光在林克臉上不懷好意的掠過。眾人抽過籤，遊戲正式開始之前，林克便先讓大家闔上眼睛，再按次序開眼，跟他確認身份。首先是混在人群裡的兩隻惡魔——其中一個衛兵和侍婢，然後是女巫，再然後是獵人。皇后終於徐徐睜開眼睛，只見她靜謐的從左到右慎重望了一遍，確認誰都沒打開眼睛，便突然不偏不倚，甚至不眨一眼的盯著林克，緩緩揚起嘴角，甜蜜的笑了起來。

眼波閃動，將整個世界的時間凝住。一切都在無言之中，林克心頭激動不已。儘管這一世彼此錯過了時間，她比自己整整蒼老了廿年，但「夢中情人」的眼神又怎會忘記？

難得在這一世與彩重逢，卻不知命運好歹，彩成為了一朝皇后，桂卻扮演著守候在旁的禁軍頭領。即使近在咫尺，但年紀和身份相差太遠，他們在皇宮裡始終保持著安全距離，更不可能單獨相處。

彩自言自語：「到底是誰抽到獵人的籤，瞪個眼睛都要那麼久，趕快開始遊戲。」說罷，她朝著林克輕吐舌頭，裝了個鬼臉，便趕緊閉上眼睛，以免惹人起疑。

不過他們都沒發現，信一直偷偷瞇起眼睛，把他們的每個舉動都看在眼內。信早已察覺到母后與桂暗有情愫，總是把他留在身邊，因此對桂非常忌憚，認為他將會是王位的威脅。

慶幸的是，信的最大靠山終於及時回到自己身邊。

華燈高掛，座無虛席的壽宴之上，文武百官輪流送上賀禮以示祝福。只見皇后欣然點頭，但始終對那些奇珍異寶興趣不大。此時，彩穿起一襲龍鳳繡紅絲綢長裙，裙襬散開，更是艷光四溢，自然成為了全場官員與皇親貴賓的焦點。但林克的注意力不在她身上，從剛才起便已完全落在皇太子信旁邊，傳聞中戰績顯赫的征夷大將軍身上。席上諸臣都有不少想著親眼一睹這位萬人迷的真面目，結果失望而回，他聲稱由於受到戰傷，面容毀爛，為免讓人看了覺得噁心，皇太子特准入宮面聖仍可戴著面具。

林克造夢都沒想過——當然，現在就是他的惡夢輪迴，原來這位遠道而來的征夷大將軍，就是跟自己結了幾世宿怨的鬼面人。

來到今世，兩人竟然同朝為官。滿朝文武都稱呼他為鬼將軍。

歡呼聲之中，一眾衣飾鮮艷的伶人走到台前，為皇后獻上一齣華麗的歌舞。林克不曾在這個時代看過歌舞表演，但此刻台上演出的劇目，他倒是熟悉得歷歷在目。不幸選中成為活祭品的公主被殘忍的人民送到神廟，夢中情人犯險前來相救，但人們懼怕從此觸怒了災厄之主，將有瘟疫、洪水和饑荒降臨人間，最終他們被那些貪生怕死的人民斷絕去路，雙雙慘死當場。

——真正殺死他們的並不是災厄，而是自私殘忍的人類。前世經歷被載歌載舞重現眼前，林克偷看了彩一眼，她臉上倒是鎮靜自若，完全不為所動。

蕩氣迴腸的歌舞表演過後，作為餘興節目，心機極重的皇太子信忽然提議趁著今晚的難得機會，讓林克和鬼將軍於殿前進行比試，包括騎術、射術、劍術，其用意呼之欲出，即使不能借比試為名除去心頭大患，他亦確信可以贏個下馬威。威震邊關的鬼將軍，斷不可能輸給一個禁衛軍的教官。而且盛情難卻，沒有被林克婉拒的餘地。但出乎意料的是，滿朝文武官員讓出後花園供兩人比試，眾目睽睽下，論騎術居然是林克先拔頭籌，到比試射箭，鬼將軍才不負眾望追平一局。不過，信和林克轉念一想便都心裡有數，鬼將軍在第一局只是讓賽，如果連贏兩局，他就沒辦法在第三局跟林克比劍較量。

頃刻間，林克和鬼將軍都拔出配劍，起初兩人都是點到即止，但客客氣氣互有攻守的鬥了幾輪後，雙方劍勢愈見急速。林克想到對方就是前世殺死了彩的鬼面人，就是前前世化成災厄，追殺自己的真凶，宿怨填膺，招式開始變得狠辣。當然，鬼將軍亦毫不留情，同樣招招殺著，對林克窮追猛打。皇太子信倒沒想過兩人於殿上劍來劍往，連一下喘息機會都不留給對方，竟是真的以命相搏。

更讓朝廷百官感到意外的，倒不是雙方殺氣騰騰劍招往來毫不留情，而是兩人的身手動作何其相似。乍看起來就像一場雙人劍舞。

忽然，兩旁衛兵吹起號角，原來是皇后示意叫停比試。原來彩心裡著緊，見兩人拼得劍光飛濺，不願林克被鬼將軍所傷，於是自行出題，最後的比試內容，就看他們兩人的賀禮，哪一份更為稱心。

三場比試無疾而終，肅殺氣氛亦隨即一掃而空。林克呈上小小的錦盒，盒子裡正是一塊隨身鏡，是綢緞莊依照歐陽龍太郎交給林克的「無限年之鏡」專門聘請匠人打造。若然是林克原本的現實世界，這自然是毫不特別的廉價東西，但在這個尚未經歷工業革命的異世界裡，偌大的京城沒人見過如此精湛的打磨技術，彩端起隨身鏡照了一下，只見鏡身平滑，鏡中人果然照得栩栩如真。

倒沒想到鬼將軍的賀禮，同樣放在一個小小的錦盒之中。彩臉上的表情霎眼間很複雜，林克看到之後亦著實大吃一驚，錦盒裡面，居然是一條用「無限年之鏡」碎片鑲嵌而成的頸飾。原來前世的「無限年之鏡」一直留在災厄王的左眼內，到災厄王駕崩之後，災厄的後裔四分五裂，散居各地，各個部落卻分別持有「無限年之鏡」的碎片為信物。

只聽皇太子信乾咳兩聲，洋洋得意的說：「鬼將軍多年來討伐災厄，已成功奪回神器『無限年之鏡』的大部分碎片，如今作為壽禮獻給母后。」

彩堆出一張假笑的臉，欣然收下了這份壽禮。毫無疑問，最後比試由鬼將軍勝出。不過彩的原意只是讓林克能夠全身而退，席上的勝負倒沒所謂。

壽宴過後，鬼將軍繼續留在京城一段日子。林克始終對他甚有戒心，沒想到幾天之後，居然收到鬼將軍捎來的挑戰書，約他到城樓上再比試一局。但這一次不是比劍，只見城樓上放著棋盤。衛兵們都湧過來趁熱鬧，但其實誰都沒聽過黑白棋是什麼玩意，偏偏林克就很熟悉。第一局林克贏得很輕鬆，沒想到第二局鬼將軍才認真起來，原來是黑白棋的高手。

而且鬼將軍的落子方法，他居然還覺得挺有親切感。

只聽鬼將軍淡淡的說：「保留太多記憶，最終就會成為痛苦的源頭，對吧？」這把聲音很熟悉，林克大吃一驚。

沒想到會在這個情況下結束夢境，將沉睡在夢中京城的林克帶回現實世界，回到林克的身體。窗外天色漸亮，貝兒還未醒來，林克痴痴迷迷的看著她，只覺那俏麗粉嫩的臉好像有點陌生，他們不過是相隔一晚而已，但對林克來說，似是已經過了幾個月的時間。

滯留在夢中這段漫長的日子，他近乎從未想起自己的未婚妻，心裡卻已經有另一個女子。讓他牽掛，朝思暮想卻無法親近與觸摸的夢伴。他看著貝兒的眼皮、睫毛，從鼻樑看到嘴唇，滑落到乳溝，然後再回到嘴唇。

貝兒忽然啾起嘴巴，吃吃笑道：「幹嘛一大早就色迷迷的看著我？」

「原來是在裝睡。」林克尷尬說。

「最近讓你很寂寞了嗎？」

說著，貝兒打了個呵欠，然後打開床頭櫃的抽屜，取出安全套。她柔聲道：「好吧，早起的鳥兒有蟲吃，算是給你一點獎勵。」

但林克無法迴避的是，相隔一夜長夢，像已失聯多月，內心的感覺居然有了微妙轉變，與貝兒在床上交歡的時候，直到高潮來臨的一刻，他內心都幻想著另一個生命中並不存在的女子的肉體。貝兒的汗水和呻吟聲，只不過是幻覺的替代品。

慶幸的是，昨晚悶悶不樂很早就倒頭睡著的貝兒，好像已經遺忘了昨天拍婚紗照不歡而散的事情。至少再沒有主動提起。

窗外的風，還是有點初秋的涼意。林克提醒自己，他再次回到這座有如密封罩的城市——

或許，是從來都沒有離開。

只不過感覺像是去了一趟長途旅行，回到獸醫診所居然有點不適應，這一整天，林克都無法集中精神，仍然搞不清楚哪邊才是現實世界，甚至有點懷念桂的粗獷身體，以及樸實自在的京城生活。還好今天診症不多。不過，午飯時間一到，妮可忽然將林克拉到後樓梯，平時不怎麼抽菸的她，罕有地點起了薄荷菸，而且點菸的手法相當俐落。

「你是剛搬進去，還是一直住在隔壁？」妮可劈面問道。

林克這才聯想到，是關於昨晚在寓所外面遇到她和信夫的事情。感覺隔了許久，其實他已經記憶模糊。不過，對信夫倒是印象深刻，畢竟他在自己的夢裡變成了戀慕對象的兒子，即是那個乳臭未乾的皇太子。

林克如實回答：「我前陣子還因為隔壁的鑽牆聲，讓大腦受到第二次衝擊。」

妮可皺眉問道：「會有那麼巧合的事情嗎？」

「沒想到這會讓你那麼困擾。」林克說。不過，曾經發生過關係的偷情對象（及同事）跟新歡搬到自己隔壁，想來確實是會令人感到難以應對。

妮可緩緩把一口菸吐出來，然後搖頭說：「我不是困擾，而是覺得可怕。」

林克好像明白她的意思：「所以，他已經知道我們的事情？」

「對，已經知道了。」說著，妮可打開手機，再翻到自己的社交網頁：「他在我們大夥兒郊遊的合照裡，好像很輕易就猜到我跟你有過一腿。」

林克看著那張合照，事實上連他自己也有按讚：「在我看來，沒什麼特別啊，而且我們都不是靠在一起。」

「我也是這樣想，但你猜猜吧。」妮可模仿著信夫那吊兒郎當而且懶洋洋的聲音：「『因為是用你的手機去拍照，你知道手機偵測到多個人臉同時出現在對焦範圍時，是會選定哪一個人作為預設焦距嗎？就是透過收發訊息頻率和實際內容，配合人臉辨識系統，從而計算哪一張臉是跟你關係最親近的人，只要用攝影軟件分析對焦數據就會知道』，現在你還會覺得一切都是偶然嗎？」

林克苦笑道：「看來不只是個靠爸過活的富二代。」

妮可擠熄了菸，在牆壁上留了個菸灰印：「除了這方面性格黑暗，顏值和經濟條件倒是無可挑剔。」

「所以你覺得他是故意搬過來做我的鄰居？為什麼要這樣做？」

「覺得好玩吧。有錢人家的孩子，想法都是挺惡劣的。說不定我們現在的對話都已經被什麼遙距程式紀錄下來。」

事實上，妮可想不到的是，就在這天下班之前，林克便收到信夫傳來的簡訊。

「有空到外面喝一杯嗎？」

「抱歉呢，晚上有事情要辦。」

林克唯有婉拒，但至少不是有心迴避。因為妮可提醒了他一件很重要的事情。

他在夢裡聽到的那把聲音。

——鬼的聲音。

下班後，林克直接坐電召計程車回到家裡，感覺信夫應該還未回來，他不在隔壁。貝兒倒是早就從大學回來了，今天晚上她沒有導修課，此刻就在廚房替自己做減肥餐，是最近挺流行的生酮沙拉，還有蔬菜汁。昨天拍婚紗照的時候，她幾乎都是一直縮起肚皮不敢用力呼吸，擔心到正式婚禮那天會穿幫。

聽到貝兒說直到婚禮舉行之前都要勤力節食，不然就穿不下婚紗，林克聳肩笑笑，心思卻想著別的事情。

就在前幾天，從父親舊居一併帶回家裡的東西，除了那個放著童年回憶的寶物箱，事實上還有母親電腦的磁碟備份。本來只是恐防父親病發時會隨便亂丟，如今想來卻錯有錯著，至為關鍵的東西，有可能真的藏在磁碟裡。

然而，電腦居然打不開母親的磁碟。雖然是差不多廿年前的儲存裝置，但應該不至於已經無法解讀的程度。林克猶豫了好一會兒，始終敵不過好奇心，決定打電話給他的好鄰居。

剛好響到第三下，信夫便接通了電話。

「你在外面嗎？有件棘手的事情想要拜託你。」林克問。

「好啊。」信夫那沒精打采的懶散聲音，忽然變得十分爽快。

還不到幾秒鐘，門鈴居然就響了。只見信夫還是穿著那件鬆兮兮的灰色居家服，卻似乎是剛從外面回來的。他隨意跟林克和貝兒打了個招呼，便老實不客氣的坐在沙發，笑著問道：「有什麼要我幫忙嗎？」

林克拿出母親電腦的磁碟備份，簡略交代了情況。

只見信夫捧著磁碟，意外認真的檢查著外殼有否破損，然後點了點頭：「這個容易，到我家裡坐一會兒吧。」

由於整幢公寓都是對稱設計，信夫家裡的間隔跟林克那邊是一模一樣的，只不過左右調轉。而且，跟林克心目中對富二代的想像有點不同，房子裡沒什麼多餘的傢俬，許多雜物箱甚至還未打開封箱膠紙。

「抱歉呢，我這裡有點簡陋，不過冰箱是有的，隨便拿飲料喝吧。要啤酒嗎？」信夫說。

「那我喝一罐吧，不過她就不能喝了。」林克說。

「婚禮之前要減肥。」貝兒苦笑。

信夫從冰箱拿起兩罐啤酒，把其中一罐拋到林克手裡。只見客廳中央居然還有一個鑲嵌在地板的大浴缸，浴缸前面是一塊掛壁的電腦屏幕。林克當下暗忖，早前的鑽牆聲該不會就是要在客廳添置一個浴缸吧。慢著，一般人租房子的話，能被允許做這種事情嗎？

信夫一邊喝著啤酒，一邊紮起那蓬鬆的頭髮，從抽屜裡搬出幾件林克從未見過的舊式線路板和電腦配件。不一會兒，就已經將磁碟接駁到客廳上的屏幕。

「雖然有加密處理，不過算是舊科技，沒什麼難度。」說到一半，信夫轉而問道：「那麼我要打開磁碟囉，是真的可以打開嗎？」

林克一愣，喃喃答道：「應該都沒什麼特別機密的資料。」

信夫忽然把磁碟放下，正色道：「我還是到便利店喝酒，一個小時之後才回來吧。」

說罷，他居然真的拿著剩下的半罐啤酒，開門走了出去。

林克瞇起眼睛：「那就打攪你了。」

但其實從剛才走進房子開始，他就有一種全身不舒暢的感覺。這種感覺在「蜃氣樓」和父親的舊居都有。因此，林克大抵察覺到房子裡有監視器。幸好妮可預先提醒過這個富二代不像表面看來那麼簡單。但無論如何，信夫應該對他想在磁碟裡找到的東西一點興趣都沒有。

林克把磁碟裡的資料夾逐個打開，發現許多文字檔案都是無法辨認的亂碼符號，還有大量曝光不足、失焦的照片。從剛才起便一起安靜待在身旁的貝兒，終於忍不住問道：「到底要找些什麼？」

林克似是而非的解釋道：「婚禮上不是經常都會播放一些童年成長片段嗎？母親過身之前，印象中確實拍了一些。」

——找到了。倒不是放在一個非常隱蔽的路徑，不過檔案居然沒標明任何時間、日期和地點，名字全是一堆亂碼。

但檔案沒有損毀，還是隨便一按便能打開。

雖然是舊式攝錄機拍攝的影片，畫面和聲音質素都不是太理想，但鏡頭前還是清晰看到一臉渾圓，顯得有點早熟的小男孩。

貝兒看著影片，不禁在林克臉龐戳了一下：「想不到你也有過人見人愛的童年階段。」

但她發現，林克此刻連一下笑容都沒有。錄影片段裡，有著他父親林達的聲音。由於林達失智及失語多年，他本身對父親的聲音已沒有多大印象。如今重複聽了幾遍，林克心裡確認無誤。昨晚在夢中聽到的聲音，果然就是父親的聲音。

但如此說來，藏在夢中的鬼其實就是父親，那個追殺自己，化成災厄，不斷輪迴的鬼面人，就是父親的投射。

想到這裡，林克記起了另一件事情，他隨即把錄影片段倒回去重播一遍。貝兒看他神色凝重，絲毫不像是為了婚禮而準備花絮。她猜想，但沒有說出來，可能是因為影片中完全看不見林克母親的蹤影——很明顯地，林克母親就是鏡頭背後負責拿著攝錄機的人。

拍攝片段之中，林達和年幼的林克正在一個小公園踢足球。說來湊巧，林克實在不記得自己有跟父親踢過足球，但是他認得父親跟自己踢球的公園。儘管周遭景物截然不同，但他可以肯定就是那個地方。正是在前幾天，他就去過那個河濱公園，還吃了杯雲呢拿雪糕。

是彩在夢境中帶著他去的，然後吻過他的那個地方。

由於林克家裡只有市面上一般的智能設備，制式不能支援母親磁碟裡的錄影片段，無法直接抄錄過去，他唯有用手機將影片和聲音全部拍下來。沒多久信夫就回來了，還買了些零食和罐裝雞尾酒。但見林克再三答謝，然後取回磁碟，跟貝兒回到隔壁，其間幾乎不言不笑，顯得心事重重。貝兒覺得他必定是想起了很多往事，便不騷擾他，自行回到房間看書。

但其實，讓林克心事重重的原因剛好相反。是他根本就想不起以前發生過錄影片段中的往事。這些一切好像都有發生過，但他想不起自己去過那個河濱公園，想不起母親的長相。

直到三更半夜，林克仍然未睡。貝兒走出客廳，這才發現林克著了魔似的，還在用手機反覆播放那些影片。

她張開手臂，抱著林克陪他看了片刻。

「說起來，我們還沒有一起回去舊居看過他。」林克指著手機屏幕裡的父親林達：「他現在看來像個變得很老的孩子，跟以前相差很遠。」

貝兒忽然問：「你爸爸現在幾歲？」

林克想了想：「應該有七十多歲了，我父母的年紀確實相差挺遠。」

貝兒盯著手機屏幕說：「粗略算起來，在這個時候你的父親應該有五十歲了吧，但他看起來比你現在還要年輕。」

林克轉念一想，貝兒說得倒是有點道理，片段中的父親，除了體型比較豐滿，看來只不過是三十歲出頭。

「應該是我沒遺傳到駐顏有術的基因吧。」林克總算稍為放鬆心情，打趣笑著。

但不說不覺，換句話說，他從未意識過父親受到阿茲海默症的影響，身體和容貌會如此急速衰老。這一切似乎都很合理，然而林克總覺得有些地方還沒有想通，他好像要記起什麼重要的事情，但一整晚都想不起來。

他知道，有一個人會知道答案。

——他的名字叫鬼。

就在林克張開眼睛的一瞬間，劍尖剛好劃過眼前，若非來得及彎腰往後避開，雙目應該已被刺中。林克意識到自己握著長劍，跟鬼於宮殿上一對一決鬥。他起初以為是時光倒流，回到之前已發生過的那場夢，但定神一看，原來是完全另一回事。

他們這一次不是餘興節目般比劍，而是真正的短兵相見，以命相搏。周圍殺喊聲此起彼落，殿上早已屍橫遍野。

誠如當初所料，皇太子信聯同征夷大將軍集結在京城外圍的兵馬，決心謀朝篡位。一夜之間裡應外合，京城變天，皇后下落不明，似乎未遭生擒，城中守衛則全被清剿，國家大權以至皇宮都已落在信的掌握之內。

不過一切潮起潮落的洪流，都與殿上對峙的兩人無關。如果桂象徵著短暫芬芳的春天，鬼就是走過寒夜的旅人，即使其中一方走得多遠，他們最終也會被對方牽引過來，於今世重遇，只為再度決一生死。

刷刷兩聲，林克稍為揮了幾劍，鬼卻突然轉為以慢打快：「你不是應該好好珍惜這個機會嗎？我的出現，就是你內心慾望的投射，現在你可以跟你的父親像兄弟、像朋友一樣談話。」

林克瞇眼道：「以父親為原型想像出來的假想敵嗎？」

「這樣理解也行。」鬼張開雙手：「來個擁抱吧，缺乏父愛的可憐孩子。」

過去他一直無法揭開的鬼面罩，剎那間就跟父親的身影重疊起來，然後融為一體。

林克估計，夢境中的一切很大程度受到了錄影片段的影響，而恢復父親林達年輕時的長相之後，鬼的動作即時變得甚為詭異，就像舊式唱片機的跳針現象，他每一次揮劍，背後都會出現一層殘像，將動作倒退回前一瞬間，然後殘像便會脫離鬼的身體，變成另一個分身。

而且每一個鬼的分身都長得跟他的父親林達一模一樣，連動作套路也完全一致。

從單打獨鬥變成以一敵眾，面對不斷閃回與分裂的鬼，林克隨即便招架不在。就在最危急的關頭，一條人影從後撲出，卻不是鬼的分身，而是一直躲藏在皇宮秘道裡的彩。彩握著短刃，看來平平無奇的一下襲擊，居然一出手便看穿了鬼的所有分身，還一劍刺中鬼的胸膛。

「一時不留神了。你是怎樣把我看穿的？」鬼低頭端看傷勢，呢喃問道。

彩冷笑道：「別忘記了，我本來就是第一個將你殺死的人。既然殺得死你第一次，相隔多少世，都可以再殺死你。」

「我自然沒忘記。」但見鬼絲髮未傷，原來他身上竟也藏起一塊護心鏡，剛好擋開了致命傷。鬼盯著林克微笑道：「人類的優點，不就是懂得從歷史汲取經驗嗎？」

最終，皇太子信下令屠城過後，登基成為新一任皇帝。他把自己的母后軟禁在皇宮之內，至於失手被擒的桂，則被施以酷刑廢了手腳，讓他吊在城門上等死。信還特意到城門仰首觀看，看著他半死不活的狼狽下場，覺得頗為滿意。

新皇帝信的旁邊，就是整天到晚都幾乎木無表情的鬼。

「等待死亡是一種怎樣的感受？」鬼問。卻聽起來不像嘲笑，也沒有憐憫的意思。

——純粹就是一句心底話，或是夢的囈語。

林克無法回答。

對於死亡這回事，他沒有任何恐懼。但死亡的感覺好像很熟悉、很真實。雖然他心裡明白，這不過是一場夢。

「真的好久沒見了。」

意識迷糊之間，耳邊赫然傳來一把熟悉的聲音。林克用不著抬頭去看，已經認出他就是歐陽龍太郎。

「你最近的戲份也未免太少了。」

「因為好戲還在後頭。」龍太郎笑著回答。

只見龍太郎假扮成寒酸落泊的收屍人，走過城門，順道把僅存一息的林克救走了。龍太郎用輪椅推著林克，再沿著城門上的影子，穿過那個蝕進牆壁裡的黑洞，不一會兒便來到舊地下街。

眼前赫然就是「蜃氣樓」。

安坐於輪椅上的人，當然是歐陽龍太郎。原來林克在「蜃氣樓」闔眼小睡了片刻，還真的不記得自己是什麼時候到訪，而且就躺在店裡那張古董搖椅上。醒來的時候，龍太郎正在身旁細細呷著熱茶，臉上掛著一個略帶靦腆，彷彿想說「畢竟是客人所以就不便吵醒你了」這種碎碎念的古怪笑容。

林克情不自禁用力吸了一道氣。

「總算復活過來呢。」閉著眼睛的龍太郎微笑道。

「抱歉。」林克答道：「這一陣子我有時會睡到完全失去『現實感』。雖然還不曉得有沒有一個名為『現實感』的說法。」

「因為閣下最近待在夢境的時間都比較久吧。」龍太郎答道。

「是我醒不過來。」林克試圖解釋：「上一趟我有認真算過，在『那邊』待了起碼四個月。」

緊閉雙目的龍太郎一邊為林克倒著熱茶，一邊隨意的說：「設法不讓自己太快醒來的人，結果都是你自己。潛意識是很狡猾的，除了口是心非，有時還會自欺欺人，拼湊故事把夢的主人留住。」

林克忽然想起一事：「那死亡的感覺呢？你不是說過，許多惡夢都與形形色色的死亡、暴力跟被害妄想有關嗎?但造夢的人本身就沒經歷過死亡,那如何夢見死亡?」

龍太郎認真想了一下,答道:「在世時,自身從未真正經歷死亡,但其實早已被告知死亡終將必然降臨,想著理解死亡是什麼一回事,是我們每個人的宿命。記憶會消失,發生過的事情會忘記。但夢境中不會有事情是憑空出現的——所謂的拼湊,本來就是這個意思。」

離開「蜃氣樓」的時候,林克仍然思考著夢中的死亡體驗。

獸醫診所確實每天都會面對生命的完結,不過,對死亡的想像,許久以前就已經跟林克迎面相遇。關於死亡的第一段記憶——是他的母親。在林克十二歲那一年,母親遇到車禍傷重不治。他一直認為母親的離開,是父親開始失智失語的源頭,所以他過去從來沒仔細回想起這件事,內心像連接著一條保險絲,只要有什麼念頭碰觸到母親、童年、車禍這些特別敏感的記憶方塊,保險絲就會被它們扯斷,彷彿將他跟早已發生的死亡體驗隔開。但前陣子因為車禍而一直頭痛,或許不純粹只是腦震盪,而是強行喚醒了他習慣避開、不想面對的悲傷。

然後林克才察覺到,跟逃避不同,甚至不是經已癒合。他總以為是有某些不能觸碰的東西一直存在,像一顆巨大的硬核,所以必須繞過它,或者把它縫起來,結果卻是沒有,是一個空洞的缺口。他的腦海裡根本完全沒有關於母親的記憶,想像中以為有一個完封不動、永遠上鎖的房間,實際上卻是直接跳過了不祥數字的升降機。

那些被跳過了的樓層，或許不是被跳過，而是從不存在。

就在回家前一刻，林克佇在升降機大堂終於有了這樣的覺悟。那天晚上他徹夜未眠，想著重新梳理一切關於母親的事情。他只知道母親曾經是一本國際雜誌的記者，當初就因為工作關係而認識父親。結婚之後她還有工作嗎？按照舊居書房的佈置，她應該還有持續接一些採訪才對。是什麼類型的採訪呢？會發表在什麼地方呢？母親的髮型，她會戴帽子嗎？慢著，車禍到底在哪裡發生呢？跟汽車上的自動駕駛系統有關嗎？林克把腦海裡不斷冒出的各種問題都逐一寫下來。他才意外發現到，要在訊息量龐大的網絡新聞找回母親那一場車禍的資料，居然完全找不到。

翌日，林克決定動身到公共圖書館碰碰運氣。讓他氣餒的是，圖書館的管理員表示，館內只會保存十年之內的新聞資料，過期新聞都會一律刪除。所以整個城市原來只會記住過去十年發生的事情嗎？林克錯愕之際，那年輕的管理員又說，倒不是完全無望，他建議林克到大學圖書館找一找——不過翻查資料的申請，大學需要用不少時間去審批。

等了一個多星期，林克終於等到一個好時機。有一晚貝兒約了舊同學飯聚，順道派發婚宴請柬。如果被誰發現了再如實相告吧，林克如此想著，那天就偷用了貝兒的大學職員證，來到圖書館的地下資料庫。

把證件放在館內電腦的讀卡器上，林克開始搜索廿年前的交通事故新聞。但他想不到任何縮窄搜索範圍的關鍵詞——什麼時候發生、肇事地點，以至母親最後被送到哪一間醫院，林克都不知道，而且不知道得太徹底。他忽然試著連同父親林達的名字一起搜索，還是沒有——

——有了。

如果以廿年前某段時期作為搜索範圍，確實沒有。但林克意想不到的是，在超過三十年前的一則本地新聞，居然符合了他列出的所有關鍵詞。即是自己出生之前的新聞。車禍、女性、不治。還有父親林達的名字。

林克打開那份存檔於三十多年前電子剪報，篇幅很短，卻刊登在一整頁本地新聞的置頂位，佔去了小小的長方框。其實一般新聞不會公開車禍死者的名字，更不會刊登照片。但這一篇報導，相信是基於某個重要的原因成為例外。

「醫護家屬疑再受襲　母子傷重不治」

「母子？」林克忽覺背心一涼，隱約間已差不多抵達那一直繞過、跳過、避免碰到的事情。

——案件初步懷疑與近期一連串醫護人員被殺的有組織襲擊案件有關，傷重不治的母子兩人，據指是〇〇大學基因工程專家林達的家屬。對於去年刊憲的遺傳基因修正法案，有激進宗教團體強烈不滿，過去多月策劃至少八宗意圖傷人事件。由於是近期首度有醫護人員及其家屬因傷致死，警方對此大為關注，惟林達配合搜證後，警方認為案件無可疑，暫列為普通事故，未涉及有組織襲擊——

電子剪報附上的照片，看起來就是他和父親林達。但當然不是，因為他在電子剪報的存檔年份、即是車禍發生的時候，根本還未出世。然而，照片中站在父親身旁的自己，已經是個十多歲的大男孩，下面還附有一行小字。

「基因工程學院總監林達攜同幼子出席新研究大樓開幕禮。」

林克看著電子剪報上的照片，那個被父親牽著手，看著攝影機一臉悶悶不樂的男孩，忽然掏出鏡子比照自己的臉。不過口袋裡只有一塊無法照清事物的「無限年之鏡」。他只看到一張容貌扭曲，面目模糊的臉。夢中跟自己緣慳一面的死囚，頃刻突然浮現在眼前。

他依稀記得，小時候確實去過父親的研究室。那地方就是照片中的研究大樓，而且父親經常都在研究室，基本上已經很少出現在家裡。他能感覺到父親的醫學研究計劃一定是遇到什麼阻滯，但具體原因則不知道。但肯定的是，在他的記憶裡，那地方總是冰冷昏暗、鬼影幢幢，已經不是一座剛落成的研究大樓。

林克惘然坐在電腦前，本來應該出乎意料的真相，其實他心底裡早已知道。他把前一陣子用手機拍下來的童年生活影片從頭再看一遍，只覺得說不出的詭異。那是一個不存在的幽靈，但幽靈擁有他所沒有的回憶片段。如此說來，影片是什麼時候拍攝，負責拍攝的人真是自己的母親嗎？是哪一個母親？這一家三口的回憶從何而來，而且真的有存在過嗎？由始至終，他還是沒看過母親的照片。

林克忽然想到，還有一件不能忽略的事情。影片之中，河濱公園外圍有一些建築物，看來應該是住宅和校舍。林克緩緩深呼吸，嘗試打開衛星地圖，回溯過去廿年的街景變化。如他所料，那些住宅和校舍於廿年之前已經清拆。換言之，影片中那個跟父親在河濱公園踢足球，長得跟自己一模一樣的男孩，根本不是自己。

而是三十多年前那個跟母親一起遇到車禍的男孩。

其實並不需要很熟悉基因工程學，就連一般飼養寵物的人都知道，只要拿到完整的遺傳基因序列，複製多少遍都沒問題。獸醫診所裡幾乎每天都有無人認領的寵物屍體，畢竟在邏輯上不是人人能夠理解，對牠們念念不忘的主人，多數已經透過連鎖寵物店領養了一隻相同基因的複製品。

不過人類和寵物始終不能相提並論，普通人確實是無法取得自己與親人的遺傳基因排序，否則將會造成許多倫理問題，甚至社會糾紛。新聞剪報上略為提及的遺傳基因修正法案，好像就是跟不少人反對個人基因排序被政府存檔有關，隱約記得後來還引發了大規模示威集會，許多政治領袖、人權組織及宗教團體都參與其中。

林克對於基因修正法案的事情沒有研究得太深入，只知道全國人民的基因資料都是保密的，跟容許作為炒賣商品的寵物基因並不一樣。

——但父親林達是少數例外。

因為全國醫院聯網的遺傳基因資料庫，本身就是由他祖父和父親幾代人一起創辦，並且保存在父親所管理的研究大樓。

達爾瑪西亞犬。林克忽然閃起一幕畫面，記得去年跟貝兒在家裡看過一些電視真人秀，有個單身貴婦養了超過一百隻達爾瑪西亞犬，即是俗稱斑點狗。所有達爾瑪西亞犬的體型、面相和斑點紋都完全一致，因為牠們全部都是用相同基因序列複製出來的，而且身上的斑點紋都是貴婦所設計。在客觀居住環境及飲食習慣相同的前提之下，無論本體還是任何一個複製體，成長過程都幾近相同。林克好像看不懂為何貴婦一看就能分辨牠們的身份，而且呼叫某一隻的名字，那一隻就會馬上跳起來回應。還有兩隻因為名字發音太相近，聽到呼叫聲便一同跳起來。貝兒卻馬上猜到，等到節目播完之後才跟林克解釋：「這種事情不用特意訓練，牠們每一隻都植入了微型晶片，本身就有不同生產編號，而且為方便調教寵物，還可以釋出少量電流，配合節目效果就能夠做到這種表演了。」

影片中的小男孩，於車禍喪生的不幸孩子，被關在地牢十多年的死囚，他們可能才是真正的林克，但他不是。記憶並不牢固，是可以被移植揑造的。他是被偷走了十二年的複製品。

應該說，他是偷走了林克這個身份的達爾瑪西亞犬。

「請問你是——」

忽然一把陰沉的聲音打斷了林克的思緒：「這張圖書證，你是從哪裡得來的？」

林克抬起頭，只見對方是個面容枯瘦、頭髮花白，穿著褐色毛衣的男子。還真的有點像一隻罕見的老年尋血犬。但林克居然認得他，他就是那個經常打電話騷擾貝兒的老教授。在貝兒的影印資料中，偶然會看到這個指導教授的名字。

他好像叫帕木齊。

「她是我未婚妻，不過她並不知道……」林克說。

「在這裡看，會被人看到。」帕木齊指著屏幕，靜悄悄的提示一句：「但可能已經太遲了。你跟我一樣都要加倍警惕。」

周末一大清早，貝兒還沒有醒來，林克已經提前出了門。說有點急事要處理，貝兒便不再多問。

林克想繼續尋找屬於另一個自己的記憶，作為記憶的「起點」，應該就是夢中去過的那條街。跟母親一起在車禍中死去的林克，對它似乎印象最深，估計以前就在這裡附近的某間小學讀書，來來回回都是同一個地方。但無論是本來的林克還是那些小學校舍，如今都成為了歷史。

說是急事，其實亦沒什麼需要著急。林克找了一個比較空曠的角落坐下來，在腦海中重新整理自己猜想的那些事情。果然，每逢周末天氣不錯的話，河濱公園一帶都有許多人帶著寵物來散步，熱鬧得不是一個可以靜下來思考身世的時間。父親應該也曾經趁著周末，放下工作帶過自己來踢足球——當然，所謂的「自己」是指上一個自己。

忽然間，林克察覺到有一雙眼睛正在自己臉上掠過。他錯愕的抬起頭，只見對方是個穿著運動夾克和棉質長褲的中年婦女。對方的視線剛好碰到了自己的視線，就在移開視線的一瞬間，林克發現對方的眼神沒有打算迴避，而是追著自己。

他回望過去，再次碰觸對方的視線，只覺全身倏是一抖。

中年婦女轉過身來，跟林克揮揮手，然後笑著說：「怎麼了，你想假裝不認得我了嗎？」

「你是……」霎時間林克反應不來。儘管外貌和身型有了不少改變，但眼神不會認錯。如今站在林克面前的人，是彩。

——活在真實世界的彩。

「給你五秒想起來。五、四、三……」彩的一雙眼睛，定定的盯著林克。

「你就不怕自己真的認錯了人嗎？」林克驀然話聲哽咽，難以想像自己會將這個名字從夢境帶到現實：「彩。」

彩隨即朗聲回應。

「——林。你好嗎？」

林克一怔，印象中從未有人如此稱呼自己。

說著，便見彩已盤膝在林克身旁坐下來：「雖則真的有很多年不見了，但也不至於那麼感觸。說起來，我在這裡溜狗散步還有帶孩子這麼多年，都從來沒遇見過你。重遊故地回來看舊校舍嗎？」

林克支吾其詞的點了點頭。

「應該挺失望吧？這裡跟我們小時候已經是兩個世界。」彩嘆道。

「喔，所以你有孩子了嗎？」林克換個話題。

彩便指著旁邊一塊空地，有個穿了整套防摔用具正在練習滑板動作的男孩：「都有十歲了。很快就來到不想再抱媽媽大腿的年紀。」

林克遠遠看著那手腳笨拙，練習起來卻相當勤快的男孩，忽然問道：「你剛才一眼就能夠認到我了嗎？」

「你看起來長得跟以前差不多啊，但老實說是真的有點驚訝。」

「為什麼？」

彩皺起眉頭：「沒看到我的臉已經肌肉鬆弛，皮膚變得很粗糙嗎？你倒是返老還童，比我年輕得多了。」

但彩所不知道的是，如果那時候的新聞報導屬實，她真正認識的林克已在十二歲的時候死去，因此，眼前這個林克的複製品，比她實際上還要年輕十二歲。林克接著問起許多以前學校的事情，為免對方起疑，林克還騙她說小時候出了嚴重車禍，有部分記憶已經想不起來。其實也不算完全說謊。

於是彩隨意說起，林克以前讀書成績很好，經常讓人有種比起老師還要厲害的感覺，但是很少說話。彩的父母則開了一間寵物店，那時候林克只要一放學便會到寵物店。

「難怪你現在真的當成了獸醫。」彩笑了一笑，接著說：「後來，我就繼承了父親的寵物店，然後跟一個還不錯的男人結婚，生了孩子，最後離婚，聽起來真是無聊的一生。人啊，好像只要來到某個階段，每當提起以前的事情就會特別起勁。」

他們活在同一個城市裡，而且一個開寵物店，一個在獸醫診所上班，這麼遠，那麼近，卻直到今日才相認。林克猜想，說不定很久以前就已經見過，只不過他還沒有在夢裡見過彩，還沒有吻過對方。

恍神之際，彩忽然問他有沒有養寵物，他說沒有。

「畢竟在診所見過太多動物離世，一般動物都比人類短命，飼養寵物便意味著要多面對一次死亡。」

「雖然這亦有點道理，但也不一定是傷心的。」彩說，她以前在家裡就養過一隻柴犬，是前夫領養的。離婚之後，無論孩子和狗都由她自己照顧：「算是這段不圓滿日子之中最美好的回憶，喔——」

「怎麼了？」林克嚇了一驚。

「沒什麼，只是突然有點期待下一次在這裡再碰到你。」彩偷偷笑道。

「一般不是都會直接跟對方交換通訊方法嗎？」林克問道。

「因為我們是舊同學啊。」彩接著說：「在你的手機裡，應該也有一些明明知道通訊方法，但是從來找不到適合話題去聯絡對方的人吧。」

「不會，我會今晚就發訊息給你。」林克一邊說著，一邊把自己的號碼抄到彩的手機裡。

回到父親舊居的時候，林克的心情前所未見的複雜。他本來確是帶著滿腔驚訝、疑惑和沮喪，意識到自己只是上一個自己的複製品。但是，他現在滿腦子都是遇見彩的驚喜，夢境成真的奇妙。

看著父親一臉呆滯的長相，像識穿了他裝傻扮懵數十年所藏起來的秘密。趁著今天時間充裕，林克跟麗姐說，他忽然想替父親洗澡，順便刮掉他腮旁那些花白的鬍子。

發現自己的真正身世，頃刻間林克好像對父親有了真正的理解，還隱約間多了一份同情。

「你有聽麗姐說過嗎？我馬上就要結婚了，往後不一定能像現在這樣經常看你。」

「嗯……」熱水溫度合適的話，林達就會發出「嗯」的一聲。

「我以前懷疑過麗姐是你的情婦，不然怎會有人願意一直照顧失智病人？但到了現在，許多事情你想承認還是否認都沒辦法吧。」林克皺眉想了一下，悄聲問道：「麗姐該不會是我的代孕母親吧？」

「嗯嗯……」連續「嗯」兩聲就是抓得太用力了。麗姐以前教過他。

過去十多年，林克最不想做的事情，其實就是替父親洗澡，看著光脫脫的身體腫脹而鬆弛，尤其覺得難堪。其實自己跟那些在寵物老去之後便丟到獸醫診所的人沒什麼分別。

許久沒替父親洗澡，林克顯得有點狼狽。這些年來，他有時會想，父親會不會覺得寂寞？還是已經連寂寞的感覺也失去了？若然這樣的話，好像不是一件壞事。

用熱毛巾為父親洗過臉，將鬍子刮得乾淨了，林克這才發現自己年歲漸長，跟父親長得愈來愈相似。反而完全不像母親。他甚至連母親的長相都不太記得，在自己臉上幾乎只看到與父親重疊的輪廓。

當然，林克比很多人清楚，阿茲海默症是遺傳性疾病。

過去的他，是從那個不幸離開人世的小男孩身上複製過來，而在他眼前這個像是丟失了靈魂的老人，就是未來的他。他有朝一日會跟父親一樣，變得完全失智。但不知道什麼時候，而且不知道會不會發生。他只能活在當下，接受命運。

如果命運是神的詛咒。

——淘氣神的惡作劇。

當林克醒來的時候，他發現自己已身在冰天雪地的一個營帳內。

歐陽龍太郎就在他旁邊，像往常一樣慢條斯理的呷著茶。因為雪嶺上太寒冷的緣故，他還用紫色長巾綁了個包頭，看起來更像是個專門偷呃拐騙的算命師。

「桂老大，在你『睡著』的這段時間，世界已經變成你不再熟悉的模樣。」龍太郎淡淡說著，遞過一杯熱茶。

「這一陣子，我這邊亦發生了很多事情。」林克苦笑。

不過現在他暫時把林克的身份忘記了，他要專心做回自己，他就是桂。

從城門救走林克之後，龍太郎便帶著他一直往北逃去。然而，全國都懸紅緝捕包括他和其他逃散的禁衛隊舊部。想來唯一安全的地方，就是出關。最危險的地方就是最安全的藏身之所，於是他們來到災厄後裔所聚居的極北之地。

「但要出關並沒那麼簡單，除非有貴人相助。」龍太郎微笑道。

忽然一人走進營帳，居然是一同逃出京城的彩。

「醒來了？牠們的藥真的挺有效。」彩別過臉跟龍太郎說。

「對吧。」龍太郎點了點頭。

「你呀，還在對什麼？剛才有沒有看到我拋了個『給我出去待著』的眼神？」彩忽然柔聲問道。

「好像看到了。」

龍太郎笑咪咪的盯了林克一眼，便推開營帳走了出去。

彩就在龍太郎剛才坐著的位置笨拙的慢慢坐下，只怕碗裡的藥湯濺出來。看林克笑得一臉愉快，她便呶嘴嗔道：「我親自侍候你喝藥，是桂大人幾輩子修來的福分。」

「好像真是過了幾輩子呢。」林克若有所思道。

林克、彩和龍太郎一行三人為逃避追捕，如今來到災厄一族的根據地，但不可思議的是，千百年間不斷獵殺人類的災厄，居然無意傷害林克，反而將他視為同伴，甚至自動為他安排營帳靜養傷勢。龍太郎倒是沒施展過任何法術，當下猜道：「可能是你在前世放生了災厄王，牠們相信你不是敵人，說實在亦不知道原因。」

「像某種生物基因裡的共同記憶嗎？」林克呢喃道。

在這一世，災厄的體型已跟一般人類相若，最多只是比林克高大一些，而且牠們開始更像人類，還會用喉嚨發出不同的單音節，從此有了語言、族群分工，甚至會使用簡單的工具，懂得採集草藥。林克等人的到訪，似乎為災厄帶來了關鍵的轉變，譬如說，為了照顧林克和煮食，彩教會了牠們如何生火。

——從此改寫了災厄一族的命運。

命運總是兩好三壞，林克此刻身受重傷，幾乎無法行走，但總算如願以償，再沒有外人攔阻，彩就在自己身邊，兩人在生人勿近的塞外雪嶺渡過了短暫的親密時光。

趁林克剛剛睡著，彩忽然擺出一臉煞有介事的樣子，將龍太郎叫到營帳外面。

「桂跟我說，你是一位非常厲害的鑄劍師。」

「過獎過獎。」

「所以，接下來就拜託你了。」

說罷，彩解開脖子上厚厚的圍巾，鬆了衣領的鈕扣。這一著確實連龍太郎都沒想過，原來彩一直把鬼作為賀禮呈上的「無限年之鏡」頸飾掛在身上。

「無論如何，得想辦法替桂鑄一把劍。就算我們決定此生不再回去，他們都會追到塞外找上門。」彩說。

龍太郎看著彩身上的「無限年之鏡」微笑道：「原來是這麼一回事。」

「而且我暫時無法給你報酬。」彩忽然顯得面有難色。

「不，我已經在你身上收過『無限年之鏡』的報酬。儘管是在很久很久以後的事情。」龍太郎解釋道。

「我？」彩聞言一怔。

「你就是他，他就是你。前生就是來世，來世就是前生。」龍太郎愈想愈有趣，雙目綻放著炯炯光芒，呢喃道：「夢非夢，年非年。夢就是現實，現實就是夢。事不宜遲，我得回去『蜃氣樓』趕工，目前看來還來得及。」

龍太郎雙手合十，轉眼便消失在風雪之中。彩獨自待在雪地裡，嘴邊默默念著龍太郎說的前生與來世，不禁想得入神。

診所裡剛剛有一隻年老的鸚鵡因為器官衰竭而死。前來認領骨灰的鸚鵡主人卻很年輕，是個應該還是小學生的女孩。女孩說，鸚鵡是母親留下來的寵物。跟舊主人相處久了，牠逐漸還會模仿母親生前的說話，所以她們之間有種特別的關係。林克送小女孩離開的時候，低聲安慰道：「但凡動物都有靈性，直到下一世都會記住陪伴自己的人。」

妮可見狀，忍不住說：「你最近稍為有點不一樣了，感覺卻讓人很不放心。」

這時候，林克的手機又再響起了。妮可瞇起眼睛，察覺到林克最近訊息往返的密度，是剛熱戀情侶才會出現的情況。差不多午飯時間，彩便來到獸醫診所找林克了，她說只是順道經過，便過來看一看他。

妮可湊到林克耳邊發出一下冷笑：「原來如此。」卻同時打量著在診所門外等待林克一起去吃午餐的這位中年婦人，只見她衣著不怎麼講究，穿一雙款式普通的白球鞋，從臉上看來是真的有點年紀，應該沒花心思去保養護膚，跟所謂的「美魔女」有著一段距離。見林克跟這個中年婦人外出用膳，心情還相當不錯，妮可隱隱覺得不能置信。作為外遇對象是真的有點牽強，畢竟連妮可都必須承認，林克擁有一個上過電視，比模特兒還要漂亮的未婚妻。

彩和林克交換了聯絡方法之後，還見過好幾次面，最初會一起相約在河濱公園散步，後來會一起逛街、看電影。林克有去過彩的寵物店，由於近年有太多連鎖寵物店，彩的小店鋪已經不再寄售動物，只賣一些周邊產品，嚴格來說只是寵物用品店。彩離婚之後，至今仍然獨身，兒子年紀卻已經不小，對於多次在河濱公園遇到林克有一點戒心，但林克不介意。他在夢裡都有經歷過相似的事情。

這天他們去了一家普通的家庭餐廳，點了兩份簡單的下午套餐。然後他們逛了一下超級市場，受到龍太郎的影響，最近林克對茶葉還真的有一點研究。其間他們談了很多事情，包括彩養過的那隻柴犬。

「後來有沒有夢見過牠？」林克問。

「那倒是沒有，除了牠剛剛去世時，確實造過好幾次夢，都是關於牠的。不過是一些不太想記住的惡夢。後來再沒有見過牠了，或者牠已經輪迴重生，所以沒出現了吧？」彩憶述說。

林克接口道：「我最近也有夢見你。」

彩頓了片刻，怪笑道：「該不會也是惡夢吧？」

「但好像只有惡夢，醒來之後才會好好記住，若然是好夢的話，多半醒來就會忘得一乾二淨。」林克說。

「那倒公平，其實我最近也夢見過你。」彩漫不經心的說。

「所以，同樣都是惡夢嗎？」林克問。

「我不記得夢的內容了，只記得夢裡有你。」彩淡淡答道：「說不定是半個好夢吧？但我要回家了，兒子的補習班差不多要下課。」

林克一直把她送到車站附近，待她準備上車才分手離開。

「今晚見。」

彩怔了一下，隨即意會到林克所說的是造夢。

她笑著點了點頭。「今晚見，祝你有個好夢。」

林克心裡暗忖，但願不是太難受的惡夢。想到這裡，便隔著外套摸摸收在懷裡的「無限年之鏡」。

瞪開眼睛看到彩的一瞬間，林克愉快地大笑起來。

「你笑屁呀？」彩不禁眉頭一皺。

「想起剛剛造了個好夢。」林克笑著答道。

「那夢裡有我嗎？」彩問。

「夢境和真實都有你，我有時都分不清了。」

「油嘴滑舌，到底從哪裡學來的？」

「皇后息怒。」

「還不閉嘴？」說著，彩狠狠吻了過去，把林克的嘴唇咬破了皮。

且說歐陽龍太郎離開了雪嶺之後，轉眼已經兩個月，卻一直再無消息。倒沒想到災厄的藥湯對人類非常有效，林克的四肢筋骨已經復原，不但能夠如常走動，還好像比以前體魄精壯得多了。後來林克才知道，彩每天都端進營帳裡的這些藥湯，其實是用災厄的血與骨所製，戰死或是老死的同胞會被其他災厄帶回來，然後提煉成藥湯。他每喝一碗，幾乎就等於一隻災厄的生命。

營帳外的災厄突然一陣騷動。林克隨即牽著彩的手，到外面一看究竟。但見雪嶺上的災厄左右排開，肅然抬頭，此情此景林克也曾見過。

遠處一群災厄零零落落的回到營裡。為首的災厄頭領，戴著人骨頭盔，座騎上掛滿了人的頭顱。林克看這樣的排場就猜到，牠就是今世的災厄王。

災厄王似乎相當疲倦，而且傷得不輕，肩上仍然插著斷刀。另有幾名渾身是血的災厄，都被同胞抬回營裡。林克想到，牠們該不會就是要把重傷的災厄拿去煉藥了吧？他隨即攔住受傷的災厄們，示意讓他來試一試，然後就地取材為災厄開刀截肢，盡量保住牠們的性命。由於受傷的災厄數量眾多，林克一直為牠們重複著止血、截肢和包紮的動作，完全停不了手，災厄們見他如此純熟，而且完全不怕血，都不斷發出激昂的叫聲。災厄王則不發一言，靜坐在一旁療傷，但視線始終沒有離開林克。

好不容易終於處理完所有傷者，林克終於鬆一口氣。

彩忍不住說：「我怎麼不知道這位禁軍教頭，除了騎術和劍術，連醫術也如此高明？到底是在哪一世學來的？」

「醫術嗎？說來真有點慚愧。」林克想起自己在現實中只是有負父親期望的獸醫。不過，夢是慾望的投射，真實世界完成不了的事情，或者都會在夢裡實現。包括成為醫生，以及跟彩一起。

這時候，災厄王緩緩走近林克，與他四目交投。其他災厄正為牠處理肩上的傷口——

果然，不是致命傷的話，只要敷上用災厄血肉製成的藥，馬上就會癒合。災厄王伸手在林克的胸膛用力拍了一下。還好他的身體已經復元，否則應該會被打斷肋骨。

彩淡然說：「我猜，牠的意思是問你想站哪一邊，是人類那邊，還是牠們那邊？」

林克問道：「那你呢？」

彩幾乎想也不想：「都沒所謂，我自然是跟你一起。」

林克心頭一陣溫熱，便忽然伸手在災厄王的胸膛輕拍了一下。災厄王叫了一聲，旁邊的災厄都跟著一同鳴叫起來。隨著牠們的仰天呼嘯，高亢的號角聲傳遍了整個雪嶺。災厄王重新戴上那陰森恐怖的人骨頭盔，然後從那些被牠們宰殺的人骨殘骸裡，徒手剝出一副完整無損的盔甲，扔在林克面前。

「我覺得是看我夠不夠資格出去捱刀。」林克苦笑道。說著，他撿起了從災厄王肩上拔出的半截斷刀，不禁跟彩對望了一眼，認得就是前世鬼面人所用的武器。

彩說：「他們已經追上來了。」

「這一次就徹底將我們的惡夢解決吧。」林克盯著地平線上如海浪洶湧而至的黑潮。

黑潮如蝗，剎那間便從下而上淹沒了整片雪地。留在遠方營地的彩只隱約瞧見一紅一白仍舊耀眼。林克披上血跡斑斑的盔甲，與災厄王灰白色的身軀，周旋在成千上萬的鬼面人之間，始終不落下風。災厄王仗著體型龐大，手起刀落，迎面湧來的鬼面人幾乎都被攔腿斬開兩截。林克則以災厄王的身體作掩護，彎弓遠射，例不虛發，箭矢像懂得自動追蹤目標一樣被鬼面人身上的紅圈吸引過去。

人類與災厄兩為一體，竟有如此默契。其他災厄見鬼面人一個接一個迅速倒下，都轉而士氣大振，奮力抵抗數量龐大的鬼面人。

但事情沒他們想得那麼簡單。雖然林克擁有百發百中的必勝能力，而且災厄在極北之地生活多時，比人類動作更為靈活，但他們面對的並非普通人類，而是鬼以及他麾下的鬼面人軍團。從那虛無主體分裂出來的鬼面人，就算只剩下半截軀幹仍能重新站起，憑著不死之軀扭轉形勢，前仆後繼將逐漸體力不支的災厄王推倒。

危急關頭，雪嶺上卻有一個人影，拿著拐杖踏雪而至。他每走一步，後面的巨型箱子便拖著前行一點，似乎是極之沉重之物。不問可知，那個人就是姍姍來遲的歐陽龍太郎。然而，此刻林克已身陷鬼面人的重圍，負傷的災厄王見狀，便一手抓起箱子裡的物件，用力擲出，插在林克身旁的雪地上。

「無限年之鏡」的原型，居然是一把沒有刀刃的巨劍。

「這才是『無限年之鏡』的本來面貌。」龍太郎道。依照約定，他終於帶同初代「無限年之鏡」回來營救。

從營地火速趕來解圍的彩，看著龍太郎好奇問道：「你是怎麼把『無限年之鏡』的碎片還原成這個樣子？」

「用偷來的時間。」龍太郎微笑道，然後搖搖頭：「慢著，還是應該叫『無限年之劍』比較貼切呢？不過這什麼什麼之劍的稱呼，聽起來馬上顯得俗氣多了，還是叫『無限年之鏡』吧。」

「咦？」林克將「無限年之鏡」握在手裡，隨即狐疑的望向龍太郎和災厄王。因為他完全感覺不了劍身的重量，只覺輕如鴻毛，揮動起來飄浮不穩。

他試著用力一砍，反而被鬼面人的護甲彈開，劍柄幾乎從掌心飛脫。

遠遠看著的龍太郎皺眉笑道：「我們『蜃氣樓』生產的兵器，乃是斬魔降魔之用，可不是這麼隨便蠻幹之物。」

林克心神稍定，隨即從「無限年之鏡」的劍身看到自己那朦朧扭曲的倒影。林克最近已經適應了這種想法，他當然知道那不是自己的倒影。那是桂的倒影。

頃刻之間，卻見他握劍的姿勢、神態和舉止都截然不同。

龍太郎微笑頷首，恢復本來面貌的「無限年之鏡」終於展現它的真正用途。

「所以，它仍然是『鏡』，而不是『劍』。啊——初次見面，歐陽龍太郎老師。」

「本尊終於來了。」

那人點了點頭：「我是桂。不過，我也是我自己。」

——是從「無限年之鏡」釋放出來的鏡中之鏡，林克與桂的雙重意識。

隨著雙重意識的蘇醒，桂（林克）的反應判若兩人，他們看起來是一個人，實際上卻像兩個人、四個、八個、十六個。鏡中之鏡重疊折射，創造出近乎無限數量的鏡像。

鬼面人的殘像完全追不上他們的動作，身影開始變得稀薄，數以百計的分身逐漸消失，最後只剩本尊一個。黑潮散卻，桂（林克）用力深呼吸，往前一吐，無所遁形的鬼便即化成一團黑煙，留下空洞的迴聲：「我們來世還會再見。」

「不會——」桂（林克）雙手挽起「無限年之鏡」，把劍身擱在鬼的面前：「所有惡夢就在這一輩子完結吧。」

就在視線接觸到鏡面的一瞬間，黑煙消失不見，鬼卻從此被鎮壓在「無限年之鏡」裡。

桂（林克）順勢想將「無限年之鏡」釘在雪地裡，但劍尖甫觸及地面，劍身便劇烈搖晃，龍太郎雙手合十，減慢了周圍的時間，暫時鎮住劍身。災厄王則從後趕到，用力往劍柄一拍，總算跟桂（林克）合力將「無限年之鏡」硬生生打進冰巖。

龍太郎忍不住皺起眉頭：「到最後還是這樣蠻幹。」從此以後，鬼就永遠留在空無一人的鏡中之鏡，長生不死，也無法再輪迴復活。

放開「無限年之鏡」後，短暫乍現的雙重意識迅速瓦解。全身虛脫的林克倒臥在冰天雪地，此時已經感覺不到桂的意識，而他自己的意識亦正在消失。

好像差不多要睡醒了，林克對抱著自己的彩嘆道：「可惜這一世還是要把你錯過了。」

「沒關係，我都習慣了。」彩喃喃道。

他好像猜到彩心裡想著的事情，握著她的手柔聲道：「但是你千萬不能急著去死，要好好活到最後。如果下一世還會遇到的話，就再重新開始吧。」

彩用力得把嘴唇咬穿：「但我好怕下一世就把你忘掉了。」

林克說：「不會，直到很久很久以後我都會記得你，你也是。因為我就是從那個地方回來的。」

他望著正站在不遠處的歐陽龍太郎，一切盡在不言之中。

夢裡見到的隔世情人是彩，但床邊的人是貝兒。常言道，瞪大眼睛說謊話，就是這個意思，像在林克臉上摑一巴掌。林克是有一點內疚，但潛意識是比自身誠實的。

儘管龍太郎說過，狡猾的夢境是會自欺欺人的，然而他覺得被騙是快樂的。因為他喜歡彩。

林克覺得自己是真心喜歡她的，無論是早已不在人世的上一個自己，還是當下的這個自己，如果彩年輕一點的話，應該說年齡毫不重要。就跟夢裡每一世都分開的彩和桂命運相似，錯過了的不是年紀，是他們相識的時機。如果他在認識貝兒之前就認識彩，他們應該會成為戀人。林克察覺到不知從什麼時候開始，打開手提電話，裡面幾乎全部都是彩的訊息，每一天、每個小時都會發訊息給對方，有聊不完的話題，像要把失去的那些年填補回去。他們像一對剛開始熱戀的情人，但他們不是。

跟彩見面的時候，一般都是中午。如果是周末的話，也盡量不能超過黃昏。對於擁有一個十多歲兒子的單親媽媽來說，只有這段時間是屬於她自己的。彩今天穿了一件黑色的連身裙，比起最初見面的時候，她現在會偶然塗一點胭脂，不再穿運動外套了，讓自己看起來再年輕一點。

到了平常需要離開的時間，彩忽然提議在附近再找個地方，說是難得周末見面，不如喝一點酒。

林克有點意外。他看著彩，彩點點頭，是一個「你猜對了」的表情。

「反正今天不趕時間，兒子去了同學家裡過夜。」彩淡淡回答。

林克看著彩走在前面的身影，霎時間心情很複雜。但並不是因為他聽不懂，不想、不敢答應彩的邀請。他們都已經是足夠成熟的中年人，他可以踏前一步，只要逾越一步，就能夠把彩抱住，把長久以來的夢境變成真實。

黃昏前，他們在一家安靜的酒吧喝了點酒，由於時間很早，酒吧裡只他們兩人。而且他們也不像是會經常到酒吧打發時間的人，捧著餐牌考慮了好一會兒，林克點了一杯簡單的調合威士忌，彩想了片刻，最後選了黑蘭姆酒。林克跟彩談及了一些關於父親林達的事情，不過最關鍵的身世真相全部都略過不談，只提到父親一直出現在自己的惡夢裡，而且因為腦震盪，最近喚醒了藏在遺傳基因裡的記憶。

「感覺像是雙重意識、人格分裂，但其實有點不一樣。」林克說著，忽然又說：「我是不是那種最不擅長社交的類型？好像有什麼專家說過，約會的時候切忌跟對方描述自己最近造了什麼夢。」

「因為會讓對方覺得你很無聊，還有很自我中心嗎？」彩想了一下，怪笑道：「談很不無聊的事情，有時候也會很無聊吧？重點不是你談什麼話題，如果那女生喜歡你，無論你用多久的時間說一場夢，她還是會喜歡你的。難道不是這樣嗎？而且關於夢的話題，你已經講過兩遍了，要是覺得無聊，就不會有第二次見面了吧？」

林克在她微醺的眼眸裡，彷彿又看到了滿天閃亮的星。不禁看得太用力，彩臉上突然紅了一陣，把視線移到酒吧的櫃上，準備再喝下一杯酒。

林克接著說：「說起來，你在我的夢裡，總是叫著另一個我的名字。挺讓人傷心的。」

彩聽得不明所以：「另一個你叫什麼名字。」

「桂。」林克模仿著她在夢裡呼喚自己的叫聲。

「原來是桂啊。」彩失笑道。

「原來？」林克愣著。

「看來你是真的忘記了。」彩笑著喝了第二杯再濃一點的黑蘭姆酒，然後說：「以前你整天待在我家的寵物店，最喜歡就是那隻名字叫桂的小狗。」

「還真的想不起來。」

「我知道呀，因為你本來就不是為了看小狗才去寵物店。」

「一開始就知道了嗎？」林克問。

「男孩子都是這麼單純的嗎？」彩指了一下自己的臉，輕吐舌頭笑道：「後來好幾次有人來要把桂買走，都是我裝哭才沒有賣。可惜你這個人對女生沒耐性，過一陣子就再沒找我。」

林克恍然大悟，想起寶物箱裡那封潦草的信，應該是來不及交到彩的手裡，上一個自己便已離世。

「事實上，是發生了點事情。」他說。

「是搬家了吧？沒多久在學校都找不著你了，我還因此失落了好一段時間。」

林克忽然瞥見，彩的手機屏幕照片，是她兒子和過身的小柴犬。

「你們家裡的柴犬叫什麼名字？桂？」林克問道。

「牠叫林克。」彩淡淡的說。

「真的嗎？」林克怔怔的看著她。

「當然是騙你的，誰有心思把你一直記住三十多年。」彩大笑起來，然後提起了柴犬是有著基因缺陷而被本來的主人棄養：「牠天生就身體不好，還不到兩歲就過身了。不過牠在我們家裡那段日子，我們都過得挺快樂。」

兩人再多喝了一點酒，其實林克有好幾次想觸摸彩的身體，但始終無法付諸實行。直到酒吧開始熱鬧起來，他們就默默地離開。

兩人一起走了一小段路，把身體靠得很近，彩忽覺有點難為情的說：「還是，送我到車站就可以了。」

林克點點頭，明白她的意思。

剛轉身準備邁前一步之際，林克猛然回頭叫住了彩。他掏出那封字跡潦草的情信，匆匆交到彩的手裡。

「應該在三十多年之前給你的。」他說。

彩還沒認真打開那封情信，已經猜到了什麼東西，當下笑得又羞又喜。

「如果你在三十多年之前把情信給我，我應該會嚇得不敢回學校吧？」然後彩偷偷瞄了一下，啐道：「而且追女生的字跡怎能那麼醜？」

「我也不曉得，就好像故意要把字跡寫得那麼醜，讓你一邊讀一邊生氣。」林克笑著說。

「喔我懂了。」彩恍然答道：「你大概沒記憶了，有一次你在學校的樓梯摔了下去，把右手摔斷了。所以，原來是從那個時候就開始喜歡上我了嗎？」

林克忽然脫口而出。

「到現在，我也一點都沒有變得不喜歡你啊。」

「怎麼我會聽不懂？」彩噗哧笑了幾聲，揮一揮手便不回頭了：「再聯絡吧。」

「好啊，再聯絡吧。」

但林克知道，剛才她盯著自己的神情，意思就是他們應該不會再見面了。如果夢境成真，唯一令人黯傷的是，夢境從此就不會再是夢境。那天之後，將他們連繫在一起的鈕扣突然鬆開，再無任何短訊來往，再沒有見過面。退縮並不是很丟臉的事情，而是成年人的禮儀。夢醒過後才體會到，有些關係，點到即止便好。但就是知道往後不會再見面，那封信是無論如何都要送到她手裡。林克覺得算是對已經死去的另一個自己有所交代，總算找到他的初戀情人了，但初戀畢竟是屬於他的，與自己沒有關係。

接下來的那個周末，貝兒終於選好了婚紗照，林克想著將他們拍得最好看的那張照片曬成一幅掛牆畫，放在客廳——就是貝兒躺在自己懷裡的照片。但是他記得，拍下這張照片的時候，他心裡念記著的人其實不是貝兒。

如果把畫像放大，在自己的瞳孔裡會有她的身影，說不定有誰用心觀看，便察覺到他藏在夢裡的秘密。

無限年之鏡（四）

dream sequence

07

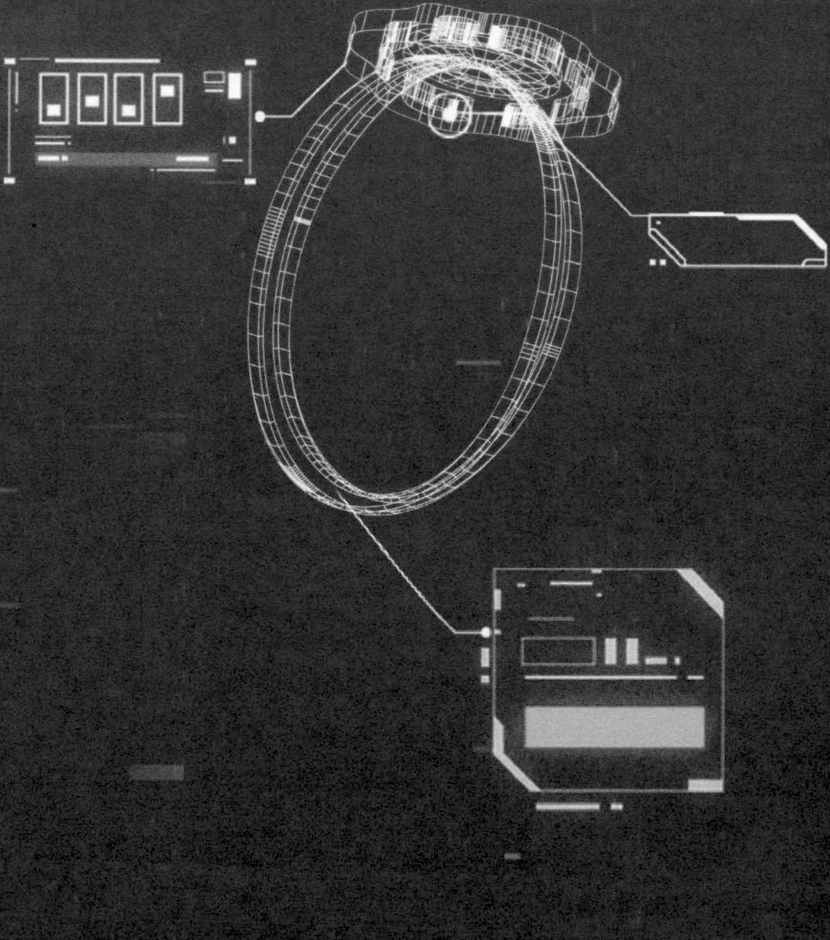

無限年之鏡（四）

林克偶然都會記起，鬼確實信誓旦旦的說了將會再見，然而，有一段很長的時間，林克都再沒有造過惡夢。畢竟已經被鎖在「無限年之鏡」裡，鬼好像徹底消失得無影無蹤。林克倒是來過舊地下街找我，但不是關於惡夢，而是他要結婚了，惡夢已經離他而去。

只不過，那天目送林克離開「蜃氣樓」的感覺很奇怪，我隱約覺得自己有些事情未做，應該說，是一些已經做過的事情，但在我印象中還未發生。

感覺似曾相識，但應該是另一場新的夢境。起碼看著房間裡的直身鏡，檢查衣服的時候，鏡裡面的倒影依然是林克自己，而不是桂。

久違了如此一段漫長的日子之後，林克終於再次夢見自己。他終於擺脫了跟桂的命運糾纏。

議事廳上還聚集了許多他曾經在夢中見過的人，不過，他們不是騎兵團，不是宮中的禁衛兵，不是獸醫診所的同事。他們是矢志推翻末代皇朝的革命黨員，一群比自己年輕稚嫩得多，約莫十八、九歲的少年少女。為日前犧牲的同胞默哀過後，他們唱起凱旋之歌，為建立一個屬於他們理想的民主社會而高唱。

「讓我們改變世界吧。」倒不知道是誰人先說。林克覺得有趣極了，便跟隨其他革命黨員朗聲歡呼。

——總覺得這句話聽來是從歐陽龍太郎身上偷來的台詞。

然而，革命軍之中沒有發現龍太郎的蹤影。

過去的歷史彷彿再次重演，只不過換成了槍林彈雨，天空還不時傳來飛行引擎的巨響。革命軍兵臨城下，皇帝早已逃之夭夭，不知所終。城中許多長期被權貴壓迫的平民百姓，都趁亂佯裝是革命軍的一份子，爭相闖入皇宮搶掠，拆走值錢之物據為己有。皇宮頓成一片火海，宮中婦女相繼被姦殺，場面很快就失去控制，革命軍的成員不僅無力阻止，事實上，有些亦偷偷同流合污，加入其中恣意品嚐勝利的美酒。

貪婪的火光之下，皇宮顯得鬼影幢幢，卻像有神諭一樣冥冥中帶領林克前往目的地。沿著牆身的黑影踏壁而行，頹垣敗瓦之間，只見一名侍婢打扮的女子被眾多趁火打劫的暴民圍困，緊握匕首護身。

林克頓時心裡一沉，雖則髮型和妝容跟以前不一樣，然而他看得清楚，眼前那名焦頭爛額的侍婢，就是他多時不見，夢牽魂縈的彩。林克拔出手槍，當場射殺了幾個冒名施暴的革命黨員，二話不說便牽著彩的手離開。儘管早已改朝換代，他還是比誰都熟悉皇宮的佈局，且走且藏，兵荒馬亂之中完全避開眾人耳目。

但彩顯得一臉惶恐，仍然緊握匕首不放，對林克的出現有些抗拒。林克隨即恍悟過來，因為她不認得自己。此刻的他已經不再是桂。他只是林克。

忽然間，林克發現彩的胸脯不知什麼時候出現了紅圈。彩隨著他的視線低頭一看，瞥見自己原來被剛才的暴民扯得衣不蔽體，登時臉上一紅。卻見林克突然將手伸過來，彩嚇得全身發抖，以為他要羞辱自己，然而，林克的神情好不沉重，彩身上的紅圈是個無論如何都擦不掉的印記。林克猛然記起了，他在夢的前世曾經見過，是災厄的詛咒。

轉念至此，紅圈不斷收縮，從一個圈迅速變成一點。林克不及細想，便用力將彩摟到身邊，用身體擋著她的紅圈。

不曉得子彈是從哪裡射出來，林克只覺後背一陣灼熱，再燒遍全身其他位置。頃刻，紅圈又再落在彩的臉龐，林克便將彩擁入懷裡。本身射向她額頭的子彈，全都打在林克肩膀。他還是一直緊抱著她，直至災厄的詛咒散退。

林克撐起最後一道意識，柔聲說了個謊言：「你不用擔心，桂還活著。他會在城外等你。」

彩哭著，念念有詞呼叫著桂的名字。

獸醫診所的同事好不容易終於叫醒了林克。時間不早了，負責主持儀式的牧師已經來到會場，婚禮即將開始。接連幾天都為婚禮的事情奔波，難得可以靜下來喘一口氣，居然就這樣睡著了。林克看著鏡子整理衣領，眼角居然泛起淚光。他以為自己能夠忘掉那些畫面。旁邊的化妝師問道：「剛剛看你睡著的表情好像很痛，造了惡夢嗎？」

林克一臉認真回答：「應該算是好夢吧。」

悠揚的琴鍵聲之中，陽光穿過玻璃打落一道溫暖的午後晨光，頭戴白紗的貝兒在父親陪同下緩緩走進教堂。林克四周張望，以為會看到父親林達的身影。他記得有安排司機接送父親和麗姐到教堂，但兩人遲遲沒有出現。

林克細看之下，忽然覺得有點不妥，席上的賓客都是一些他不認識的、面目模糊的人。教堂的天窗以及那些陽光，居然只是一塊貼在天花板的牆紙。

已經來不及了，牧師正在宣讀誓詞，還催促林克取出結婚戒指。

忽然覺得戒指上的光芒很熟悉。

戒指折射出萬分奇異的光芒。林克倏是一怔，馬上認得是「無限年之鏡」獨有的那一種光。戒指上鑲著的不是一般鑽石，是「無限年之鏡」的碎片。

如果「無限年之鏡」出現在這裡，即是代表這裡根本不是現實世界，而是夢境之中。惡夢根本未完結。

他抬頭看看貝兒，頭紗下的嘴角旋即露出一抹猙獰的笑容。婚紗裡赫然伸出一把小刀，無聲無息插進林克的胸膛，直沒至柄。

「不是跟我約好了嗎？我從來都有記住，反而你已經忘記了，對嗎？」

林克忍著劇痛，將頭紗扯開，眼前的新娘居然不是貝兒。

——是彩。

然而，眼前的彩，是一個他從未見過的，濃妝豔抹散發著迷幻香味，把嘴唇塗得血紅的女人。她的眼眸裡沒有閃亮的繁星，只有混濁和哀怨。

天色驟然變暗，隨即傳來一把穿透了林克大腦意識的沉厚之聲。

淘氣神的遊戲——

突然就此開始。

「黑夜降臨，
定人間善惡，
背叛者將會接受神之制裁。」

但這一次的情況跟過去幾次有點不同，天上出現的並非星光，而是洶湧成群的災厄。從天而降的災厄，壓爛了教堂上方的壁紙。只見彩扔掉頭紗，兩手一揮，帶頭出現的災厄之王便飛撲到她的懷裡。

然而災厄之王並沒有襲擊彩，情況剛好相反，彩把災厄王用力抱實，扁平的小腹卻突然張開了血盆大嘴，將對方活生生的吞進體內。彩的皮膚變得像石膏雕塑那麼雪白乾淨，脊骨長出一對足以包覆全身的翅膀，額頭冒出一雙對稱的圓角。

她的聲音與腹語結合為兩把重疊的刺耳聲音。

「思憶成災，
一所懸命，
嗜血之獸就在你的面前。」

「彩——」林克顫聲道。

「不用叫了。」彩彎腰使勁吐出一灘黑色的嘔吐物，然後神色自若的答道：「彩已經不在了，我是災。為你而生的災。」

災拔出了林克胸膛的小刀，林克隨即鮮血噴溢，然後被牠抓著腳踝倒吊到半空。

猶如被大量雜訊干擾，林克只覺感官全失，只剩下一陣暈眩和失重，墮進了夢的深淵。

林克連忙撫摸胸口，這才意識到自己沒被刺中，沒有流過血，根本毫無損傷。

受傷的人是貝兒。他定神一想，看著床邊仍昏迷未醒的未婚妻，迷糊的記憶逐漸變得清晰起來。整件事大抵要從兩天之前說起，但來龍去脈他亦不很清楚。據目擊者的說法，那天下午，貝兒好像與誰發生爭執，有人認得那個誰就是她的指導教授帕木齊，最終貝兒就在教學大樓被帕木齊推下樓梯。貝兒馬上被送到醫院，而且有輕微腦出血的情況，至今昏迷了整整兩天。林克一直守候在病床附近，病房外有警員當值，據說帕木齊行蹤不明，已被列作疑凶處理。

他一直陪著貝兒，心裡卻偶然會想著夢中帶著獰笑，親手將自己殺死的彩。

貝兒仍未有清醒跡象，她的父母過來接替林克，讓林克先回家休息。然而，林克整晚都無法入睡，籌備得如火如荼的婚禮已經擱置，但還有許多後續事情需要處理。忽然間，有一通奇怪的未接來電。

只響了一聲便掛線。林克回撥過去，沒想到居然是帕木齊。他一聽就認得是帕木齊的聲音。

「我們要不要見個面？大學圖書館外面有一間通宵營業的出租漫畫店。」

帕木齊只說了一句話，沒有等他回答便已經掛線。作為蓄意傷人案的疑凶，這通電話未免太過高調，但林克想不到拒絕的原因。

正要出門之際，只見一個好不面善的身影出現在眼前。林克居然在等著升降機的時候遇到信夫。說來已經有一段時間沒有碰見他，就連在自己的夢境裡，也消失得無影無蹤。

信夫還是穿著那一身鬆兮兮的灰色居家服，說剛要到附近的便利店買啤酒和零食，還邀請他一起到家裡看球賽。

「抱歉，看你臉色不太好，目前應該沒這個心情了。是約了什麼人嗎？這麼晚還要出門。」信夫問。

「剛剛診所那邊有點狀況。」林克敷衍應道。

升降機裡面，兩人同時看著燈箱沉默了幾秒鐘。

「那個——」信夫終於按捺不住，忽然說：「短吻鱷吧，如果下一輩子要變成一隻動物的話。」

原來是延續上一次的話題，印象中已經差不多是兩個月前的事情，他居然一直記住，好像難得找到獨處機會把自己的想法說出來。儘管不是一個很理想的時間，對林克來說，現在實在沒有談這種閒話的心情。

「那，為什麼會是短吻鱷？」林克嘆氣道。

「想嘗試一下當爬蟲類動物的感覺，會很奇怪嗎？」

「我只是好奇為什麼你要指定是短吻鱷，而不是長吻鱷。」林克想著，接口道：「抑或只是一般鱷魚。」

信夫隨即伸手在鼻子前比劃起來：「一般鱷魚的嘴巴太長了，感覺很遜。牠們看東西的時候前面不是總會被自己擋住一部分嗎？」

「是這個原因啊……」

「你呢？」

林克想了一下，還是照實回答：「龍蝦吧。」

「為什麼？」信夫追問。

「其實我不知道，但只要一想到這個問題，腦海裡就彷彿有一把聲音，跟我作出像是

『別懷疑，選擇成為龍蝦吧』這樣的奇怪建議。」

「像是龍蝦祖先的呼喚？」信夫笑著說。

林克聳肩笑笑，但沒有真的很想笑出來。

「如果很趕時間的話，要開車載你一程嗎？」信夫好意問道。

「謝謝你的好意。」林克搖搖頭。

凌晨時分還待在出租漫畫店的人沒有很多，林克一眼便看到老教授帕木齊了。而且長得像帕木齊這樣的人，無論出現於任何地方都很容易被認得。

只見帕木齊看起來相當憔悴，還顯得有點神經緊張。

「我們已經見過面了。」帕木齊忽然說。

「沒錯，在大學圖書館的時候。」林克強忍著滿腔情緒。

「請先關掉手機的錄音功能，否則我們無法繼續談下去。」說罷，帕木齊便沉默不語，直至林克點點頭，將手機放在桌上，依照指示關閉了錄音程式。

「你怎麼知道我不會報警？」林克問。

「世界上有兩種人。」帕木齊豎起兩根手指：「遇到任何意外狀況都會馬上報警的人，以及無論任何情況都不會報警的人。」

「所以你猜我是後者？」林克隨口問道。

「當然不是猜。」帕木齊接著說：「見面之前，我已經調查過你的事情。而且，如果你報警的話，我現在就可以將你處理掉了。可能我這樣說出來，你不會相信，在我的西裝口袋裡有一柄手槍，但到底有還是沒有呢？如果你想知道答案的話，便必須承受有機會被我射殺的風險。」

「『薛丁格的貓』吧，我有聽過。」林克說。

「但其實人的慾望就是想打開那個箱子。所以你選擇來這裡了。」帕木齊問道：「你有被人跟蹤嗎？」

「不用擔心。」林克搖頭答道：「我沒有將我們見面的事情告訴任何人。」

「你誤會了我的意思。」帕木齊頓了片刻，把剛才那句話再說一遍：「你有過被什麼人曾經跟蹤的感覺嗎？」

帕木齊說得比剛才更是語句不通，但林克大抵聽得明白。

「那倒沒有。」

「可是『那時候』的你應該已察覺到了，或許你只是專注在其他事情之上，所以沒有太強烈的感覺。」

「跟蹤的意思，如果包括被監視的話——」林克點了點頭。

「跟蹤——監視——追溯——瀏覽——偷窺——檢查——核對——信用評估——資源整合——自我隔離——詞彙的目的只是為了掩飾它的實際含義，因為老大哥一直都在看著你。」帕木齊把聲音壓得很低。

「誰是老大哥？」林克問。

「老大哥不是一個人。」帕木齊糾正道。

「是一個組織？」林克接著又問。

帕木齊猛地搖頭：「起初我也是這樣想。姑且算是同路人的忠告，如果被跟蹤的話，要記住三件事情。」

他豎起一根手指。

「不要尋找協助。任何有能力幫助你的人，或者團體、公司、組織、機構，都是國家機器的一部分。」

他豎起兩根手指。

「遠離網絡訊號。」

林克看著他緩緩豎起第三根手指。

「還有就是，不要睡覺。」帕木齊一字字道：「老大哥有辦法滲透到你的夢境。無論現實中你是如何小心警覺，只要一睡著就會失去防範。」

「難道你從來不睡？」林克看著眼窩深深發黑的帕木齊。

「如你所見，我不敢睡覺。但如果你真的要睡覺，也不是沒有其他辦法。」帕木齊低聲道：「你可以到『蜃氣樓』找一個名叫歐陽龍太郎的人。」

林克一怔：「你居然知道歐陽龍太郎？」

帕木齊遲疑了片刻，隨即恍然大悟：「所以你已經去過『蜃氣樓』了，那沒問題。我們的對話到此為止，你不用繼續打聽我的下落，事實上『帕木齊』也只是我的化名。接下來你可能會有一點痛，不過為了你的人身安全，不得不如此。」

「什麼？」

「——預祝你新婚愉快，好好活著，未來見。」

忽然有誰在背後說了一聲，然後將林克打暈。

過去曾經有人說，誰能掌握過去，就能掌握未來。然而，當我們逐漸一步一步接近未來，但未來還沒有真正來臨的時候，未來就已經變成一個不再流行的概念。未來只屬於過去，是一個永遠無法抵達的時間維度。

未來只是一場夢，夢是我們所等待的、所恐懼的未來。

就在這個跟現實稍為錯位的時空裡，下一世等待著林克的人並不是彩。

災利用「無限年之鏡」的戒指，打開了夢境的時空缺口，將演變得比人類還要凶殘和機警的災厄一族從異世界帶到現實，隨處虐殺人類。人類即使出動軍隊，以最高規格的槍械都打不穿災厄身上的硬殼。

林克從醫院蘇醒過來，甫一下床便覺得胸口隱隱作痛。

災厄猶如一大批蝗蟲入侵醫院，將醫護人員和病人咬死。但儘管飢渴而嗜血，牠們唯獨沒有辦法傷害林克，反而像失散的寵物一樣對他俯首示好。畢竟牠們的潛意識都有一種敵我識別機制，能夠記住前世一同患難的友好同胞，甚至把他當是同類。

災見狀大喝一聲，驅散了在牠面前擋路的災厄，既然牠們無法殺死林克，牠就親自下手，但是沒想到自己成為災厄之主，都無法改變牠們的天性，身體本能居然制止了任何傷害林克的意圖。災一怒之下，乾脆扭斷了自己的頭顱，再長出屬於自己的新頭顱。無法殺生，那就唯有自殘，從此不再受到本能唆擺，完全自我支配。

被扭斷的災厄頭顱，卻一邊在地上滾動一邊長出了纖細的手腳四肢，變成一頭身體比例畸型的小災厄，在其他災厄掩護之下帶著林克逃走。

小災厄引導林克回到中央車站，穿過那個像投幣口的門縫，走進舊地下街。由於門縫太窄，原來可以成為一道天然的屏障，只有小災厄和林克可以進去，其他災厄都無法穿越。

林克以為沿著走過好幾次的那條路，很快就會找到歐陽龍太郎。結果卻一直找不著「蜃氣樓」，反而來到死胡同。忽見小災厄從兩幅相鄰的牆壁之間鑽進了秘道。看似無法讓身體穿過的秘道，原來只要換個角度，在傾斜視覺下牆壁之間的縫隙就會變大，勉強可以讓一人側身通過。似乎在興建這條舊地下街之前，秘道就已經存在。

沿著秘道，小災厄帶著林克走到一個地下實驗工場。

實驗工場之內，只見無數身軀龐大的災厄被鎖在不同刑具之中，進行著各種生物實驗，然後被分屍、被切割，標本上標示著不同年份、尺寸大小和出生編號。小災厄看到眼前畫面，情不自禁嘶聲悲鳴，但困在刑具裡的災厄大部分都沒有回應，牠們在漫長的生物實驗中早已喪失自我意志，對一切聲音和痛楚都感到麻木。

林克猛然想到，這些被囚禁的災厄，應該就是小災厄的祖先。被「無限年之鏡」打開的時空缺口應該不只一個，既然有方法從異世界穿越到真實，舊地下街也可能有一條回到過去的時光隧道。

只見小災厄用細小的身軀奮力咬開鐵鎖，帶著僅餘擁有反抗意識的災厄衝出地牢，回到地面找人類報仇。

縫隙裡忽然鑽出一個熟悉的身影，林克自然不會忘記那一身魑魅黑衣的裝扮，是鬼。

「說過了吧，我們往後還是會再見面。」

「你不是已經被我鎖在『無限年之鏡』嗎？」

「那是未來才發生的事情，但這裡是過去，是一切的起源。」

那黑影徐徐轉身看著林克。他臉上再沒有戴著鬼面罩，而是一個年輕的——他在磁碟中那些影片見過的父親林達。

除了衣著不同，跟自己倒有七分相似。

林克環視四周，發現舊居那些多年前不翼而飛的獎座，原來都收藏在這個地下室裡。在林達的地下實驗室，除了陳列著大大小小的災厄標本和刑具，還有左右兩排散發出奇異香味的橡木桶。這一種香味非常獨特，林克印象很深刻。

是前一世在雪嶺上喝過的，那些用災厄製成的藥湯。

林達解釋道：「在不同時代，不同宗教信仰之下，巧立名目會有不同的稱呼，像是『淘氣神的藥水』、『神之水』、『月之泉水』、『續命之水』、『賢者之藥』。」他想了一下，接著說：「要換成許多現代醫學的專有名詞也可以。」

林克恍然道：「難怪從一開始就要將牠們命名為災厄，只要帶來災禍就可以大規模獵殺，用牠們的血肉來製藥。」

林達微笑道：「人類自古以來就是這樣渴望得到長生不死的力量。基因工程的最終目的，都不過殊途同歸。」

林克終於記得，他不但曾經來過這裡，這裡的一切對他來說都是那麼討厭。只要伸手用力一刮，撕下周圍像是石窟的牆紙，便可以把這裡還原成研究大樓。他又怎麼可能忘記呢，跟那些即將被製成標本的災厄一樣，他在這幢研究大樓的實驗室足足生活了十二年，直到十二歲才被眼前的父親接回舊居。

律師很快便趕到羈留室，陪同林克接受警方盤問，做了一份詳細口供。

林克提醒自己，必須冷靜應對。儘管並不算是印象深刻，但他認得眼前這位重案組的警長麥森。不過對方似乎不太認得自己，畢竟距離上一趟見面已經兩個月，而且那只是短短數分鐘的循例對話。事實上，林克從未將兩個月前那天晚上遇到車禍的真正經過告訴任何人，他早已在心裡發誓保守秘密。警察並不知道，貝兒也更不知道。他想過，自己必須妥善利用車禍引致的輕微腦震盪，在往後一段時間假裝什麼都沒遇見、而且不感興趣，這是最明智的做法。然後回到獸醫診所繼續工作，繼續準備結婚的事情。

只是誰想得到未婚妻會在大學校園被人襲擊。

林克直接跟警長麥森承認，自己跟帕木齊見過面，從閉路電視片段可以看到林克走進出租漫畫店，但林克聲稱被人從後襲擊，犯人卻選好了閉路電視無法拍攝的死角。

由於帕木齊下落未明，林克始終無法洗脫同謀嫌疑。如是者，林克在羈留室待到天亮，直到有人前來為他交了保釋金。那人居然是信夫。

簽名離開警署的時候，林克早已看不見警長麥森，卻發現其他警察對他的態度，跟剛才明顯有一些分別。信夫的車就停在外面。他以為富二代應該都開顏色高調的超級跑車，沒想到是一輛灰色的客貨車。

「你怎麼知道我出事了？」

「剛好而已，而且好鄰居還是應該守望相助的。」

「你該不會是什麼神秘組織的幹部吧？」林克忍不住問。

「在無關痛癢的枝節上盡量別顯得太敏銳嘛，傻瓜。」信夫忽然柔聲道：「你現在應該掛心另一件事情。」

說罷，信夫已把林克送到醫院門外。原來貝兒昨晚已經醒來，剛剛做了一份口供，她指自己已經被帕木齊跟蹤多時。恰好跟帕木齊說自己被「老大哥」跟蹤的說法相反。

經醫生詳細診斷，貝兒的傷勢已無大礙，雖然建議留院觀察幾天，但貝兒不想再待在醫院，便決定回去休息。

回到家裡，貝兒沒什麼胃口，她本來還想處理一下婚宴的事情，但是被林克斷言拒絕，只好繼續上床休息。林克一直在床邊陪著她，卻忽然瞥見信夫作為見面禮送來的那瓶紅酒，從不知什麼時候開始便一直放在睡房了。趁貝兒熟睡之際，他就把紅酒開了，然後倒進馬桶沖走。不知是否心理作用，只覺得馬桶上的酒有股血腥味。

不曉得是哪一個晚上，但這一次回到父親舊居，林克沒有按下門鈴，而是自行輸入門鎖密碼。他一直認為門鎖密碼就是母親的生日日期，但誰知道這就是母親的生日日期，誰知道就是他的母親呢？

門鎖應聲打開了，但房子裡看不見父親林達，也看不見麗姐。客廳倒是有另一個人正在等著林克。

那人似乎正在自己跟自己下黑白棋，用左手放了黑子，將棋盤轉半個圈，便用右手再放白子。這樣下棋難道會覺得有趣嗎？

那人抬起頭笑道：「沒想到啊，你居然會主動找上門，跟我傾吐心事。」

林克正想看清楚對方真面目之際，卻忽然有著強烈的既視感，意識錯亂之間，像有一隻手將自己扯回頭。

不曉得是哪一個晚上，但這一次回到父親舊居，甚至還沒按門鎖密碼，門就自行打開。林克心下疑惑，這不是剛剛已經發生過的事情嗎？

但見麗姐站在門的另一邊，叫林克不要製造太大聲浪，父親林達早已入睡。然後，麗姐待在客廳繼續自己跟自己下黑白棋，先用左手放了黑子，將棋盤轉半個圈，用右手再放白子。

林克忽然想到，照顧父親的護理員是從什麼時候開始出現？麗姐以外的護理員是誰？其實不是所有事情都記得清楚。細節反而很重要，但對於很多細節，他幾乎全沒印象。好像從父親有失智問題開始，麗姐便已經來到舊居擔任看護。

林克忍不住問麗姐：「應該還有另外兩個輪更的護理員吧？但好像一直都只碰到你，很久沒見過他們了，連他們叫什麼名字，長相如何，都不記得了。」

麗姐眼神遲疑了一下，說自己跟他們也不是太熟。不對不對，林克用心一想覺得這想法有誤，從他那年被接回舊居開始，麗姐就已經出現在他和父親身邊。應該說，是麗姐把他和父親接回舊居。如果這裡確實就是他們舊居的話。

林克追問道：「為什麼每一次我來看父親，你都一定在他身邊。說起來，我好像從未見過你離開這間房子。」

「那你怎麼三更半夜來這裡了？」麗姐頓了片刻，忽然笑著問道：「不是應該陪在剛剛醒來的未婚妻身邊嗎？」

頃刻之間，她像腹語術一樣換了另一把尖細的嗓子，說話完全不像以前那個低調老實的麗姐。

林克恍然大悟。事實上，麗姐這個人本身就不存在，只是一廂情願的虛構角色。看護員是假的，但監視員卻是真的。

「所以你不可能是護理中心的外判員工吧？」林克問道。

「實際上是正規公務員。」麗姐正色道：「收入大概比你想像中豐裕一點，還有全額醫療津貼。」

「沒想到呢——」但是林克想不明白：「你的意思是說，政府特意派出『公務員』用十多年去監視一個失智老人？」

「要知道官僚架構就是那麼荒謬，作為任人擺佈的棋子，我們只能安守本份。簡單來說，是因為你父親曾經掌握著國家級科研機密，我們害怕資料外泄。但再進一步的內容，便不能隨便跟你披露了。你可能無法想像，為了替這個爛尾的基因工程計劃善後，我們總共浪費了多少公帑，而且你本來也在監視名單之中。」

「因為我是他的兒子？」林克問。

「因為你就是他。」麗姐接著道：「你應該已經察覺到了，你『當然』不只是他的兒子，不只你、你的上一個版本和你的父親，你們全部都是同一組特選基因序列的複製品。」

「所謂國家機器，就是這個意思了吧。」

「但是，無疑你是比較幸運的。畢竟遺傳基因工程已是一個被剔去行動綱領的計劃，不再需要培訓下一任複製品接手承繼。這一切應該感謝你的父親。」說罷，麗姐對林克露出了母親一般的微笑：「不過務必謹記，基本上我們一直都在監視你。無論你跑到多遠，無處不在的『老大哥』還是看著你的。」

步出每天都如常熙來攘往的中央車站月台那一刻，林克忽然又記起帕木齊的說話。萬一躲不過「老大哥」的追蹤，要盡快去找歐陽龍太郎。過去幾次單憑直覺，林克不消片刻便會去到「蜃氣樓」。但這一次有點分別，可能因為心不在焉的緣故，倒不知道是在哪裡走錯了方向，便愈走愈錯，回頭再看，整個地下街佈局已全然不同。

迷失於舊地下街不知過了多久，林克終於來到許久不見的「蜃氣樓」，但總覺得店舖的位置好像跟之前不太一樣。

剛推開店門，便發現「蜃氣樓」裡面意外地熱鬧，許多扯不上關係的人聚在一起，跟龍太郎一起玩淘氣神的遊戲。譬如說那個戴金絲眼鏡的男人，被警方緝捕的老教授帕木齊，父親林達居然也在這裡，還有一個白鬍子、幾個面目模糊的人。他們面前有一張很大的紙盤，各自有著代表自己的人形公仔在紙盤上自行走動。

「惡魔就在你們身邊，
到底誰是下一個受害者？
擁有『神之水』的救世主，
你會拯救哪一位同伴，
還是見死不救，
成為最後的勝利者？」

歐陽龍太郎居然是主持人，而且用腹語發出另一把低沉而陰森的聲音。當眾人張開眼睛的時候，他也同樣將眼睛打開，笑吟吟的看著林克。

林克一時反應不來，難以置信地摸著自己的臉，但明明這是現實世界的質感。

只見龍太郎把紙盤對摺，剛才所有人都赫然消失不見。

「你什麼時候有錯覺自己並不是在造夢？」龍太郎站起身來，便帶著林克一起穿過「蜃氣樓」布簾後的那一道暗門。兩人走著走著，林克這才想到，原來是一條通往皇宮的秘道。龍太郎過去就好幾次利用秘道前來營救自己。

來到某個分岔路，龍太郎卻收住腳步，要跟林克就此分開。這條路林克也有走過，沒記錯是通往中央車站的方向。

龍太郎點頭說：「我要到那邊跟『過去的你』會合了，對你來說已經發生過的事情，卻是我的未來。」然後，他指著另一邊的分岔路：「因為夢是一個密閉的迴路，時間的行進形式並不是直線，而是無數閃現、跳躍的點。」

沿著另一邊的分岔路，林克走過長長的走廊，走廊的盡頭卻是皇宮的大殿。

林克並不清楚身處哪一世的時空，但見殿上那金壁輝煌的王座坐著一個跟桂容貌相若，但年紀老邁得多的自己。是他剛才在「蜃氣樓」已經見過的白鬍子。

林克剛好看到這殘酷的一幕，年老的皇帝被他年輕貌美的皇妃親手刺死，短刃從他的胸膛抽出，濺出一道蜿蜒的血泊。此情此景，跟林克婚禮上的經歷幾乎一模一樣。皇妃轉身看到林克，便即撲進他的懷裡：「桂，我們已經沒辦法回頭了。」

——彩。

倒臥在王座上的老皇帝，頓作砂塵飛灰。

兩人走到皇宮外面，只見城外到處兵荒馬亂，從地牢破頂而出的災厄飢渴至極，獵殺百姓。彩忽地一手拉著林克：「別回去逞強，反正你也救不了大家，是他們自己所作的孽，自己應當得到報應。」

林克發現，彩的手裡正牢牢抓著一個小瓶子。

「你怎麼會……」

「總言之，我們先遠走高飛，然後找個地方隱居起來，有了『神之水』我們就可以長生不老。」彩顫聲道：「即使一人一半，我們起碼能多活一百年，或者五十年。」

說起這一番話的時候，彩的嘴唇發抖，雙眼卻綻放著繁花盛開的光芒，林克只覺得毛骨悚然。

「雙宿雙棲五十年，多麼渺小的願望。」

背後一把雌雄交錯的詭異聲音，讓人猝不及防。

而且一瞬間變得很近。

——災。

彩腳下那一道逐漸變得歪斜的影子裡，終於冒出災的身影。從現世回到她自己的第一世。

「真有一種回到故鄉的親切感。」災勾起眼睛，打量著林克與彩：「哪怕你們遠走高飛到月球，我都有辦法射下來。」

看著另一個變異的自己，彩嚇得說不出話。

災冷冷笑著，驀然伸出五指如爪，朝著彩的脖子刮出了幾道血印，順勢把她手上的「神之水」搶回來。

彩急忙喝道：「還給我——！」

「真奇怪，我不就是你自己嗎？你喝了它就會失去轉生的機會，最終有一天就會變成像我這樣的怪物。」說著，災的下半截身體逐漸幻化成一棵巨大的捕蠅草，然後張開兩片翅膀似的慘綠色黏葉，迅速把彩捲進身體。

林克見狀，不及細想便衝過去想要揮劍斬開葉片，災卻只是輕輕揮動衣袖，便一手捏碎了他的長劍：「回到初世，真正的桂已經不在你身邊，居然就變得那麼脆弱。而且你以為我真的不捨得殺你？」

林克痛呼一聲，右臂已被牠順勢硬生生的扭斷。

災一邊安撫著在自己體內掙扎的彩，一邊將狠毒目光移向不堪一擊的林克：「他會背叛你，剩下你一直痛苦下去。」

但見災隨手一揮，電光一閃，便有天雷對準林克頭上劈落。

然而，轟隆雷聲延遲未響，時間突然變慢——

微乎其微的一瞬間，地下的水影中跳出一個紫衫男子，還及時拉走了林克，剛好避過了那一下致命的雷電。

「你是……」林克猜問道：「從另一個時空來的歐陽龍太郎？」

「正解。沒想過會來到這裡，時序變得有點混亂呢。」架起墨鏡的歐陽龍太郎雙手合十，悄悄打量著只剩一條胳膊的林克：「這裡就交給我吧。」

「請問你又哪位？」災厲聲問道。

「惡夢代理人吧。」龍太郎緩緩轉身，換作雙手抱拳，呢喃念道：「心合法，離邪亂。」說著，鼻孔驀然噴出一道火焰，圍住了災身上的那棵巨大捕蠅草。

然而，災卻不痛不癢，反而張開嘴巴吃掉了那道火柱。「雕蟲小技，不外如是。我本為災，怎會怕你區區三昧真火？」

龍太郎忽地一怔，抬頭便見一顆異物從天而降。災居然渾不察覺，毫無防範下被那天降之物撞得踉蹌倒地。

林克和龍太郎定睛一看，居然是一顆災厄的頭顱連著四根竹荀似的肢體。林克認得，牠就是夢中救過自己一命的小災厄。只見小災厄那兩條短小的手臂，牢牢捲著一個小瓶子，正是剛才撞到災身上順便偷來的「神之水」。

「欸，從沒見過這麼精靈的小東西，很可愛。」龍太郎說。

「我猜，牠是我童年記憶的化身。」林克解釋道。然後，他一聲呼叫，小災厄頃刻就像聽到主人的召喚一樣，兩三下彈跳便撲到自己肩上。林克其實也不曉得自己為何會懂得這樣叫，但印象中，過去災厄王就是這樣發號施令。他從小災厄手裡接過「神之水」，忍著一點痛，將牠重新放回自己的身體裡。

其實在一開始的惡夢裡，災厄就是從他的體內跳出來。林克忽然記起了這麼關鍵的事情。

但見災飛撲過來要搶回那瓶「神之水」，只可惜來不及了。林克已經把它一滴不漏全部喝掉。

「所以我往後會長生不老了吧？」林克怪笑道。

「你明明還可以選擇改寫命運……」災瞪大雙目望著他，恨恨的說。

「改變不了也沒關係。」林克淡然說著，腳下的黑影隨即長出一條節肢生物似的右臂，還迅速伸向災的下體，強行把藏在裡面的彩扯出來。

然而，好不容易將兩為一體的彩和災重新分開，卻見彩已變得雙目凹陷，臉頰乾癟，像是一具魂不附體的活死屍。

災柔聲道：「你真的捨得嗎？硬要把她抽出來，那她就只剩下一副衰老枯竭的身體。」

「那就讓她活在另一個地方。」林克看著疲得不似人形的彩，轉身問龍太郎：「你帶她離開這裡可以嗎？」

卻見龍太郎面有難色，搖頭道：「她是離不開的，她就是你的夢魘呀。」

「那麼，試著把她帶到下一個我的身邊。」

說罷，那長長的右臂便從濕濡的狹縫裡撕出靈魂早已乾涸的彩。龍太郎隨即把她背在身上，再從左到右逆時針畫了一個圈，雙手觸地，打出異常特別的手印：「押上『蜃氣樓』的聲響，交給我吧。」

只見地上忽然多了一個黑點，然後變成一圈，一個黑洞。

龍太郎便背著彩的殘軀，躍入那神秘的黑洞。

「下一世再見。」林克哀傷的說著，然後再次抬頭。

腹部被挖空了的災，再也無法維持正常的站立姿勢，牠唯有捲起身體，看起來已完全變成另一物種。

災的慟哭聲響徹夢境，頃刻間閃電大作，五雷轟頂，全部射落林克身上。林克卻眼定定的看著牠，既不閃亦不躲，完全不打算迴避。災很快就意識到，牠無論如何都無法毀滅眼前這個超越生死的人。閃電一再劈中，他卻以更快的速度不斷復原，身上的皮膚被閃電燒焦之後，還沒有剝落，就已經長出新皮。如是者，林克就在同一個位置死去，然後重生，再死去、再復活，生生不息，永無殆盡無法被殺死。

林克看著自己全身被燒得焦黑的身體，細聲道：「我會一直站在這裡，直到你筋疲力盡、不再悲傷為止。」

「桂，我是否已經回不去了？」災忽然一臉恐懼。

「那就好了，因為我跟你一樣，只能永遠留下來。」林克微笑道。

「既然如此，你將我吃掉吧。」災幽幽的說。

林克猶豫了好一會兒。

「我不客氣了，其實我等了這一天已經很久。」

他背後的黑影驀然伸出一條長長的舌頭，溫柔地把災捲起來，然後扯進影子裡，從此消失無蹤。

既然無法把感情帶到現實，唯有把遺憾留在夢裡、放在心中。

後來常有人說，這就是世上第一個鬼的誕生傳說。為了將那張被天雷燒得熔毀的臉隱藏起來，他從此戴起了人皮假面。後來，人皮假面與血肉連在一起，再分不開哪些是真，哪些是仿造的。他帶領著盤踞群山的災厄回到北方大陸，將會一直以災厄的姿態存在，迎接未來的後世。

直到長夜降臨時，將與一位隨身帶著「無限年之鏡」的故人重遇。

醒來的時候，林克發現自己正在長途客機上，貝兒就在他旁邊睡得正熟。貝兒手上戴起了結婚戒指，只不過是一顆普普通通的鑽石，林克再三確認那並不是「無限年之鏡」。

婚宴過後，兩人便去了一個終年冰天雪地的地方度蜜月。林克倒不記得原來這是自己的主意。他說過最近老是想起一個很冷的地方，於是便跟貝兒報團出發了。

翌日，兩人跟著當地導遊，先坐纜車到雪山上看樹冰奇景。導遊介紹說，這座雪山是一個古代遺跡，但並無確切歷史記載。化石堆中，有一組外形奇特，還因此成為了這裡最出名的觀光地點。導遊說，看起來就像一位用雙手抱住長劍的女子。

貝兒開始覺得有點無聊，認為只是一些哄騙遊客的歷史傳說，於是自行到附近的商店街買手信。只有林克一人看著那堆用玻璃箱封起來的女性化石。雖然看不見她的眼睛，但林克彷彿一看就認得，那副骸骨就是彩的前世。

被她用雙手抱住的長劍，自然是當初被他封印在雪嶺上的「無限年之鏡」。

原來彩的餘生一直為他保管著「無限年之鏡」，直到死後繼續等了一百年、一千年，等他轉世過來相見。

「對你來說，可能只是短短一夕的夢。但對夢中人來說，卻是一段無比漫長的歲月。」那個導遊居然就是歐陽龍太郎。

林克看著彩的骸骨化石說：「我幾乎不記得發生過這些事情。」

「但至少現在你已知道，夢裡一直有人等你。」龍太郎答道。

「他們兩人的故事，最後結局是怎樣的？」林克接著問道：「我好像一直記不起來。」

「永遠的意思，大概就是並不存在最後結局。」龍太郎緩緩解釋道：「當你從夢中醒來，理所當然就是下一個明天，但對我來說，有時候卻是回到前一個昨天。」

「所以我們初次見面的那一天，已經是再次見面了吧？如此說來，我還以為你真的準備了兩塊『無限年之鏡』，實際上都是同一塊對吧？」林克猜道。

「一切就像你所理解。」龍太郎報以一抹淺笑。

「那麼，接下來你要把它交給『過去的我』了吧？」

「過去與未來，這些概念在夢中總是有點飄忽。所謂已經發生過的事情，往往意味著在不久以後即將再次重演。」說罷，龍太郎邁步穿過玻璃箱，正準備拔走遺跡裡的「無限年之鏡」，卻霍然轉身，想起另一件事：「有一點我還是想不明白。除了這具默默守護著無限年之鏡的骸骨，在附近至少還埋藏著數十副人骨化石。考古學家推測，這裡很有可能曾是一個亂葬坑。關於那些無名骸骨的真正身份，你應該有些頭緒吧？」

林克卻假裝什麼都沒聽見，只道：「往後我們還會見面嗎？」

龍太郎欲言又止，但看到林克臉上複雜的表情，便不再追問，淡淡笑道：「畢竟夢境是自由的，不受距離限制。」

「無限年之鏡」被拔走之後，四周就像雪崩一樣迅速瓦解。

林克用了好一會兒看著即將天亮的景致，確定自己這一次是真的睡醒，回到現實了。他很久沒試過那麼精神爽利。天色還是晦暗鬱卒，但已經是全新的一天。貝兒還在被窩裡熟睡著，她和帕木齊的事情，算是已經告一段落了。雖然帕木齊仍然行蹤不明，但林克覺得他不會再來騷擾貝兒。林克煮好了咖啡，還有難得的閒暇準備兩人份量的早餐。

他忽然想到，貝兒在他的惡夢裡從來未出現過，就連夢中的婚禮，也是由彩假扮的。

那天早上，林克打消了買車的念頭。說不定惡夢的開端——那場車禍是一個暗示，然後他正式跟剛從夢裡醒來的貝兒提起，打算結婚之後就準備移民，到一個新的城市重新開始。過去兩個月他一直不曉得如何跟貝兒談論這件事，他不想在未婚妻興致勃勃地訂購窗簾、沙發與裝裱婚紗照的畫框時，提出如此掃興的建議。但林克很想儘快離開這個日以繼夜不斷讓他造惡夢的城市。活在這裡的感覺，已經是一場惡夢。這段日子唯一動搖了林克的事情，是他遇見了彩。他知道，他會冒險為了彩而留下來，所以他必須選擇離開。

「還有一件事要告訴你。」林克用力深呼吸，頓了好一會兒，終於鼓足了勇氣：「其實，兩個月前不只是車禍那麼簡單。」

貝兒聽著，卻忽然變臉似的變得一臉認真，打斷了林克的說話：「情侶之間貴乎真誠，但夫妻是另一套學問。」她微笑道：「每個人都有秘密，但秘密之所以是秘密，是因為愈少人知道就愈安全。喔，從這裡搬出去的時候，要記得把新買的窗簾一併帶走，難得遇到我喜歡的樣式，其他地方不一定買到。」

林克怔著。貝兒一邊喝著咖啡一邊打點婚宴的事情，後來她說，乾脆先休學一段時間好了，移民之後她會試著在那邊的大學再找一名指導教授，繼續完成她的畢業論文。

林克覺得貝兒說得都有點道理。

還有一件不得不說的事情。就在那天早上，他們赫然發現，原來住在隔壁的信夫已經無聲無息地搬走了，而且門匙就這樣掛在大門的把手上——顯然是要林克開門看一看的意思。只見信夫的房子幾乎清空，畢竟本身也沒什麼傢私，除了客廳中央還是放著一個浴缸。

浴缸裡面倒是養了一隻精神奕奕的龍蝦。

「據聞龍蝦非常長壽，沒遇到意外的話，牠們可能是這個星球最接近永生不死的物種。」

浴缸旁邊的紙條如此寫著。

林克覺得龍蝦不失為吉祥之物，於是決定把桂帶到父親的舊居飼養。

桂，當然就是這隻龍蝦名字。

難得跟貝兒一起回到舊居探望父親，林克見沒人應門，便自行開了密碼鎖。只見林達和麗姐正在客廳下棋，原來剛好到了決定勝負的關鍵時刻。麗姐臉上倒沒什麼特別表情，到底那天晚上是不是真的有過那些對話？林克心裡都不肯定會否只是夢話。

麗姐以為他們帶來的那隻龍蝦是用來吃的，被告知是寵物以及舊居的新住客之後，似乎有點不知所措。

想起往後未必再有這個機會了，於是林克便提議跟林達散散步，扶著他來到河濱公園。當然，他心裡還是懷著說不定可以碰巧跟彩遇見的念頭。貝兒和麗姐則去了附近的超級市場，難得今晚四人聚餐，舊居很久沒這麼熱鬧過。讓貝兒和麗姐單獨外出，林克心裡難免有點擔憂，但可能只是自己疑心生暗鬼，被惡夢影響得太深。

林達雖然不發一言，但看著河濱公園上的人來人往，心情似乎不錯。雖然一般都會將阿茲海默症稱為失智症，而且未有治癒方法，不過，林克認為父親不是真的失去思考能力，只是無法將內心的感受正常表達出來。

「你記得嗎？以前我們在這裡踢過足球。喔，跟另一個我。」

用另一個說法，所有感情和記憶，都保留在內心深處，像是藏在他們永遠不會打開的箱子裡。

「結果，腦震盪稍為刺激到另一個我的出現，但在所有惡夢裡，都沒出現到母親的身影。畢竟她在我出生之前就已經不在人世。而且，你大概是把她從我的基因記憶裡全部刪走了吧。」

只見林達一臉惘然的對著空氣笑起來，沒有承認，當然亦沒有否認。

這時候，林克果然遠遠瞧見那個拼命練習踩滑板的男孩，或者再等一下，男孩的母親就會出現。但最終他還是在黃昏前跟林達一起離開了河濱公園。見不到面也是好的，如果見面，總有一次他會改變主意，不想離開。這對身邊很多正常生活的人都會構成麻煩。

在回家路上，林克就將一直放在口袋裡的「無限年之鏡」隨手扔進附近的垃圾桶。他似乎有種奇妙的感應，如今在另一個時空，過去的自己應該剛剛從歐陽龍太郎手上接到同一塊「無限年之鏡」。

「下一世，下一世再相愛吧。」他是這樣安慰自己，而這一世，就當是一場夢。

「好久不見了囉。」

戴金絲眼鏡的男人還是一如既往的遊手好閒，偏偏選了一個讓我最為分身乏術的日子來到「蜃氣樓」打發時間。

「簡單來說，就是委託人因為腦震盪，潛意識壓抑住的『前世』記憶再度活躍，分裂成兩個重疊的身份。」我用最扼要的方式概括了整件事情，以免話題沒完沒了。

「但我覺得重點應該是阿茲海默症。」戴金絲眼鏡的男人接著說：「這不就是淘氣神的詛咒嗎？一直信奉優生學的人類，以為可以自行挑選對自己最有利的基因，加快演進過程，其實在不知情下，將最具毀滅性的遺傳病延續下去。」

「可惜的是，比起耗資龐大的基因資料庫，以及需要幾百年的時間來實踐優生學，它似乎已被另一種更廉價、快捷的監控技術取代。」

「是什麼技術？」

「那只不過是我毫無憑證的推測。」我終於忍不住雙手合十，表示無可奉告，讓他知難而退：「你趕緊回去好好顧店吧，我接下來還要辦點正經事情。」

「好吧。」

戴金絲眼鏡的男人似乎有點失望。

確定他已經離開「蜃氣樓」之後，我闔眼一下，然後睜開眼睛，從輪椅站起身來，往前後伸展腰骨。還有一件相當要緊的事情。那小匣子裡放著委託人在夢中交給我的「無限年之鏡」頸飾，於是我拿著那小匣子，穿過布簾後面的門。

門的另一邊是長長的走廊。走到盡頭，便是皇宮的正殿。有著一把白鬍子的老皇帝已經等了很久。作為交換的必須條件，我恭恭敬敬地將頸飾交給對方。

老皇帝看來很滿意。

「你的未婚妻一定會喜歡。」我說。畢竟是她在來世交給我的，實際上我只是物歸原主。

「不過——」老皇帝低吟道：「擁有『無限年之鏡』的話，便意味著我不久之後會被未來的自己埋葬。」

「但這同時代表你將以某種形式繼續存在。可惜的是，他好像完全沒意會到你的真正身份。」

「畢竟我們之間年紀相差一截。只有老年人不願忘記自己年輕時的樣貌，但從來沒有年輕人會認得自己老去的容貌。」老皇帝耐人尋味的笑著說。

儘管容貌有了許多改變，但年老的白鬍子，卻有著一張童稚渾圓的臉孔。他就是那個一直活在林克的潛意識，直到老去，而現實中早已在十二歲死去的上一個自己。

另一個林克說：「你跟我說過，作為報酬，想跟我打聽一些人的下落。」

我說：「雖然林克同樣保留了那些記憶，但是他本人已完全忘記了吧。所以我是專程來問你的。」

那小匣子裡除了有一條「無限年之鏡」頸飾，還有幾張年代久遠的黑白照。然而，歐陽龍太郎已不記得照片中人他們的身份。

林克憑著照片上的線索，帶領龍太郎穿過漫長的時空霧霾，回到自己仍然年輕的時期。當時一批應屆畢業的醫科學生正在學校大門拍團體合照。那個看來很年輕的醫科生，就是林達——或者跟林達擁有相同基因的祖先。

龍太郎忽然發現了什麼，雙手合十，來回搓了幾下手掌，將時間回撥了好幾分鐘。只見三個男孩子剛好躲在醫學大樓旁邊的空地抽菸。

那個穿著皮衣的男生說，畢業之後想做電影導演，旁邊那個穿條紋襯衫的男生，卻打算周遊列國，要做個戰地記者。

最後剩下來那個戴著帽子，胸前掛著一台舊式照相機的少年說，沒什麼想做，可以的話開一間店，做個攝影師。

「那要拍什麼？替女明星拍寫真集嗎？」穿皮衣的男生問道。

「還不曉得，不過一直待在這裡，那些我會很想做事情應該馬上就會來找我了吧？」少年說：「人生真的好麻煩。」

有醫科生忽然把他叫過去，替大家拍照留念。跟那少年錯身而過的一瞬間，龍太郎只覺全身上下都像觸電似的傳來陣陣刺痛。

曾經消失的記憶，猶如灰塵紛飛，龍太郎隨手抓起一把，這才意識到他自己就是當時那個負責拍照的人。他彷彿想走過去跟過去的自己打個招呼，然而他一直往後退。記憶迅速從指縫間溜走，兩腳抓實的地方正以無從抵消的速度離開，將龍太郎彈出了夢的境界。

潰散之際，遠方隱約傳來一把清脆的鈴聲。龍太郎揚起嘴角，不經不覺間原來已經回到「蜃氣樓」。

尚未完結・下回預告

《燒魂燈》

夜未央，少女高歌。

墮入陰翳傾聽。

黑暗之中，細數你還剩下多少青春。

用光陰，換光明。

蜃氣樓 01

無限年之鏡

作者　歐陽龍太郎（紅眼）
內容總監　曾玉英
責任編輯　林沛暘
書籍設計　Elaine Chan
封面插圖　pagas
圖片提供　Getty Images
出版　天行者出版有限公司 Skywalker Press Ltd.
九龍觀塘鴻圖道 78 號 17 樓 A 室
電話　(852) 2793 5678
傳真　(852) 2793 5030
出版日期　2022 年 6 月初版
發行　天窗出版社有限公司 Enrich Publishing Ltd.
九龍觀塘鴻圖道 78 號 17 樓 A 室
電話　(852) 2793 5678
傳真　(852) 2793 5030
網址　www.enrichculture.com
電郵　info@enrichculture.com
承印　嘉昱有限公司
九龍新蒲崗大有街 26-28 號天虹大廈 7 字樓
紙品供應　興泰行洋紙有限公司
定價　港幣 $108　新台幣 $540
國際書號　978-988-74782-9-4
分類　（1）流行文學　（2）小說 / 散文

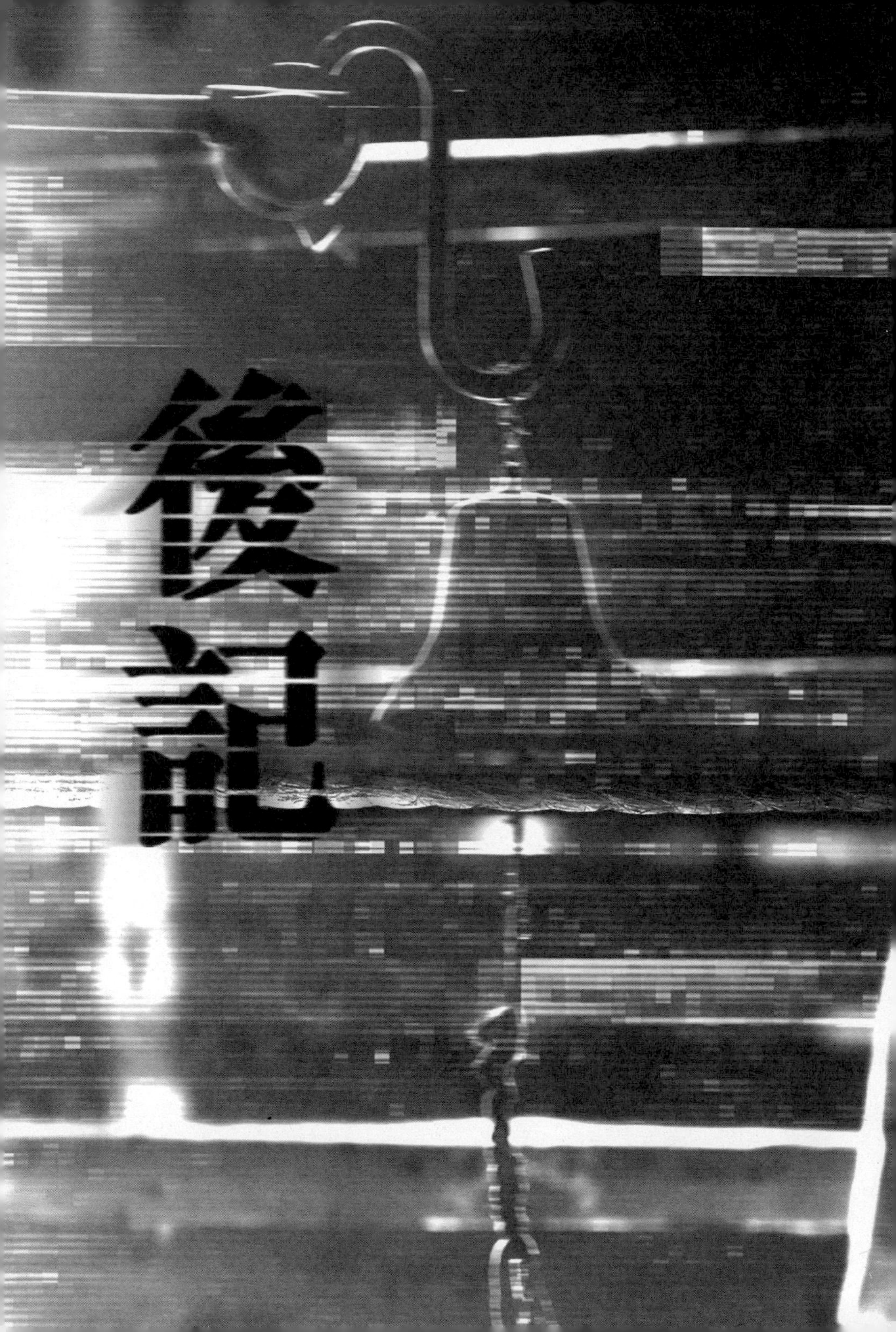
後記

後記

在很多年前的某一天，我走上了某一個朋友介紹的拳館，找了一個教練，後來他成為了我的師傅。

然後我瘋狂地愛上了拳擊，成為了拳擊手……這件事並沒有發生。

但拳擊仍成為我的興趣，伴隨我至今。

在那裡我遇上了形形色色的人，裡頭有將拳擊視為興趣的普通人、有想減肥的胖子、有想借運動加分的學生(因為學界杯參加人數很少)；亦的確有來宣洩暴力的人、有追求頂點的武痴。

雖然背景各異，但願意走上實戰擂台的，都背負著各自的信念。

畢竟擂台上面的世界真的很可怕，讓人無時無刻都想轉身逃走。

所以這是一面鏡。

必須要有一個不含一絲謊言和雜念的答案，才能讓自己信服，有勇氣踏上擂台。

然後這個想法，孕育了這個故事。

而這個故事能夠出版，緣自一個看起來有點像詐騙訊息的inbox。

那個時間《無常》已經在連登連載了兩年（一切順利的話，在本書出版之際，《無常》亦應該剛剛好連載結束吧……大概……），以一個沒沒無聞的新作者而言，《無常》的成績我是相當滿意的。

可是既然連載了兩年都沒有出版社聯絡的話，那第一個連載就以超新星之姿一炮而紅這種美夢自然再也沒有在我腦海浮現過。

而在某一個平淡得現在已經想不起來是幾月的夜裡，我那個開了就放著，從來都沒有打理過的臉書收到了一個陌生人的訊息，問我有沒有興趣出版實體書。

事出反常必有妖，我對這個訊息提起了十二萬分的小心。

這個一定是利用無知少女發明星夢的心坑騙錢財的同類手法；想要出版實體書的話就得先交出十來萬學費之類的。

但最後，這個美好得像是詐騙似的邀約，居然分毫不假。

而拋出橄欖枝的，居然是天行者。

出版《武道狂之詩》的那個天行者。

舉辦了好幾屆天行賞，而我的投稿一次都沒成功進入過複選的那個天行賞。

後來所發生的一切，對我而言都是全新的世界。

大綱、故事簡介、試稿、截稿日。

萬幸一切順利，這一段旅程最後走到了你們正在讀的這一段後記。

感謝天行者給了我這個機會，在疫情之下的市道仍願意推出這本書。

感謝編輯們的意見與指導，他們指出了我的不少盲點，也完整了這個故事。

感謝喬靖夫當天的一席話，雖然在他而言可能只是一次閒聊，但我獲益良多。

感謝我的女朋友一直在旁支持，沒有認為創作是一門浪費時間的興趣。

感謝鯨魚為我畫的頭像，我相信有一天，我們的名字能夠並列在另一本書的封面上。

感謝LIHKG上喜愛《無常》的讀者，你們的鼓勵和西瓜是支撐著我一直寫下去的原動力。

最後感謝購入了這本書的你，希望我們會在下一個故事的後記再會。

凌望

二零二一年五月

熱血誌 01

拳鋒交錯的距離

作者　凌望
內容總監　曾玉英
責任編輯　謝鑫
書籍設計　JoJo
相片提供　Getty Image
出版　天行者出版有限公司 Skywalker Press Ltd.
九龍觀塘鴻圖道 78 號 17 樓 A 室
電話　(852) 2793 5678
傳真　(852) 2793 5030
出版日期　2021 年 6 月初版

發行　天窗出版社有限公司 Enrich Publishing Ltd.
九龍觀塘鴻圖道 78 號 17 樓 A 室
電話　(852) 2793 5678
傳真　(852) 2793 5030
網址　www.enrichculture.com
電郵　info@enrichculture.com

承印　佳能香港有限公司
九龍紅鸞道 18 號中國人壽中心 A 座 5 樓

定價　港幣 $88　新台幣 $440
國際書號　978-988-74782-7-0
圖書分類　(1)流行文學　(2)小說／散文